张清涛 / 编著

# 诗词地理学

基于水土交融的土木、水利与海洋工程专业系列教材

中山大学出版社
·广州·

**版权所有 翻印必究**

图书在版编目（CIP）数据

诗词地理学/张清涛编著． —广州：中山大学出版社，2024.8． -- ISBN 978 - 7 - 306 - 08158 - 2

Ⅰ. I207.2；K92

中国国家版本馆 CIP 数据核字第 2024NW0970 号

SHICI DILI XUE

| 出 版 人：王天琪 |
|---|

策划编辑：陈文杰　谢贞静

责任编辑：陈文杰

封面设计：曾　婷

责任校对：廖翠舒

责任技编：靳晓虹

出版发行：中山大学出版社

电　　话：编辑部 020 - 84110776，84113349，84111997，84110779，84110283
　　　　　发行部 020 - 84111998，84111981，84111160

地　　址：广州市新港西路 135 号

邮　　编：510275　　传　　真：020 - 84036565

网　　址：http://www.zsup.com.cn　E-mail：zdcbs@mail.sysu.edu.cn

印　刷　者：广东虎彩云印刷有限公司

规　　格：787mm×1092mm　1/16　18.5 印张　427 千字

版次印次：2024 年 8 月第 1 版　2024 年 8 月第 1 次印刷

定　　价：68.00 元

如发现本书因印装质量影响阅读，请与出版社发行部联系调换

# 目 录

引言 …………………………………………………………………… (1)

第一章　千古绝唱 ………………………………………………… (1)

第二章　诗词地理学概览 ………………………………………… (9)
　　名山大川 ……………………………………………………… (10)
　　湖光月光 ……………………………………………………… (16)
　　交通状况 ……………………………………………………… (18)
　　天文地理 ……………………………………………………… (19)

第三章　唐诗地理篇 ……………………………………………… (27)
　　塞外风光 ……………………………………………………… (28)
　　江南烟雨 ……………………………………………………… (39)
　　丝绸之路 ……………………………………………………… (48)
　　壮观三峡 ……………………………………………………… (65)
　　巴山蜀水 ……………………………………………………… (72)
　　帝国丰韵 ……………………………………………………… (79)
　　徽南悠韵 ……………………………………………………… (92)
　　晋水脉脉 ……………………………………………………… (104)
　　吴越风情 ……………………………………………………… (112)
　　齐鲁大地 ……………………………………………………… (124)
　　南国思乡 ……………………………………………………… (134)
　　中原古风 ……………………………………………………… (146)
　　湖光楼影 ……………………………………………………… (156)
　　国都姿色 ……………………………………………………… (164)
　　吴头楚尾 ……………………………………………………… (178)

**第四章　宋词地理篇** …… （187）
　　东京故事 …… （188）
　　江湖览胜 …… （205）
　　齐鲁胜地 …… （215）
　　江南景致 …… （221）
　　书乡茶香 …… （237）
　　边关雄姿 …… （244）
　　临安画卷 …… （250）
　　关山重镇 …… （255）
　　天涯羁旅 …… （259）
　　西南山水 …… （270）

**参考文献** …… （276）

**后记** …… （278）

# 引　言

"诗词地理学"课程授课九年来，深受学生欢迎，笔者结合多年授课经验和实际情况编写了本书。

关于高等教育，笔者一直在思考、在反思：如何调动大学生的学习热情？如何吸引学生的注意力？如何启发学生？如何活跃课堂？难道必须给学生套上考试的紧箍咒才能让他们学到东西吗？难道不能从激发兴趣入手吗？对学生来说，如何把"要我学"变成"我要学"？东亚传统的"应试教育"越来越不适合人工智能快速发展的时代，我国教育（尤其是大学教育）应如何从"应试教育"切实转变为"整合教育呢"？

## 一、课程概况

从笔者目前所掌握的资料来看，国内外尚未有其他高校开设"诗词地理学"课程，本课程具有首创性。"诗词地理学"课程致力于在现代社会里传承经典，启迪独立思考能力，讲授优秀文化。紧扣"大学的核心使命是人才培养"的中山大学办学宗旨，本课程前半部分以唐诗地理为主，后半部分以宋词地理为主。本课程目标是丰富学生的修养与内涵，提高学生的审美品位与格调，培养学生的综合素养，拓宽学生的视野，激发学生对传统文化的热爱，厚植家国情怀，使学生们在陶冶情操的同时，提升多方面（包括写作、阅读、气质、地理知识）的能力，将德育潜移默化于活泼的课堂气氛之中，增加学生人文知识，充分发挥高校服务社会和传承文化的功能。

根据国家的人才战略以及中山大学的发展定位，为满足国家和社会发展对创新人才和整合教育的迫切需要，2015年，中山大学批准了通识教育核心课程建设项目"诗词地理学"（由笔者主持、主讲。以下简称本课程）的立项。为贯彻学校"以学生成长为中心，以通专融合为路径"的办学理念，本课程在教学实践过程中，紧紧围绕通专融合与兴趣激发两大要素。笔者七年来不断改进本课程的教学，近两年先后获得"中山大学一流本科课程"荣誉证书和本科教育教学成果奖。

根据督导员与同学们的反馈，本课程具有教学理念和角度新颖、通专融合、声情并茂和启发思考的特点，营造了生动活泼的课堂氛围。教师热爱课程，上课有饱满的热情，并结合自身特长，很好地感染、带动了学生。课程运用多种有效的教学方法，将现实生活中的诗词地理呈现给学生，课堂充满真实感、现场感，给同学们留下了深刻的印象。课程"随风潜入夜"，德育"润心细无声"。课程追随古人的足迹，展现祖国大好河山之壮美，激发学生热爱自然、热爱经典文化的情怀。

## 二、教学设计思路

本课程课程目标的核心要素为通专融合和兴趣激发（如图0-1和图0-2所示）。在课堂中，教师摒弃教条化的授课模式，尝试以自身对课程的兴趣来吸引学生的注意力。教师在课堂上生动真实地展示自己对课程内容的兴趣，自然会感染到学生，实现激发学生的学习兴趣、培养学生的健全人格这个目标也就水到渠成了。中山大学有学生反馈："我们是在应试教育中'闯'出来的孩子，很少能为了兴趣听课，庆幸选了您的通识课，我们很感兴趣！"课程有"干货"，老师有热情，学生自然会被吸引。

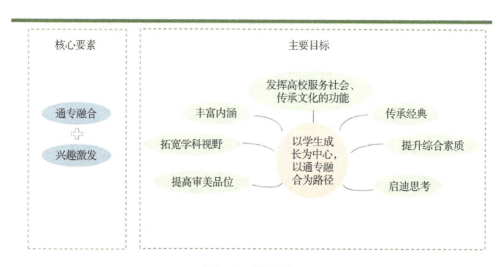

图0-1　课程目标

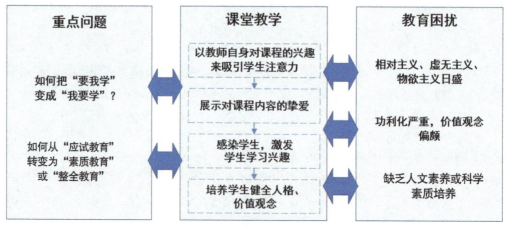

图0-2　教学改革思路

现代社会造成了相对主义、虚无主义、物欲主义的盛行。对于理工科学生而言，人文社会科学的教育是薄弱环节，学生的文化陶冶不够，人文素养不高；文科学生则缺乏对科学素质的培养。对此，需要开设人文与自然科学水乳交融的课程。授课教师深信，课程的教育理念非常重要，对我们的年轻一代来说，心智训练、价值观念比知识传授更为重要。一个人有见识才能超越此时此地，有开放的心灵才能超越每一个当下。

通过对交叉学科的探索，本课程研讨古典诗词文学美学特征（通识）与地理环境（专业）之间的关系（如图0-3所示）。授课教师在课堂上和同学们分享古典诗词所在地区的生态水文研究案例，让同学们对专业学术研究产生浓厚的兴趣。笔者授课时偶尔会展示一些毛笔书法作品（内容为诗词），让同学们感受到更多传统文化的美；也会分享自己拍摄的诗词地理现场小视频"绍兴沈园"，课间播放纪录片《唐之韵》《宋之韵》，给同学们留下了深刻印象。

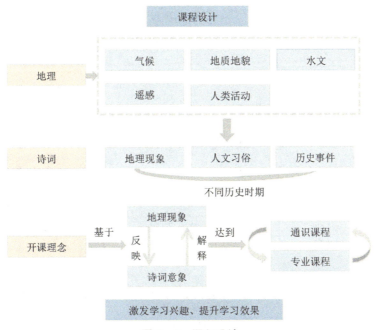

图0-3 课程设计

本课程在布置的期末作业中设置了反馈内容：写出你学习本课程后的收获；写出本课程值得发扬的地方，以及需要改进的地方。这样，授课教师得以收集到大量有价值的反馈意见，在此基础上，本课程得以不断完善。

## 三、教学方法

课堂互动频繁。主要的教学方法有：师生问答；点评学生分组，展示得失；课堂上安排同学们轮流朗诵或男女分组朗诵，并围绕课程主题展开一些讨论，抽查统计同学们对所谈问题的看法,形成勤对话、敢质疑、重研讨的课堂氛围;引导学生抒发对课堂相关内容的认识和理解,活跃课堂气氛。

本课程坚持言传身教,努力传承经典。教师借助原创诗词内容分享自身成长经历,培养学生的综合素养,拓宽学生的视野,激发学生对传统文化的热爱,厚植家国情怀。本课程还充分发挥了高校服务社会和传承文化的功能。

本课程讲课风格生动风趣,有效地活跃了课堂。

课后,学生反馈:老师很有文采,见多识广,带着热情与想法,态度认真和蔼,对自己的课负责,耐心解答学生的问题。老师授课有条理、有重点,解读很透彻,不是泛泛而谈,而是结合了当地的人文和地理环境综合讲解,使得枯燥的地理知识变得生动并易于理解;课程通俗易懂,老师每节课都精心准备,每节课都"干货"满满,激发了学生的学习兴趣,让他们全心投入课堂;条理清晰,类型多样。

通过多年的通识课教学实践,授课教师尝试了一种依靠让学生愿意学,而不是依靠考试压力被迫学的讲课道路,实践证明这是可行的,是基本成功的。学生反映:"学习不仅仅是为了成绩,也是为了提高个人素养。"

### 四、创新特色

本课程的特色与创新如图 0-4 所示。

图 0-4 课程特色与创新

（一）创新教学理念，激发学生学习兴趣为讲课第一要务。

如何激发学生隐藏的无穷潜力？学生反馈："我们都是被考试'胁迫'长大的可怜孩子，很少能为了兴趣听课，庆幸选上您的通识课，我们很感兴趣！"课程有"干货"，老师有热情，学生自然会被感染。每一颗心灵都是等待点燃的火炬，让老师自身先散发光和热，就着这道光，带着学生飞翔！

（二）基于"迁移理论"，用同学们熟悉的诗词解释所涉及的地理现象与规律。

根据诗词地理意象整体性原则，加强地理意象与古诗词中其他意象的联系，将地理意象放在一个有机的整体中来讲授，进一步发挥了通专融合的特色。

（三）加强师生互动，启发学生思考，融入品格教育，贯彻立德树人。

引导学生对课堂相关内容的认识和理解，活跃课堂气氛。展开讨论，有效提高学生参与度。

老师借着原创诗词内容分享自身成长经历，可以使课堂更加真实生动。

古典诗词中蕴含很多反映抵抗侵略、不惧艰险、保卫家园、怜悯民生疾苦、知识分子要有所担当等内容，可以潜移默化培养学生的高尚情操。

（四）老师讲课生动风趣，声情并茂；课堂分享个人创作的诗词与人生经历，增加真实感、现场感。

老师每次课上都分享1~2首原创诗词及创作地点（地理环境）背景，让同学们觉得诗词与地理其实离我们很近，感染带动学生们开始练习诗词写作，提高学生的写作能力和理解诗词的能力。此外，老师结合自己的人生经历进行课堂教学，展示与诗词相关的地理环境的照片和小视频，让同学们认识到诗词地理真实地存在于我们现实生活中，而不仅是书本上的文字，给同学们留下了深刻的印象。学生反馈：老师很有文采，带着热情与想法讲课，并保持独特的主题和风格。学生会欣赏有自己兴趣爱好的老师。例如，老师分享原创诗词地理诗词，并讲解钱塘江潮的成因。

## 江潮送风

遥遥凉风至，隐隐轰鸣近。
银练远江现，奔腾万马音。
卷沙似黄龙，浪花如白云。
疾奔忽眼前，轰然撼人群。
凉风猛扑面，潮咸挟海韵。
倏忽潮已过，上溯浩气吞。

——张清涛写于2013年夏

（五）在通专融合方面，本课程研讨诗词（通）及其与地理环境（专）之间的关系。

抓住课程设计灵感，收集丰富的诗词地理学通专融合与交叉学科资料。诗词是人类文明的瑰宝和情感的升华，诗词常常蕴含着某些地理现象与规律（文理深度融合）；诗词灵感产生的地理环境与特点影响着诗词的格调与美感，诗词本身的艺术魅力又大大提升了地理环境的知名度。地理是开阔视野与经世致用的伟大科学，本课程通与专相辅相成，浑然一体，促进了大学生的全面发展和人格健全，达成了通识课目标，实现了"1+1>2"的效果。

以下从课程设计中举一例说明通专融合：在烟雨江南和丝绸之路的内容中，选取部分内容进行对比讲授"江南与西北"。

## "江南与西北"教学设计

【课时】1课时

【教学内容】①江南与西北的诗词与地理差异；②江南诗词与地理：水光潋滟晴方好，山色空蒙雨亦奇——江南烟雨，杭州；③西北诗词与地理：咸阳、凉州、轮台、天山、新疆地理的概况。

【教学目标】了解江南与西北的诗词与地理差异，体会江南诗词的细腻，以及西北诗词的宏阔，理解背后的地理环境与气候的影响。

【教学手段】基于学习上的迁移理论，用同学们熟悉的诗词解释其中所涉及的地理现象与规律，可以起到事半功倍的教学效果。课堂以教师讲授为主；通过学生轮流朗诵、方言（如粤语）朗诵和集体朗诵等方式，品赏流传下来的精美诗词，回味诗词蕴含的深刻情感与散发出的艺术魅力；通过课堂问答加深同学们对知识的理解。

【教学重点】江南与西北诗词风格及其背后的地理环境与气候的影响；钱塘江潮的成因。

【能力培养】在陶冶情操的同时，提升多方面的能力与素养；提高审美品位与格调，丰富人文知识积累与提升文化涵养。

课题导入：唐诗中，江南与西北的气候有什么差异？

问题设计：（1）"北风卷地白草折，胡天八月即飞雪"与"十月江南天气好，可怜冬景似春华"，背后的地域分异规律是什么？（提供中国气候区地图）

（2）"腰垂锦带佩吴钩，走马曾防玉塞秋"，为何秋季需要加强边防？

（3）"问渠那得清如许？为有源头活水来"与"黄河远上白云间，一片孤城万仞山。羌笛何须怨杨柳，春风不度玉门关"，试从水循环的几个基本环节分析，诗人们看出水循环了吗？（展示水循环示意图）

（4）"天山雪云常不开，千峰万岭雪崔嵬""雪中何以赠君别，惟有青青松树枝"反映了什么气候特点？（展示天山垂直地带性图）

(5) 分析"低翠黛,卷征衣,马嘶霜叶飞"描述的是什么季节,结合轮台地理环境来理解诗词情感。(展示胡杨林秋色图)

## 五、教学效果

教务系统及作业中学生的反馈信息如下。

(一) 课程内容方面

课程有"干货",非常棒!

在本次课程中,了解了很多中国传统诗词。

内容很丰富。

很喜欢老师的课,希望能更多地介绍一些地理知识。

老师的诗词写得很好耶!

希望增加实践部分。

非常喜欢老师上课的主题和风格,请继续保持。

可以增加更多历史小故事等,进一步增强趣味性。

期中的小组展示也非常有意义,我们在老师的课堂上学到了很多东西。

老师和同学们分享了诗词所在地区的野外水文试验以及生态水文遥感等,让同学们对水文试验产生了浓厚的兴趣。

了解了一些高端的技术手段。

同学们也培养起归纳古诗文、发现新知的能力。

每节课都是满满当当的,想学就有"干货"。

期末作业有5个选项,同学们可结合自身情况,选择自由度高,很人性化。

课件制作十分精美,背景古色古香的,很有韵味;诗词选取得很经典、精美,充满了诗情画意和趣味性,学生既能够体会诗歌的唯美意境,又能够从中学习一些地理知识,领略到奇妙风光,起到了通识的作用。按地域或地理景观等标准分了专题介绍诗词,使知识更易被接受。

尤其喜欢第一讲引入课的内容,以陆游与唐琬的感情为基础讲述两首《钗头凤》和绍兴沈园,学生们对其中所蕴含的感情印象深刻。

(二) 教师授课方面

老师有热情,非常棒!

希望老师继续保持诗词地理的情怀,让学生在喧嚣中能体验到诗意的栖息,加油!

非常好!老师寓教于乐,培养学生品格。

神仙级别的老师!

老师太棒了!

老师真的很认真了。

老师很和蔼很有风度。
老师很好！
收获很多！谢谢老师！
很喜欢老师的课。
老师讲得好，上课有意思。
老师讲课声情并茂。
老师超棒的！很欣赏有自己兴趣爱好的老师！
老师辛苦了！老师很棒！
讲课非常优秀。
讲课很好很生动！
整体都很好。

图 0-5　讲课风格

上这门课是一种很好的享受。
老师上课很风趣，真的有意思。
老师很负责，讲得很好！
张老师讲课真的很有热情与想法，赞！
老师的素养没得说。德高为师，身正为范。
老师的课堂生动而有趣，特别喜欢老师的课。
老师上课热情，对学生的疑惑能耐心地解答，孜孜不倦地回应学生诉求。课程充实。老师为人很实诚，永远有热情，永远开心，感染到我了。
老师备课很充分，讲得很通俗易懂。
老师见多识广，很有趣。
老师经常与学生互动，是个很棒的老师！
老师讲课真的非常有热情，非常真诚！
讲课有启发性，善于促进学生思考。
让同学们轮流朗诵诗词，有效提高了课堂参与度，让同学尽情享受诗词的熏陶；同学们也培养起归纳古诗文，发现新知的能力。
老师好亲切。
学生感受到老师对诗词的热爱与心思细腻。
从选上这门课时的兴奋到每一次课的投入，在老师的讲解下我收获了许多新的知识。
超喜欢这门课。
教师对同学既热情又严格。
很有诗意和情怀的老师。
讲得太好了，希望下学期还可以听老师的课！
张老师很敬业，辛苦啦！

## 学生评价

课件制作十分精美，背景古色古香的，很有韵味，充满了诗情画意和趣味性

老师的素养没得说，德高为师，身正为范。课堂生动而有趣，特别喜欢老师的课

角度新颖，别出心裁，追随古人足迹，巧妙地将诗词文学与地理学融合

老师上课热情，对学生的疑惑能耐心地解答，孜孜不倦回应学生诉求，课程充实

老师结合自己的人生经历进行课堂教学，同学们真实地认识到现实生活中的诗词地理，而不仅是书本上的文字

老师为人很实诚，永远有热情，永远开心，感染到我了，上这门课是一种很好的享受

**图0-5 教学效果**

很不错，好希望能上四年。

教学质量非常棒，再接再厉。

条理清晰，类型多样。

老师的解读很透彻，不是泛泛而谈，而是结合了当地的文化和地理综合讲解，使得枯燥的地理知识变得生动并易于理解；每节课都是精心准备的，想学就有"干货"。

### 六、成果推广应用效果

（一）选课人数。本课程开设后，选课人数常常爆满，选不上课的同学往往会打听"老师下学期还开这门课吗"。仅2019年度，这门通识课的选课人数就接近800人（线下课堂当面授课），是中山大学普通课程选课人数的4～10倍。

（二）本课程2022年6月获得中山大学一流本科课程荣誉证书，2023年4月获中山大学第十一届教师教学竞赛初赛公选课组第一名，2023年7月获得中山大学第十一届校级本科教育教学成果奖。

（三）课程相关论文。指导本科生发表课程相关论文：张晓琳，尹文珺，张清涛，巴蜀地理特征对李杜诗歌情感的影响［J］．长江丛刊，2020（19）：69-72．（被列为封面论文）

（四）经验分享与交流互动。通过参与新教师试讲等活动，笔者与新教师多次进行充分的沟通与互动，分享通识课的成功经验，从教学理念和教学方法等方面提出新教师开课内容完善方案，给出授课方式方法上的建议，鼓励新教师激发学生学习兴趣，推动新教师开设新的交叉学科通识课，并成功在全校范围内开课。

经过多年的通识课教学实践，本课程走出一条让学生愿意学，而不是仅靠考试压力被迫学习的讲课道路。实践证明这是可行的。

# 第一章 千古绝唱

## 引言

"春风不度玉门关"所包含的地理知识有哪些?
(夏季风;玉门关的位置)
"关关雎[jū]鸠,在河之洲"描述了哪种地貌?
(河心洲地貌)

## 概念

河流分汊之间的沙岛称为河心洲。河心洲的雏形是水下淤积的浅滩。

夏季风:夏季风带来海洋的暖湿气流,给我国大部地区带来降雨。夏季风从春天开始吹拂,所以此处为"春风"。夏季风难以抵达玉门关以西。

## 河心洲形成条件

①河道宽广。②河床比降小、平坦,水流缓慢,泥沙易淤积。③河床中间岩石坚硬,形成天然鱼嘴状,起分水作用。④河心洲是因泥沙堆积而成的,所以河里要有泥沙。而泥沙含量又取决于河两岸的植被覆盖率,也就是水土流失是否严重。

图 1-1　河心洲地貌

## 课程概况

本课程诗词内容以唐诗宋词为主。诗词是人类文明的瑰宝和人类情感的升华。诗词中常常蕴含着某些地理现象与规律;诗词灵感产生的地理环境与特点影响着诗词的格调与美感,诗词本身的艺术魅力又大大提升了地理环境的知名度。

参考书:《唐诗地图》《宋词地图》《唐诗宋词经典导读》《唐宋词举要》《唐诗

一千首：新编注释本》等。

不学诗，无以言。希望同学们能享受这门课程（爱因斯坦：热爱是最好的老师）。下图所示是哪个城市的名胜？

图1-2　爱情名园——沈园

**陆游：你的第一印象？**

陆游（1125—1210年），字务观，号放翁，汉族，越州山阴（今浙江绍兴）人，南宋文学家、史学家。其诗作以爱国主义为特色。他是一位多产的诗人，流传下来的诗达9000多首。词作却不多，仅存130余首，风格也和他的诗近似，奔放激昂、沉郁悲壮，有时也有柔婉飘逸之作。

唐琬，字蕙仙，陆游母舅的女儿（存疑），自幼文静灵秀，才华横溢。

陆家以一只精美无比的家传凤钗（《钗头凤》来由）作信物，与唐家订亲。20岁的陆游在绍兴娶表妹唐琬为妻（以前结婚早，宋仁宗天圣令：男15岁、女13岁），婚后3年中情投意合、相敬如宾。却引起陆母不满，认为陆游沉溺于温柔乡中，不思进取，误了前程，而且两人婚后也未生养。于是陆母以"陆游婚后情深倦学，误了仕途功名；唐琬婚后不能生育，误了宗祀（sì）香火"为由逼迫孝顺的儿子休妻。最终陆游遂了母意另娶王氏为妻，而唐琬也被迫嫁给越中名士赵士程。

◎ 诗词地理学

　　在陆游所处的时代，中国传统礼教普遍认为要遵循"父母之命"，陆游做了合乎社会规范的事情；在现代人看来，孝顺是美德，但愚孝不是，因为不符合公义、正义。

　　公元1155年，礼部会试失利后，陆游到沈园散心，偶遇唐琬（离婚8年后重逢，大家想象、体会一下他们当时的心情），两人都非常难过。陆游在墙上题了一首凄楚哀怨的《钗头凤》（红酥手）。公元1156年，唐琬再次来到沈园，看到陆游的题词，感慨万千，于是和了一阕《钗头凤》（世情薄[bó]）。同年秋，便抑郁而终（让人心痛、唏嘘不已的爱情悲剧）。

### 钗头凤
#### 陆　游

　　红酥手，黄縢酒，满城春色宫墙柳。东风恶，欢情薄，一怀愁绪，几年离索。错、错、错。

　　春如旧，人空瘦，泪痕红浥[yì]鲛绡透。桃花落，闲池阁，山盟虽在，锦书难托。莫、莫、莫。

### 钗头凤
#### 唐　琬

　　世情薄[bó]，人情恶，雨送黄昏花易落。晓风干，泪痕残，欲笺[jiān]心事，独语斜阑。难、难、难！

　　人成各，今非昨，病魂常似秋千索。角声寒，夜阑珊，怕人寻问，咽泪装欢。瞒、瞒、瞒！

　　笺：写出。斜阑：指栏杆。"病魂"一句：描写精神恍惚，似飘荡不定的秋千。阑珊：衰残，将尽。

### 感陆唐悲歌

　　　　爱情悲歌琴瑟和，两词伤情心相印。
　　　　灵魂深处波涛滚，此情相通千代人。

——张清涛

　　这一爱情悲剧，给陆游毕生造成了不可平复的创伤，以至于在唐琬去世后，陆游在风雨生涯几十年中，对唐琬的忏悔和负疚感愈发沉重，抱恨终生。沈园也由此成为陆游寄托情感、抒发哀思的地方。陆游晚年时，每年春天必往沈园凭吊唐琬，每往必赋诗寄情。

陆游63岁时，有人送来菊花缝制的枕囊，触物伤怀。陆游想起自己20岁时，与唐琬新婚燕尔，两人采集菊花晒干作为枕芯，缝制了一对"菊枕"，为此他曾写下一首《菊枕诗》（失传），作为他们夫妻新婚定情之作。此时又见菊枕，不禁百感交集，写下了情词哀怨的诗句：

### 余年二十时，尝作菊枕诗，颇传于人。
### 今秋偶复采菊缝枕囊，凄然有感

采得黄花作枕囊，曲屏深幌闷幽香。
唤回四十三年梦，灯暗无人说断肠！

少日曾题菊枕诗，蠹编残稿锁蛛丝。
人间万事消磨尽，只有清香似旧时！

70岁重游沈园，陆游看到当年题写《钗头凤》的半面破壁，触景生情，感慨万千，又写诗感怀：

### 禹迹寺南有沈氏小园四十年前尝题小词一阕壁间
### 偶复一到而园已三易主读之怅然

陆　游

枫叶初丹槲（hú）叶黄，河阳愁鬓怯新霜。
林亭感旧空回首，泉路凭谁说断肠？
坏壁旧题尘漠漠，断云幽梦事茫茫。
年来妄念消除尽，回向蒲龛一炷香。

陆游70岁重游沈园，是在什么季节？70多岁，唐琬去世40年了，陆游旧地重游，"每入城，必登寺眺望，不能胜情"，写下《沈园》二首：

### 沈　园
#### 其　一

城上斜阳画角哀，沈园非复旧池台。
伤心桥下春波绿，曾是惊鸿照影来。

其　二

　　梦断香消四十年，沈园柳老不吹绵。
　　此身行作稽山土，犹吊遗踪一泫然。

81岁，陆游梦游沈园，及醒，感慨系之，在《十二月二日夜梦游沈氏园亭（二首）》中悲叹：

### 十二月二日夜梦游沈氏园亭（二首）
其　一

　　路近城南已怕行，沈家园里更伤情。
　　香穿客袖梅花在，绿蘸池桥春水生。

### 十二月二日夜梦游沈氏园亭（二首）
其　二

　　城南小陌又逢春，只见梅花不见人。
　　玉骨久成泉下土，墨痕犹锁壁间尘。

82岁时，陆游对唐琬仍是念念难忘，又写下这首怀念唐琬的《城南》寄情：

### 城　南

　　城南亭榭锁闲坊，孤鹤归来只自伤。
　　尘渍［zì］苔侵数行墨，尔来谁为拂颓墙？

84岁，陆游辞世前一年，不顾年迈体弱，再游沈园，作《春游》诗：

### 春　游

　　沈家园里花如锦，半是当年识放翁。
　　也信美人终作土，不堪幽梦太匆匆！

〔提问〕陆游与唐琬爱情故事的可能结局：

A. 陆游抗拒母命，坚守与唐琬的爱情与婚姻，搬出另住；

B. 陆游效法司马相如，唐琬也学习卓文君的大胆，来个二人夜奔，他乡沽酒为生；

C. 陆游畏惧母命与唐琬离婚，但沈园相见后悲愤不已，又经周折与唐琬复婚；

D. 陆游与唐琬双双殉情，或一方殉情。

（还有更多选项吗？）

作为老师，反对自杀。生命是宝贵的，人要珍爱生命。生命的主权在哪里？人并无自然的权柄。苦难是化妆的祝福，无论遇到什么境况，请保持信心和耐心，一切都会过去的。回头看时，会明白痛苦可以酿造"美酒"，古今中外多少杰作乃苦难所赐，正像葡萄酒中的单宁，虽苦涩，但有益健康。记住，生命不仅仅由物质组成，还含有宝贵的灵性。

**文化地理学**：是研究人类文化空间组合的一门人文地理分支学科，也是文化学的一个组成部分。它研究地表各种文化现象的分布、空间组合及发展演化规律，以及有关文化景观、文化的起源和传播、文化与生态环境的关系、环境的文化评价等方面的内容。

文化地理学逐渐形成了**五大研究主题**：文化生态学、文化源地、文化扩散（如历史小说《你往何处去》）、文化区和文化景观。

**江南**：中国历史文化及现实生活中一个重要的区域概念，它不仅是一个地理概念，也是一个历史概念，同时还是一个具有极其丰富内涵的文化概念。

**文化区范围**：太湖流域"八府一州"为核心区，以长三角城市群为载体。"八府一州"是指明清时期的苏州、松江、常州、镇江、应天（江宁，即南京）、杭州、嘉兴、湖州八府及从苏州府辖区划出来的太仓州。辐射范围北至皖南，东到海滨，西至江西，南到闽浙。

**文化渊源**：以长江文明为渊源。在关于江南文化的认识上，学界常见的是"一分为三"："吴文化""越文化"和"海派文化"。

**历史发展**：

发轫期——商周以前；

成型期——春秋战国；

过渡期——秦汉；

转型发展期——魏晋南北朝隋唐。

**文化特征**：以诗性文化为本体。在中国人的心目中，江南更多的是一个诗与艺术的对象，是"三生花草梦苏州"的精神寄托，也是"人生只合扬州老"的人生归宿。构成江南文化的"诗眼"，使之与其他区域文化真正拉开距离的，恰是有一种最大限度地超越了文化实用主义的诗性气质与审美风度。也正是在这个诗性与审美的环节上，江南文化才显示出它对儒家人文观念的一种重要超越，才真正体现出古代江南对中国文化最独特的创造。江南诗性文化是中国人文精神的重要代表，其本质上是一种以"审美－艺术"为精神本质的诗性文化形态。

**主要特征**：①江南山川秀美，气候温暖，水域众多，人性普遍较灵秀颖慧，利于艺术的发展（水与灵性的关系）；②在长期征服江河海洋的过程中，养成刚毅的品性；③有突出的崇文特征，社会普遍崇尚文教，重视文化教育；④不断地吸收、融合其他区域文化，具有开放性与包容性的特点；⑤具有较为浓厚的宗教性内涵，产生了鲜明的宗教特质。

**文化景观**：稻作、舟船、园林、昆曲。江南处于亚热带向暖温带过渡的地区，气候温暖湿润，四季分明，是个很适合各种作物生长和人们生存的区域。江南地区的地形地貌最明显的特征就是多平原和多水。江南地处长江中下游平原，地形上呈南高北低之势，其北部地势平坦，以平原为主，南部则分布有一些山地丘陵。除了降水丰富以外，江南地区还拥有长江和钱塘江两大水系，两者通过运河相互连通。

**园林**：以"雅"为主，如"典雅""雅趣""雅致""雅淡""雅健"等，莫不突出于"雅"。园林有高低起伏，有藏有隐，有动观、静观，有节奏，宜欣赏，人游其间的那种悠闲情致，是一首诗、一幅画，宜坐，宜行，宜看，宜想，而不是匆匆而来，匆匆而去，走马观花，到此一游。

**昆曲**：昆曲之高者，所谓必具书卷气，其本质一也，就是说，都要有文化，将文化具体表现在作品上。

**绍兴地形地貌**："四山三盆两江一平原"，全境处于浙西山地丘陵、浙东丘陵山地和浙北平原三大地貌单元的交接地带，境内地貌类型多样，西部、中部、东部属山地丘陵，北部为绍虞平原，地势总趋势是由绍兴西南向东北倾斜。

**绍兴气候**：市境地处亚热带季风气候区，季风显著，四季分明，气候温和，湿润多雨。但由于地处中纬度，地形较复杂，小气候差异明显，灾害性天气频繁。

**水文**：境内河道密布，湖泊众多，向以"水乡泽国"享誉海内外。

**历史悠久**：距今约有 7000 年历史，享有"江南风情看绍兴，江南古城看绍兴，江南文化看绍兴"的盛誉。

**水性灵动，刚柔兼容**："三山万户巷盘曲，百桥千街水纵横。"越地多山且多水，"石"的品节与"水"的灵动和谐相融，使得越地区域的人们刚毅而不鲁莽，顽强而不愚昧，厚重而又灵秀，拥有一种刚柔相济的文化特征。陆唐系列诗词，真是"千古绝唱唱到今"。在沈园西墙上，刻着历代文人游览沈园后的和词，均为佳作。一直到今天，仍有热心网友在网络上写着"钗头凤"新词。

# 第二章 诗词地理学概览

# 名山大川

## 泰　山

**（1）地名介绍**

东岳泰山位于山东省泰安市，坐落在山东丘陵之中，周围山地高低起伏，低山连绵，唯泰山脱颖而出，海拔1532米，为山东丘陵中海拔最高的山峰，号称"五岳之首"。泰山历受各朝帝王重视，不少有为帝王登基之初，到泰山进行封禅，表示改制应天，以告太平。"祭天"，是指中国古代帝王在太平盛世或天降祥瑞之时祭祀上天的大型典礼。唐玄宗封禅，亲笔书写铭文《纪泰山铭》："赖上帝垂休，先后储庆，宰衡庶尹……"历代文人学士亦慕名而来，留下不少赞美泰山的诗篇、题字或游记，以致泰山成为闻名中外的"五岳之尊"。

**（2）相关诗词**

### 望　岳
〔唐〕杜甫

岱宗夫如何？齐鲁青未了。
造化钟神秀，阴阳割昏晓。
荡胸生层云，决眦入归鸟。
会当凌绝顶，一览众山小。

**（3）解读**

在齐鲁大地上，那青翠的山色没有尽头。天工造化把神奇秀丽的景象全都汇聚其中，山南山北阴阳分解，晨昏不同。层层云气升腾，令人胸怀荡涤；归鸟回旋入山。

图 2-1 泰山

"谁将倚天剑,削出倚天峰?"西岳华山险峻挺拔,是地壳运动形成的。秦岭与华山不断上升,而渭河平原不断下沉,今天的华山才会显得如此雄伟,奇峰突起。它周围的山地本是由片岩组成的,抵抗侵蚀的能力没有花岗岩大,较松软的片岩被侵蚀掉,留下坚硬的花岗岩高高耸立在山地之上。诗中的"刀"和"剑"是指地壳运动的鬼斧神工。

### 天台山(名山)——龙楼凤阙不肯住

(1)地名介绍

天台山地处浙江东部。古时天台山隐秀于浙东,人迹罕至,世人知其是与蓬莱齐名的仙境。自古文人墨客多喜游历,寄情山水,使得天台山逐渐走出"深闺"。传说,在诗歌鼎盛的唐代,竟有三百余位诗人泛舟溪上,溯游天台山,开辟了名传后世的唐诗之路。据后人统计,这批"早登天台山"的诗人居然占《全唐诗》收录诗人总人数的七分之一,被称为中国文化史上的奇迹。

(2)相关诗词

## 琼　台
### 〔唐〕李白

龙楼凤阙不肯住,飞腾直欲天台去。
碧玉连环八面山,山中亦有行人路。
青衣约我游琼台,琪木花芳九叶开。
天风飘香不点地,千片万片绝尘埃。
我来正当重九后,笑把烟霞俱抖擞[sǒu]。

明朝拂袖出紫微，壁上龙蛇空自走。

(3) 赏析

在地理上，天台山西南连仙霞岭，东北遥接舟山群岛；在李白看来，这是"碧玉连环八面山"。

思考：世界上真正做到"龙楼凤阙不肯住"的历史英雄人物有哪些？

## 河流

### 浪淘沙
〔唐〕刘禹锡

九曲黄河万里沙，浪淘风簸自天涯。
如今直上银河去，同到牵牛织女家。

"九曲黄河万里沙"一句写出黄河河长、弯多、输沙量大三个特征。"浪淘风簸自天涯"表明黄河源远流长，如从天而降，一泻千里。青藏高原上的巴颜喀拉山，黄河从这里发源，曲折东流，沿途接纳了许多支流，经过了 5500 千米的路程，流入渤海，是我国第二长河。"浪淘风簸"又表明黄河势不可挡，蕴藏着丰富的水能资源。利用其天然落差，干流上已相继建立了多个水电站和水利枢纽。工程建设对自然的正负作用要充分考虑。

相关诗句：
(1) 天门中断楚江开，碧水东流至此回。
(2) 湘江北去，橘子洲头。
(3) 清溪清我心，水色异诸水。借问新安江，见底何如此？
(4) 问渠哪得清如许，为有源头活水来。

上述诗句对应的地理现象分别是：
(1) 流向改变：东流的江水转向北。
(2) 流向从南向北。
(3) 新安江江水十分清澈，含沙量极小。
(4) 水循环使水资源不断得以更新。

思考地理课上的水循环概念。

河流水文术语：流速、流向、结冰期和凌汛、汛期。

(1) 流速

中国地势西高东低，向海洋倾斜，呈三级阶梯状分布。因此大部分河流的流速特点为：在上游地区河流湍急，流速快。在中游趋于平缓。在下游，由于地形平坦，往往流速慢，河流平稳。

相关诗句：

河流迅且浊，汤[shang]汤不可陵。——〔南北朝〕范云《渡黄河》（山西大同；陵：渡过）

悠悠清江水，水落沙屿出。——〔唐〕孟浩然《登江中孤屿赠白云先生王迥》（湖北襄阳汉江）

（2）流向

我国地势西高东低，山脉多呈东西和东北—西南走向，主要有阿尔泰山、天山、喜马拉雅山、阴山、秦岭、南岭、大兴安岭、长白山、太行山、武夷山、台湾山脉和横断山等山脉；这种地势，使中国大部分的河流流向都是自西向东。

## 念奴娇·赤壁怀古（上阕）
### 〔宋〕苏轼

大江东去，浪淘尽，千古风流人物。故垒西边，人道是，三国周郎赤壁。乱石穿空，惊涛拍岸，卷起千堆雪。江山如画，一时多少豪杰。

此词上阕通过对月夜江上壮美景色的描绘，借对古代战场的凭吊和对风流人物才略、气度、功业的追念，曲折地表达了作者怀才不遇、功业未就、老大无成的忧愤之情，表现了作者关注历史和人生的旷达之心。全词借古抒怀，雄浑苍凉，大气磅礴，笔力遒劲，境界宏阔，将写景、咏史、抒情融为一体，给人以撼魂荡魄的艺术力量，曾被誉为"古今绝唱"。"大江东去"，说明长江自西向东流，一直流入海洋。河流是水循环中的"地表径流"环节。

（3）凌汛

凌汛由于下段河道结冰或冰凌积成的冰坝阻塞河道，使河道不畅而引起河水上涨的现象。冰凌聚集形成冰塞或冰坝，大幅度抬高水位，轻则漫滩，重则决堤成灾。

欲渡黄河冰塞川，将登太行雪满山。——〔唐〕李白《行路难·之一》
水声冰下咽，沙路雪中平。——〔唐〕刘长卿《酬张夏雪夜赴州访别途中苦寒作》

### 中国水系

水系，即流域内所有河流、湖泊等各种水体组成的水网系统。

中国大陆地区由于地域宽广，气候和地形差异极大。中国境内七大水系均属太平洋水系，分别是：珠江水系、长江水系、黄河水系、淮河水系、辽河水系、海河水系和松花江水系。

"蜀江"泛指四川境内的河流，属于长江水系。

## 竹枝词
〔唐〕刘禹锡

山桃红花满上头，蜀江春水拍山流。
花红易衰似郎意，水流无限似侬愁。

淮河是中国中部的一条重要河流，由淮河水系和沂沭泗水系两大水系组成，干支流斜铺密布在河南、安徽、江苏、山东4省。淮河是中国地理上的一条重要界线，是中国亚热带湿润区和暖温带半湿润区的分界线；中国平均800毫米的等雨量线也基本是沿着淮河干流（秦岭—淮河一线；以前南方同学坐无空调火车到北方的感受：过了淮河明显变得干燥）。

## 淮河水
〔宋〕赵崇嶓

秋风淮水白苍茫，中有英雄泪几行。
流到海门流不去，会随潮汐过钱塘。

"流到海门流不去"，南宋以前，淮河流入黄海。南宋时黄河入侵淮河，因此在入海口淤积泥沙，淮河失去了独立的入海口，形成了洪泽湖。

松花江发源于长白山天池，流经吉林、黑龙江两省。松花江流量大，水流季节变化量大，有春汛和夏汛两个汛期。河流含沙量小，水位落差小，结冰期长。

## 松花江放船歌
〔清〕爱新觉罗·玄烨

松花江，江水清，
浩浩瀚瀚冲波行，
云霞万里开澄泓。

"江水清"点出松花江水清澈的特点。松花江是中国七大河之一。

## 夏　江
### 佚　名

日照松花晓雾开，霞飞万点一舟来。
清晨撒下半江网，收获时光也畅怀。

## 塔里木河之秋
### 柯　军

塔河断水显凄凉，夹岸梧桐次第黄。
搏兔苍鹰分柽柳，叼鱼白鹭汇池塘。
游人远望惊天阔，过客低回叹路长。
老豫当年此间住，曾敲落叶牧牛羊。

塔里木河在新疆维吾尔自治区塔里木盆地北部。由发源于天山山脉的阿克苏河、发源于喀喇昆仑山的叶尔羌河以及和田河汇流而成，流域面积19.8万平方千米，最后流入台特马湖。它是中国第一大内流河，全长2137千米，为世界第5大内流河。塔里木河是中国最长的内陆河，属于季节性河流，所以会"塔河断水显凄凉"，此时已是秋季，所以"梧桐次第黄"。

## 暮江吟
### 〔唐〕白居易

一道残阳铺水中，半江瑟瑟半江红。
可怜九月初三夜，露似真珠月似弓。

本诗中的"江"是长江。白居易出任杭州刺史，经襄阳、汉口所见。

诗人选取了夕阳西沉、晚霞映江和弯月初升、露珠晶莹的两幅绚丽景象，运用新颖巧妙的比喻，创造出和谐、宁静的意境。前两句中"一道残阳铺水中"，不说残阳"照"在江面却说"铺"，这是因为残阳已经落入地平线，是贴着江面照射过来，确实像"铺"在江上，很形象；"半江瑟瑟半江红"，天气晴朗无风，江面皱起细小波纹，受光多的部分呈现一片红色，受光少的地方呈现出深深的碧色，诗人抓住了光影的变化，整个描写绘影绘色。后两句"九月初三夜"点明了季节时间，九月天气转凉，温度已达露点；"月似弓"比喻初三之月是蛾眉月，惟妙惟肖。农历初三时，月

◎ 诗词地理学

亮的形状是弓形的,是上弦月。
　　以下为相关诗句与地理现象。
　　露从今夜白,月是故乡明。　　——二十四节气中的白露。
　　人有悲欢离合,月有阴晴圆缺。　　——月相变化。
　　江天一色无纤尘,皎皎空中孤月轮。　　——满月。
　　洞庭湖上清秋月,月皎湖宽万顷霜。　　——湖月相映。

# 湖光月色

　　洞庭湖靠近湖南岳阳市不远的地方有座小山,是有名的"君山";古人将它喻为水晶盘中一青螺。传说舜帝南巡,他的两个妃子娥皇和女英追之不及,攀竹痛哭,眼泪滴在竹子上,就变成了斑竹。后来两妃子死于山上,后人建了二妃墓。二人也叫湘妃、湘君,为了纪念湘君,就把洞庭山改名为"君山"了。

## 望洞庭
### 〔唐〕刘禹锡

湖光秋月两相和,潭面无风镜未磨。
遥望洞庭山水翠,白银盘里一青螺。

　　"湖光秋月两相和"描绘出秋夜湖水之美。秋高气爽,"潭面无风",一派优美风光。
　　诗人以超凡想象、清新的笔调描写了洞庭湖水宁静、月光祥和的朦胧美,生动自然地呈现了秋夜月光下洞庭湖的怡人意境。从诗中"潭面无风"、以镜喻湖可分析出其时天气晴朗,月光皎洁,明月与湖光互衬,视线明朗,继而可"遥望"洞庭山水,银盘与青螺相映,从"翠""白银盘"和"青螺"这些描绘色彩的字眼可知,那时洞庭湖湖水清澈,水质良好。而洞庭湖区山色清秀,玉宇无尘。
　　舜的故事引起我们对以下话题的思考:以德报怨与以"直"报怨,"爱的循环"与"恨的循环"。
　　舜在历山耕过田,在雷泽打过鱼,在黄河岸边做过陶器,在寿丘做过各种家用器物,在负夏跑过买卖。舜的生母死后,父亲瞽〔gǔ〕叟续娶了一个妻子,生下了象。

舜的父亲爱后妻,弟弟象桀骜不驯。舜在历山耕作,历山人都能互相推让地界;在雷泽捕鱼,雷泽的人都能推让便于捕鱼的位置;在黄河岸边制做陶器,那里就完全没有次品了。一年的功夫,他住的地方就成为一个村落,两年就成为一个小城镇。尧得知这些情况很高兴,赐予舜缔衣(细葛布衣)和琴,赐予牛羊。弟弟象想杀掉舜,霸占这些财物。父亲让舜修补仓房的屋顶,却和象在下面纵火焚烧仓房。舜靠两只斗笠作翼,从房上跳下,幸免于难。后来瞽叟又让舜掘井,井挖得很深了,瞽叟和象却在上面填土,要把井堵上,将舜活埋在里面。幸亏舜事先有所警觉,在井筒旁边挖了一条通道,从通道穿出,躲了一段时间。他们都想杀掉舜,舜却恭顺地行事,从不违背为子为兄之道,友爱兄弟,孝顺父亲。他们想杀掉他的时候,就找不到他;而有事要找他帮忙的时候,他又总是在旁边侍候着。

己所不欲,勿施于人;爱人如同爱己一样。世界上以德报怨的故事还有哪些?

## 登岳阳楼
〔唐〕杜甫

昔闻洞庭水,今上岳阳楼。
吴楚东南坼[chè],乾坤日夜浮。
亲朋无一字,老病有孤舟。
戎马关山北,凭轩涕泗[tì sì]流。

一代诗圣杜甫拖着病残的身体,瞻仰屈原祠,也曾登上岳阳楼。他并没有李白那样的豁达心境,晚年更是孤独寥落。早就闻知洞庭湖的他,而今登上岳阳楼,所感所想的不是赞美大好河山,而是满怀的伤感,漂泊天涯,怀才不遇,更重要的是国家兵荒马乱,没有安定之感。

唐玄宗与安史之乱起因部分归因于唐玄宗与杨玉环,唐玄宗是一位早期励精图治、但后来霸占人妻、引来灾祸的历史人物。其他国家/民族有哪些类似的人物?

◎ 诗词地理学

# 交通状况

## 蜀道难
〔唐〕李白

  噫吁［xū］嚱！危呼高哉！蜀道之难，难于上青天。蚕丛及鱼凫，开国何茫然。尔来四万八千岁，不与秦塞通人烟。西当太白有鸟道，可以横绝峨眉巅。地崩山摧壮士死，然后天梯石栈相钩连。上有六龙回日之高标，下有冲波逆折之回川。黄鹤之飞尚不得过，猿猱［náo］欲度愁攀援。

  青泥何盘盘，百步九折萦岩峦。扪参历井仰胁息，以手抚膺坐长叹。问君西游何时还，畏途巉岩不可攀。但见悲鸟号古木，雄飞雌从绕林间。又闻子规啼夜月，愁空山。蜀道之难，难于上青天，使人听此凋朱颜。连峰去天不盈尺，枯松倒挂倚绝壁。飞湍瀑流争喧豗，砯崖转石万壑雷。

  其险也如此，嗟尔远道之人胡为乎来哉！剑阁峥嵘而崔嵬，一夫当关，万夫莫开。所守或匪亲，化为狼与豺。朝避猛虎，夕避长蛇；磨牙吮血，杀人如麻。锦城虽云乐，不如早还家。蜀道之难，难于上青天，侧身西望长咨嗟！

## 左迁至蓝关示侄孙湘
〔唐〕韩愈

  一封朝奏九重天，夕贬潮州路八千。
  欲为圣朝除弊事，肯将衰朽惜残年！
  云横秦岭家何在？雪拥蓝关马不前。
  知汝远来应有意，好收吾骨瘴江边。

  韩愈此诗创作于贬谪潮州途中，抒发了作者内心郁愤以及前途未卜的感伤情绪。首联写因"一封（书）"而获罪被贬，"朝夕"而已，可知龙颜已大怒，一贬便离京城八千里之遥；颔联直书"除弊事"，申诉自己忠而获罪和非罪远谪的愤慨；颈联即景抒情，既悲且壮；尾联抒英雄之志，表骨肉之情，悲痛凄楚，溢于言表。全诗融叙事、写景、抒情为一炉，诗味浓郁，感情真切，对比鲜明，是韩诗七律中的精品。

## 赠汪伦
〔唐〕李白

李白乘舟将欲行,忽闻岸上踏歌声。
桃花潭水深千尺,不及汪伦送我情。

《赠汪伦》以"李白乘舟将欲行"一句直白地说明了当时南方出行离不开舟船,而"桃花潭水深千尺"则从侧面说明了南方湖泊河流星罗棋布。韩愈的诗则是在从长安城(今西安)被贬去广东潮州的路上所作,当时他正骑马行至"蓝关",蓝关,即蓝田关,在今陕西省蓝田县东南部。"云横秦岭"描述了秦岭山地地貌普遍分布。两首诗对照说明了古时"南船北马"的交通状况。

以下为相关诗句与地理现象。

| | |
|---|---|
| 百里不贩樵〔qiáo〕,千里不贩籴(〔dí〕,粮食)。 | ——交通运输条件对商业的影响。 |
| 一骑红尘妃子笑,无人知是荔枝来。 | ——用快马运货(快递荔枝)。 |
| 长风破浪会有时,直挂云帆济沧海。 | ——当时帆船是十分重要的交通运输工具。 |
| 朝辞白帝彩云间,千里江陵一日还。 | ——白帝城在江陵(即长江)的上游,两者之间可以通航。 |

# 天文地理

## 庐山桑落洲
〔唐〕胡汾〔bīn〕

莫问桑田事,但看桑落洲。
数家新住处,昔日大江流。
古岸崩欲尽,平沙长未休。
想应百年后,人世更悠悠。

此诗以朴素平实的语言表达了地质地貌变动的沧桑感。从地质运动角度来讲，"数家新住处，昔日大江流。古岸崩欲尽，平沙长未休"是因为长江自西向东流，北半球地转偏向力（科里奥利力）向右偏，故水流都向南岸偏，南岸受冲刷严重，故有崩塌危险，说明了河流对南岸侵蚀，在北岸堆积的作用，由此知"数家新住处"应在北岸。（例子：从飞机上看秦岭以南的河流，房屋、小村落的确是在河流北岸）

### 地转偏向力（科里奥利力）

地转偏向力（科里奥利力）指的是地球自转情况下，运动物体产生的一种偏转力。如果我们不了解科里奥利力，可能会带来一些麻烦。第一次世界大战期间，德国在110多公里之外用火炮攻击巴黎，奇怪的是，打出的炮弹总是向右偏离瞄准目标，炮兵们百思不得其解，后来请专家进行校正才解决问题。无独有偶，"一战"期间，德国和英国舰队在大西洋西南部的福克兰群岛进行大规模的海战，英军的炮弹总是打不中德国军舰。后来才搞明白，原来是英军犯了一个常识性错误，他们在北半球校准过的大炮到了南半球后不再适用。在北半球发射的炮弹总是向右偏，到了南半球却总是向左偏，偏转方向完全相反，如果不重新校正，必然使误差加倍。

北朝民歌《敕勒歌》中的"天苍苍，野茫茫，风吹草低见牛羊"描述的是内蒙呼和浩特市过去的生态景观。

**图2-2 敕勒川**

"天上无飞鸟，地下无水草，四处无人烟，风吹石头跑"生动描述了我国西北地区的荒漠戈壁景观。

若不考虑诗句描写的地点，只按照字面意思来理解的话，"风吹草低见牛羊→浅草才能没马蹄→一川碎石大如斗→风沙茫茫大如天"——可以象征我国北方从东到西的自然景观，反映的是水平自然带的经度地带性规律：由于从东到西水分递减，形成了丰盛草原—稀疏草原—戈壁—荒漠的自然带景观。

## 送瘟神
### 毛泽东

绿水青山枉自多，华佗无奈小虫何！
千村薜［bì］荔人遗矢，万户萧疏鬼唱歌。
坐地日行八万里，巡天遥看一千河。
牛郎欲问瘟神事，一样悲欢逐逝波。

《送瘟神》为毛泽东在 1958 年 7 月 1 日得知江西省余江县消灭了血吸虫病后，"浮想联翩""夜不能寐"而创作的七律诗歌。其中"坐地日行八万里，巡天遥看一千河"富含地理知识。地球自转一周的时间是一天，赤道的周长约为四万千米，地球自转一圈正好是八万里，人们身处赤道上时，便可坐地日行八万里，遥看众多星河。

## 杂曲歌辞·浪淘沙
### ［唐］白居易

一泊沙来一泊去，一重浪灭一重生。
相搅相淘无歇日，会交山海一时平。
白浪茫茫与海连，平沙浩浩四无边。
暮去朝来淘不住，遂令东海变桑田。
青草湖中万里程，黄梅雨里一人行。
愁见滩头夜泊处，风翻暗浪打船声。
借问江湖与海水，何似君情与妾心。
相恨不如潮有信，相思始觉海非深。
随波逐浪到天涯，迁客生还有几家。
却到帝乡重富贵，请君莫忘浪淘沙。

这首词指出了潮汐涨落的规律和巨大力量，潮汐不断冲击着海岸，使海岸不断发生变迁。尽管这种变化不易测量，但洪涛变平野，绿岛成桑田在不知不觉地发生着。

"上山到云里，下山到谷底，二人对山看得见，一个往返若干天"描绘的是我国横断山区"山高谷深，山河相间"的地形特点。

◎ 诗词地理学

**遥感与诗词**

遥感是指非接触的，远距离的探测技术。

光线（电磁波）穿越大气、植被，再反射穿越植被、大气，到达卫星传感器。几何光学模型的提出者李小文院士认为，影响这一过程的因素数不胜数。我们可以用明代一位诗人观察到的现象来做一个简单的说明："夕阳返照桃花坞，柳絮飞来片片红"。

大家一般的先验知识认为，柳絮是白的，为什么诗人观察到柳絮是红的呢？诗人做了解释：①夕阳——光穿越大气的光学路径较长，短波段散射严重，直射光偏红，所以说"夕阳红""残阳如血"。②下垫面——桃花坞，"灼灼桃花"盛开，不是一个大叶模型的下垫面，而是一个红色的下垫面，反射光偏红。③气溶胶——柳絮本身是全波谱反射，此时反射夕阳红，反射桃花红，所以柳絮成了"片片红"。当然这只是一个简单的定性模型，但我们可以看出影响遥感信息产生过程的主要因素之多。

**相关诗句**

青青河畔草，绵绵思远道。——佚名
草色遥看近却无。——韩愈
离恨恰如春草，更行更远还生。——李煜

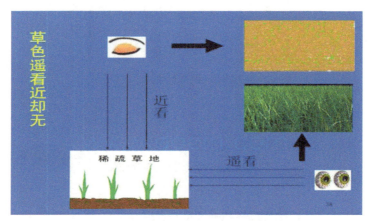

图2-3 "草色遥看近却无"的原理示意

做科研的第一步是观察，第二步是解释。上述诗词的三位作者都观察到了同样的现象，作了优美的描述，但他们的下一步各不相同：观察到青青河畔草，女诗人马上跑题，开始想念她出远门的丈夫去了；韩愈的观察就很科学，不但远观，而且进一步锁定目标，跑近了再仔细观察，作出了"多角度遥感发展史上"的第一个对比记录。

为什么我们通过距离地球很遥远的卫星来观察地球表面，反而比我们在地上

"眼见为实"更有优势呢？这里牵涉到一个尺度问题。不同的自然现象有不同的最佳观测距离和尺度，并不一定是距离越近越好，观测越细微越好。18世纪，英国的斯威夫特用一个例子形象地说明这一点。他假设，用很高分辨率的放大镜来看一个演员，从非常近的距离，对着脸从一个毛孔观察到另一个毛孔，辛苦观测的结果和整体的"美"全不相干。

我国古代学者更早就认识到这个观察尺度和距离的问题。以庐山为例，在山里实地考察积累的大量观察"远近高低各不同"，对认识庐山的全貌却帮助不大。这并不是否定系统高精度的实地观测，而是说明需要适当的距离和比例尺，才能有效、完整地观察。

### 题西林壁
〔宋〕苏轼

横看成岭侧成峰，远近高低各不同。
不识庐山真面目，只缘身在此山中。

尽管人们早就认识到这种最佳观测距离的必要性，甚至幻想从外层空间来取得大地与海洋的图像（"遥望齐州九点烟，一泓海水杯中泻"——李贺《梦天》）。然而，直到遥感技术自20世纪60年代蓬勃崛起之后，人类才真正实现了从微观到宏观、从静态到动态对大地进行观测的飞跃，实现了对很多大规模自然现象的预测和预报，开启了人类认识自己生存环境的新纪元。

以下为相关诗句与地理现象。

谁挥鞭策驱四运，万物兴歇皆自然。　　——地球公转。
欲就麻姑买沧海，一杯春露冷如冰。　　——地壳变动引起沧海桑田的变化。
惊涛拍岸，卷起千堆雪。　　——波浪的侵蚀作用。
人生不相见，动如参（shēn）与商。　　——参星在西，商星在东，一升一落，难以相见。

### 诗词与月相

月相是天文学术语，指天文学中对地球上看到的月球被太阳照明部分的称呼。随着月亮的运行，在地球上看到的它的形状也在不断地变化着，这就是月亮位相变化，即月相。同一天的不同时刻，月亮在天空中的位置是由东向西移动的；在不同日期的同一时刻，月亮在天空的位置是由西向东移动的。你只要记得，弯月"上上上西西，下下下东东"，便能区分很多诗词中的月相了，上弦月出现在上半月的上半夜，月亮出现在西半边天空（继续向西运行），西半边亮，下弦月出现在下半月的下半夜，月

◎ 诗词地理学

亮出现在东半边天空（继续向西运行），东半边亮。张弦月和满月出现在上半夜东半边天空。上弦月一般是初七、初八时比较明亮，下弦月是农历二十二和二十三比较明亮。

苏轼的《水调歌头》中有"人有悲欢离合，月有阴晴圆缺，此事古难全"，"阴晴圆缺"指的是月相变化规律。

### 枫桥夜泊
〔唐〕张 继

月落乌啼霜满天，江枫渔火对愁眠。
姑苏城外寒山寺，夜半钟声到客船。

诗人精确而细腻地讲述了一个客船夜泊者对江南深秋夜景的观察和感受，勾画了月落乌啼、霜天寒夜（天气特征）、江枫渔火、孤舟客子等景象，有情有景有声有色，同时也影射出了此时的月相为上弦月。

以下为相关诗句与地理现象。

月黑雁飞高，单于夜遁逃。　　　　　　　　　——新月。
暮云收尽溢清寒，银汉无声转玉盘。　　　　　——满月。
更深月色半人家，北斗阑干南斗斜。　　　　　——下弦月。
今宵酒醒何处，杨柳岸，晓风残月。　　　　　——月末蛾眉月。
去年元月夜，花市灯如昼。月上柳梢头，人约黄昏后。　——满月。

### 月

你轻轻的
来到我的枕边
摇醒了我的梦
带给我一掬洁白的清辉
我的安琪儿
你感到孤独了
对吗
那就让我们
用眼睛和心灵对话

晶莹剔透的你是如此寂寞
寂寞让你如此美丽
美丽的你
没忘记老友的孤寂
你给他带来了
半床银辉
你默默而慷慨地
向他发出
美丽的光

在你如许的温存里
他心中不再有苦
不再有乐
只有美

——张清涛 2000 年于青岛

思考：这首诗提到的月是什么月？

中国古典诗词多源于自然，寄情山水，成于感悟。由于作者常常寄情于景，借景抒情，因而很多诗词中蕴含着丰富的地理知识，也生动地揭示了地理事物的基本规律。从文学的角度来看，它们字字珠玑、句句传情，表现了人生的悲欢离合、喜怒哀乐；从地理学的角度，这些诗篇中，不乏描述地理现象、揭示地理规律的诗句。

# 第三章　唐诗地理篇

◎ 诗词地理学

# 塞外风光

## 总是关山旧别情——嘉峪关

中国自古以来以长城为自豪，浩浩长城蔓延万里，起点就是嘉峪关。长城穿越了甘肃、宁夏、内蒙古、山西及河北五个省，跨越了沙漠、高原、丘陵、平原、山脉，沿途建有关隘、碉堡以及烽火台。长城在战国时期已经存在，最初是作为抵御少数民族入侵的防御工事，秦始皇统一六国后，为了抵御北方人的入侵，便将六国的城墙连接起来。关隘之处的长城总会有军队驻守。士兵们在荒无人烟的地方每天面对茫茫戈壁，又怎能不起愁闷之情。

在唐代，嘉峪关并没有关隘，长城的西端在临洮一带，直到明朝，才将长城修筑到嘉峪关。明初，宋国公、征虏大将军冯胜在班师凯旋途中，选址在河西走廊中部，东连酒泉、西接玉门、背靠黑山、南临祁连的咽喉要地——嘉峪塬西麓建关即嘉峪关。嘉峪关依山傍水，扼守南北宽约 15 公里的峡谷地带，该峡谷南部的讨赖河谷又构成关防的天然屏障。嘉峪关附近烽燧、墩台纵横交错，关城东、西、南、北、东北各路共有墩台 66 座。嘉峪关地势天成，攻防兼备，与附近的长城、城台、城壕、烽燧等设施构成了严密的军事防御体系，被誉为"天下第一雄关"。

### 从军行
〔唐〕王昌龄

琵琶起舞换新声，总是关山旧别情。
撩乱边愁听不尽，高高秋月照长城。

此诗截取了边塞军旅生活的一个片断，通过写军中宴乐表现征戍者深沉、复杂的感情。"琵琶起舞换新声"，随舞蹈的变换，琵琶又翻出新的曲调，诗境就在一片乐声中展开。"总是关山旧别情"，征戍者哪个不是背井离乡乃至别妇抛雏？"别情"实在是最普遍、最深厚的感情和创作素材。琵琶尽可换新曲调，却换不了歌词包含的情感内容。句中"关山"在字面的意义外，也双关《关山月》曲调，曲调含征夫思妇主题，表达了征戍者的离家思归之情。"撩乱边愁听不尽"，那曲调无论什么时候，总能扰得人心烦乱不宁。

## 听晓角
〔唐〕李　益

边霜昨夜堕关榆，吹角当城汉月孤。
无限塞鸿飞不度，秋风卷入小单于。

拂晓时分醒来，映入眼帘的是满地榆树叶，原来昨夜下了浓浓的秋霜，使得榆叶纷纷坠落。军中的号角声在城头响起，这时月亮还未落下，孤零零地挂在天边。边塞辽阔无边，就连大雁也飞不到尽头。随风传来的晓角声里，吹奏的是《小单于》这首曲子。

## 塞下曲
〔唐〕王昌龄

饮马渡秋水，水寒风似刀。
平沙日未没，黯黯见临洮［táo］。
昔日长城战，咸言意气高。
黄尘足今古，白骨乱蓬蒿［hāo］。

二十七岁的王昌龄随军出征来到边塞，在长城下饮马写下了这首诗。

## 秦时明月汉时关——阴山

阴山东西长一千多公里，在今天的内蒙古地区，位于破讷沙的北边，这里汉唐以来一直是边塞要地。唐代在这里设置了丰州。阴山在蒙古语中就是"达兰喀喇"，意思是"七十个黑山头"。此处水草丰茂，因此一直是北方游牧民族的生活聚居地。北朝民歌唱出了颇具游牧民族风味的《敕［chì］勒歌》：

## 敕勒歌
### 北朝民歌

敕勒川，阴山下，
天似穹庐，笼盖四野。
天苍苍，野茫茫，
风吹草低见牛羊。

《敕勒歌》所描绘的塞外大好风光，那种粗犷的气概深入人心，流传久远。

图 3-1　内蒙古呼和浩特敕勒川

图 3-2　内蒙古大学

图3-3 内甸夕照

图3-4 内蒙古呼和浩特市河流

到了唐代，这里成了中原人与少数民族交易的场所，胡马与丝绸的国家贸易都在此进行。朝廷每年都要与回纥［hé］民族交易马匹，以此来应付每年的战争。但是，回纥民族有时并没有将优良的马种给唐朝，而是给一些羸弱的马匹，所以元稹写了《李校书新题乐府十二首·阴山道》这首诗。

## 李校书新题乐府十二首·阴山道
〔唐〕元稹［zhěn］

年年买马阴山道，马死阴山帛空耗。
元和天子念女工，内出金银代酬犒。
臣有一言昧死进，死生甘分答恩焘［dào］。
费财为马不独生，耗帛伤工有他盗。
臣闻平时七十万匹马，关中不省闻嘶噪。
四十八监选龙媒，时贡天庭付良造。

◎ 诗词地理学

如今垧 [jiōng] 野十无一，尽在飞龙相践暴。
万东刍茭供旦暮，千钟菽 [shū] 粟长牵漕 [cáo]。
屯军郡国百馀镇，缣缃 [jiān xiāng] 岁奉春冬劳。
税户逋 [bū] 逃例摊配，官司折纳仍贪冒。
挑纹变镂力倍费，弃旧从新人所好。
越縠 [hú] 缭绫织一端，十匹素缣功未到。
豪家富贾逾常制，令族清班无雅操。
从骑爱奴丝布衫，臂鹰小儿云锦韬。
群臣利己要差僭 [jiàn]，天子深衷空悯悼。
绰立花砖鹓 [yuān] 凤行，雨露恩波几时报。

## 送浑大夫赴丰州
〔唐〕 刘禹锡

凤衔新诏降恩华，又见旌旗出浑家。
故吏来辞辛属国，精兵愿逐李轻车。
毡裘君长迎风驭，锦带酋豪踏雪衙。
其奈明年好春日，无人唤看牡丹花。

阴山地区屡遭异族入侵，匈奴算是一股势力比较大的力量。早在西汉时期，匈奴就分裂了，南匈奴主浑邪王降汉。浑邪王的后代在中原定居，后代有很多是贵族。唐代，匈奴后代里出了很多武将，如唐德宗时著名的武将浑瑊 [jiān]，他在边塞上屡建战功，后来被升为中郎将，其军队就驻扎在阴山地区。他与诗人们交往密切，传唱极多。浑大夫家里的后花园有很多牡丹花，春日常常请朋友们赏花。这次又要出征，诗人不舍道："无人唤看牡丹花"。

边塞诗人中，传唱阴山最有名的恐怕要属王昌龄了。他在唐玄宗开元十一年到十五年（723—727）间在边塞地区从军，到了萧关、临洮等地方，写下著名的《出塞》。

## 出　塞
王昌龄

秦时明月汉时关，万里长征人未还。
但使龙城飞将在，不教胡马渡阴山。

但使：只要。龙城：地名，在今河北省喜峰口一带。汉朝大将军卫青曾奇袭龙城，与匈奴作战七战七胜，而飞将则指威名赫赫的"汉之飞将军"李广。"龙城飞将"并不是指一人，实指卫青、李广，更是借指众多汉朝抗匈名将。胡马：指敌方的战马。

## 如今直上银河去——银川

银川是一座历史悠久的塞上古城，也是一座正在发展中的现代城市。这里曾经是黄河的"宠儿"，黄河在河套平原留下了令人难以忘却的"温柔"。弯弯曲曲的黄河在这里滋润着宁夏的每一片土地，从高到低奔涌而去，宛若天上的银河一般。

### 浪淘沙
〔唐〕刘禹锡

九曲黄河万里沙，浪淘风簸自天涯。
如今直上银河去，同到牵牛织女家。

黄河发源自青藏高原的巴颜喀拉山，流经青海、四川等9省区，最终注入渤海；它是我国第二长河，也是世界著名大河之一。黄河中游流经土质疏松的黄土高原，水土流失严重，大量泥沙汇入河流；进入下游地区，河水流速减慢，泥沙沉积，河床逐渐抬高，形成"地上河"。

回溯历史，银川与少数民族的渊源很深。早在殷商、春秋战国时期，这里就是北羌、熏育、匈奴等民族活动、游牧的地区。汉成帝阳朔年间，北典农城建立，银川的建城活动就开始了。南北朝时期，大夏国将此处改建为"丽子园"，成了当时的驻军、屯粮重镇。北周置怀远郡、怀远县。唐仪凤二年（677）黄河大水，怀远县被洪水吞噬，曾经繁华的城市变为一片废墟。第二年，就在旧城以西的地方建造了新的都城。北宋天禧四年（1020），党项族首领李德明把都城由灵州迁至怀远镇（今银川），大兴土木，建造宫室，修建都城，更名为兴州。后来李德明之子李元昊升兴州为兴庆府。宋宝元元年（1038）李元昊在兴庆府筑坛受册，即皇帝位，建大夏国，兴庆府为其首府。

银川郊区现仍存西夏王陵，二百余座王侯勋臣陪葬墓林立，拥立着西夏王陵，被称作"中国的金字塔"。

## 河套地理概况

### 1. 自然地理概况

河套,位于北纬37度线以北,一般指贺兰山以东、吕梁山以西、阴山以南、长城以北之地。河套包括银川平原(宁夏平原)和鄂尔多斯高原、黄土高原的部分地区,今分属宁夏、内蒙古、陕西。黄河在这里先沿着贺兰山向北,由于阴山阻挡再向东,后沿着吕梁山向南,形成"几"字形,故称"河套"。

地形地貌:河套是黄河中上游两岸的平原、高原地区,一般指阴山以南的黄河冲积平原,因农业灌溉发达,又称"河套灌"。该地历代均以水草丰美著称,故有民谚"黄河百害,唯富一套"。

前套平原:指内蒙古包头、呼和浩特一带的平原(如"敕勒川""丰州滩""土默川")。

后套平原:指乌拉山以西至巴彦高勒的平原。

西套平原:指银川平原。

气候:气候为典型的温带大陆性气候,冬天寒冷干燥,夏天炎热干燥。

水文:河套周边地区水域,包括湟水流域、洮水流域、洛水流域、渭水流域、汾水流域、桑乾河流域、漳水流域和滹[hū]沱河流域。河套地区具有较好的自然环境条件,这些河流环绕着河套地区,正如众星捧月一样,把河套文明推到高峰,同时又把河套文明传播到更广阔的区域之中。

图3-5 内蒙古鄂尔多斯

图3-6 内蒙古十大孔兑之一

图3-7 内蒙古鄂尔多斯市河流

## 使至塞上
〔唐〕王 维

单车欲问边,属国过居延。
征蓬出汉塞,归雁入胡天。
大漠孤烟直,长河落日圆。
萧关逢候骑[jì],都护在燕然。

萧关:指宁夏固原;居延:在内蒙古额济纳旗北境。

◎ 诗词地理学

　　王维将要从中卫"征蓬出汉塞,归雁入胡天"了,他的心情能不郁闷和纠结吗?当他站在沙坡头高高的沙丘上向北远眺时,发现大沙漠浩瀚无垠,此起彼伏的沙丘犹如"沙海"。目力所及,没有村庄、牛羊、绿树、野草,只有蓝天白云把大漠陪衬得天阔地广,一柱孤烟直立于天地之间,显现出一种博大的苍凉与壮丽。他又向正西看去,一轮夕阳红通通,而黄河中圆日瑰丽无比……这种特殊而又典型的自然地理环境,深深地激起了诗人高超的艺术灵感,凝成了智慧的结晶,喷薄而出"大漠孤烟直,长河落日圆"的诗句。王维亲身经历过黄昏之时,大漠和长河所构成的苍莽辽阔的特殊景观,慨然吟出了千古名句。

图 3-8　宁夏沙坡头

图 3-9　宁夏沙坡头(腾格里沙漠边缘,靠近黄河)

图 3-10　宁夏永宁县河流

### 2. 人文地理概况

(1) 河套文化。

河套文化是黄河文化和草原文化的重要组成部分,是中国北方文化中的瑰宝,是人类发展史上农耕文明与游牧文明聚集交融的典型代表,具有草原文化与农耕文化碰撞交融的文化特色和强烈的文化包容性。河套文化的形成过程,对于中国的北方军事史、乌拉特草原文化史、游牧民族定居与垦殖发展史具有巨大影响。

在河套文化的形成过程中,有五个重要的自然人文元素:黄河、草原、阴山、战争、移民,具有独特的形式及丰富的文化内涵。

开放:阴山横亘,黄河环绕,有草原一样宽广的胸襟,有平原一样坦荡的气象。

进取:奔放的马背风格,奔涌的大河精神,崇尚自然,蓬勃向上,自强不息,与时俱进,体现了黄河文化的进取精神。

宽容:草原、平原、山地、荒漠、湖泊、湿地,大自然的多姿多彩,草原与平原对话与对抗的特殊形式,大规模的移民与军屯,多民族的长期交流与交往,造就了河套人"海纳百川"的博大胸怀。

和谐:河套文化的和谐精神,集中体现在饮食风俗和宗教文化中。

(2) 酒文化。从河套地区出土的大量酿酒、储酒、盛酒器皿是一条流动了五千余年酒韵的历史长河。酿酒工艺有多种方式,多种风格,酒的品种也呈现出多样性。

醴酪:最古老的奶酒。在畜乳喝不完,自然发酵的启发下,牧民有意识地将畜乳酿制成的酒。

醴酒：是将剩余的饭放在树洞里，慢慢形成"郁积成味，久蓄气芬"的自然发酵酒，这也是有文字记载以来一种最古老的啤酒。

葡萄酒：是用野生或家种的葡萄酿制的一种酒。

果酒：是以桃、梨、苹果等水果为原料酿制的酒。由于水果种类繁多，一般都具有天然色泽，因此果酒液体色泽艳丽，香气浓郁口味独特，醇厚宜人。

药酒：一般是以白酒、黄酒、葡萄酒配上中药材、糖等佐料酿成的酒，对于补益和预防疾病具有较好的疗效。

黄酒：一种谷酒，其特点是操作繁琐，技术性强，生产周期长，但风味醇厚，口味甜美。

白酒：河套地区酿制蒸馏白酒的主要原料是选用黄河水浇灌而盛产的高粱和豌豆。

（3）饮食文化。河套地区饮食文化源远流长，自成体系，特色鲜明。烹调技艺和特色菜品体现了河套地区独特的人文风貌。

原料：猪、牛、羊、鸡等是河套地区菜肴制作的主要原料，辅之以河套地区丰实的农产品和绿色植物。

烹饪方法：以炖、烩、焖、蒸、煮、小炒、干炸为主，口味醇厚，味香四溢。

面食制作方法：有蒸、煮、焖、烙、烤、煎等不同的制作方法。

汉族有糜米酸粥、烙饼、锅贴、肉汤蘸糕、猪肉烩酸菜等。

蒙古族以肉食、奶食、粮食为主。

回族有油饼、馓子，以其酥、软、香、甜著称。

（4）宗教。宗教文化在河套地区历史悠久，佛教、道家、基督教、伊斯兰教、藏传佛教等交融并存，各种教派皆有信众，庙宇、教堂各具特征。特别是阿贵庙、甘露寺、清真寺、三盛公教堂、希热庙等重要寺庙，完整保存了大量珍贵的历史文物，在区内外具有广泛的影响。

（5）阴山岩画。阴山岩画艺术地表现了古代北方草原、山地狩猎游牧人的社会生活和意识形态，是中华文化的组成部分，它们像一颗颗璀璨的明珠闪烁着不朽的光辉。其中动物岩画和狩猎岩画居多，还有放牧、人物舞蹈、车辆出行、赛马、穹庐毡帐、人面形、人手足印、兽禽足印、神灵天体、拜日祭祀、植物、符号文字等岩画。

作画方式：

敲凿法，即利用比画面石料硬度高的金属器或石器，在画面上打击成点，点连成画。

磨刻法，即研磨法，用此法做成的岩画，痕深面光，断面成"U"形。

划刻法，即用金属工具划刻，其划痕细而浅。

（6）传统民居。河套平原村镇民居的形式与该地域平坦开阔的地势相适应，传统民居几乎全部为一层，且大多为单向小坡屋顶，坡向内院。每户民居都包括正房、内院、凉房。在单体建筑中，正房只在南立面有较大的开窗，且只在南立面有屋檐，山墙伸出室外成为外壁柱。

演变：土坯房、五至七层砖土坯房、腰线砖土坯房、土木顶砖房、砖房。

传统建筑元素：生土墙、植物材料屋顶、火炕、地窖、建筑形式、院落布局。

# 江南烟雨

## 多少楼台烟雨中——江南丝雨

江南的静谧、可人，江南的繁华、妩媚、幽雅，无不让世间的人充满憧憬与期盼。江南的雨，像牛毛，像花针，像细丝，密密而斜斜，绵绵而潇潇，似烟似雾，似幻似梦，为江南披上了一层神秘的面纱。江南的雨，如梦如诗，如歌如韵。江南的雨是婉约的雨。江南雨的精魂在哪里呢？就在我们唐诗宋词的意境里。

### 江南春
〔唐〕杜 牧

千里莺啼绿映红，水村山郭酒旗风。
南朝四百八十寺，多少楼台烟雨中。

江南春景丰富多彩，广阔、深邃、迷离。风儿掠过南国大地，辽阔的千里江南，黄莺欢唱，丛丛绿树映着簇簇红花；傍水的村庄，依山的城郭，迎风招展的酒旗，金碧辉煌、屋宇重重的佛寺，掩映于迷蒙的烟雨之中，更给江南增加了一种朦胧迷离的色彩。

### 江南遇雨
〔唐〕张 鼎

江天寒意少，冬月雨仍飞。
出户愁为听，从风洒客衣。
旅魂惊处断，乡信意中微。

◎ 诗词地理学

<blockquote>
几日应晴去，孤舟且欲归。
</blockquote>

江南的冬季未免寂寥，虽然说不上寒冷，但是总有几分凄凉。诗人的凄凉与愁闷，尽数寄情于这片冬雨中。此时，雨已不是现实中的雨，早衰化为诗人心中的雨了。

江南的雨是惆怅的：

### 青玉案
〔宋〕贺 铸

> 凌波不过横塘路，但目送，芳尘去。
> 锦瑟华年谁与度？
> 月桥花院，琐窗朱户，只有春知处。
>
> 飞云冉冉蘅皋〔héng gāo〕暮，
> 彩笔新题断肠句。
> 试问闲愁都几许？
> 一川烟草，满城风絮，梅子黄时雨。

贺铸为人耿直，不媚权贵，"美人"和"香草"历来又是高洁的象征，因此，作者很可能以此自比。居住在香草泽畔的美人清冷孤寂，正是作者怀才不遇的形象写照。从这个意义上讲，这首词之所以受到历代文人的盛赞，"同病相怜"恐怕也是一个重要原因。

江南的雨是充满灵性的：

### 饮湖上初晴后雨
〔宋〕苏 轼

> 水光潋滟晴方好，山色空蒙雨亦奇。
> 欲把西湖比西子，淡妆浓抹总相宜。

诗人对西湖的特点作了极其准确而又精到的艺术概括，达到"以少总多，情貌无遗"的艺术效果。此外，诗人还运用了恰当新颖的比喻，赋予西湖以人的生命和资质，对西湖进行美的升华，使西湖成为美的化身。因此，在难以计数的歌咏西湖的诗歌中，这首诗成为流传最广的名篇。

图 3-11　西湖之晨

江南的雨也属于才子佳人。江南的雨是情感的催化剂，从而也催生了许多美丽的诗歌。

## 月落乌啼霜满天——寒山寺

寒山寺真正出名还是在诗人张继的《枫桥夜泊》之后：

### 枫桥夜泊
#### 张　继

月落乌啼霜满天，江枫渔火对愁眠。
姑苏城外寒山寺，夜半钟声到客船。

图 3-12　苏州护城河　　　　　图 3-13　苏州古城水门

此后，诗韵伴着寒山寺的钟声流传，萦绕在后人的梦里。我们看到了一位愁苦的游子在天涯漂泊。也许多少年来，很多人有着与诗人同样的心境，因而前来体味。

寒山寺是建在山上吗？

寒山寺位于江苏省苏州市姑苏区，始建于南朝萧梁代天监年间（502—519），初名"妙利普明塔院"。寒山寺占地面积约1.3万平方米，建筑面积3400多平方米。唐代贞观年间，当时的名僧寒山、希迁改名为寒山寺。1000多年内，寒山寺先后5次遭到火毁（一说是7次），最后一次重建于清代光绪年间。历史上寒山寺曾是中国十大名寺之一，寺内古迹甚多，有张继诗的石刻碑文，寒山、拾得的石刻像，文徵明、唐寅所书碑文残片等。

故事传说：寒山与拾得二人本是非常要好的朋友，寒山长大后父母为其与一位姑娘订了亲，然而，姑娘却对拾得有意。当寒山得知此事之后，为了成全拾得与那位姑娘，毅然离家出走，径往苏州出家修行。拾得见不到寒山，非常想念，后得知他为了成全自己而走，心中的不安加剧，左思右想之后，也决定离开姑娘，动身前往苏州寻觅寒山（所以友情有时能战胜爱情），皈[guī]依佛门。时值夏天，在前往苏州的途中，拾得看到路旁池塘里盛开着一片红艳艳的荷花，便一扫多日来心中的烦闷，顿觉心旷神怡，就顺手采摘了一支带在身边。经过千山万水，长途跋涉，拾得终于在苏州城外找到了他日思夜想的好朋友寒山。现在寒山寺存有一方碎石，上刻"和合二仙"图案，据说就是这两位好朋友久别重逢时的情景。

自从唐代张继的《枫桥夜泊》之后，千百年来，来苏州的游客多到此领略一下枫桥的诗情画意。其实，枫桥只是一座江南常见的单孔石拱桥，大运河在此通过；这里又是官道所在，南北舟车在此交会。古时每到夜里，航道就要封锁起来，这里便成了理想的停歇之地。此桥便因此得名"封桥"，后因张继的诗而易名为"枫桥"并沿袭至今。

## 寄恒璨〔càn〕
### 韦应物

心绝去来缘，迹顺人间事。
独寻秋草径，夜宿寒山寺。
今日郡斋闲，思问楞伽字。

## 怀吴中冯秀才
### 〔唐〕杜 牧

长洲苑外草萧萧，却算游程岁月遥。
唯有别时今不忘，暮烟秋雨过枫桥。

# 秋尽江南草未凋——二十四桥

江苏扬州二十四桥因杜牧的诗而出名，很多人对二十四桥感兴趣，恐怕是因为那些在桥上吹箫的"玉人"吧。

## 寄扬州韩绰判官
### 〔唐〕杜 牧

青山隐隐水迢迢，秋尽江南草未凋。
二十四桥明月夜，玉人何处教吹箫。

青山逶迤，隐于天际，绿水似带，迢递不断。山清水秀、绰〔chuò〕约多姿的江南，诗人与友人之间山迢水长，那抑扬的声调中荡漾着诗人思念江南的似水柔情。虽然已过深秋，江南的草木却未凋零，风光依旧旖旎。正当"自古逢秋悲寂寥"的时刻，诗人对江南的青山绿水格外眷恋，越发怀念远在热闹繁华之乡的故人了。月光笼罩的二十四桥上，吹箫的美人披着银辉，宛若洁白光润的玉人，呜咽悠扬的箫声飘散在已凉未寒的江南秋夜，回荡在青山绿水之间，更回荡在诗人心里。

◎ 诗词地理学

二十四桥是古代桥梁建筑的杰作，历史上的二十四桥早已颓圮［pǐ］于荒烟衰草。现今扬州市经过规划，在瘦西湖西修长桥，筑亭台，重修了二十四桥景点，为古城扬州增添了新的风韵。二十四桥为单孔拱桥，汉白玉栏杆，如玉带飘逸，似霓虹卧波。该桥长24米，宽2.4米，栏柱24根，台级24层，处处都与二十四对应。

## 多情只有春庭月——扬州

扬州，唐朝诗人说它"最无赖"，当然这个"无赖"，不是贬义，恰恰是褒义。

### 忆扬州
〔唐〕徐　凝

萧娘脸薄难胜泪，桃叶眉头易得愁。
天下三分明月夜，二分无赖是扬州。

扬州城又叫"月亮城"，蕴含着丰富的月亮文化。除了本诗，李白的"举头望明月"，也是在扬州写的。

愁眉、泪眼似是重复，而以一"难"一"易"出之，便不觉其烦，反而有反复留连、无限萦怀之感。当日的愁眉，当日的泪眼，都化作今日无穷的思念。于此思念殷切之际，一片惆怅，无可诉说；抬头而见月，但此月偏偏又是当时照人离别之月，更加助愁添恨。虽然时光冲淡了当日的凄苦，却割不断缠绵的思念。"剪不断，理还乱"的"别是一番滋味"，这番心绪，本与明月无关，奈它曾照离人泪眼，本欲解脱此一段愁思，却想不到月光又来缠人，这分明是"明月无赖"。

扬州是长江、淮河、京杭大运河的交汇总，地理位置重要。

### 寄　人
〔唐〕张泌［bí］

别梦依稀到谢家，小廊回合曲栏斜（xiá）。
多情只有春庭月，犹为离人照落花。

《忆扬州》与《寄人》，同是离别，同是夜月寄怀，一个说春月有情，一个却说明月无赖，看来诗人的真实心境不同，诗意也不同。

唯有那西落的月亮摇荡着离情，洒满了江边的树林：

## 春江花月夜

张若虚

春江潮水连海平，海上明月共潮生。
滟滟随波千万里，何处春江无月明！
江流宛转绕芳甸，月照花林皆似霰（[xiàn]）。
空里流霜不觉飞，汀上白沙看不见。
江天一色无纤尘，皎皎空中孤月轮。
江畔何人初见月？江月何年初照人？
人生代代无穷已，江月年年望相似。
不知江月待何人，但见长江送流水。
白云一片去悠悠，青枫浦上不胜愁。
谁家今夜扁舟子？何处相思明月楼？
可怜楼上月徘徊，应照离人妆镜台。
玉户帘中卷不去，捣衣砧上拂还来。
此时相望不相闻，愿逐月华流照君。
鸿雁长飞光不度，鱼龙潜跃水成文。
昨夜闲潭梦落花，可怜春半不还家。
江水流春去欲尽，江潭落月复西斜（xiá）。
斜月沉沉藏海雾，碣 [jié] 石潇湘无限路。
不知乘月几人归，落月摇情满江树。

此诗共三十六句，每四句一换韵，以富有生活气息的清丽之笔，创造性地再现了江南春夜的景色，如同月光照耀下的万里长江画卷，同时寄寓着游子思归的离别相思之苦。诗篇意境空明，缠绵悱恻，词清语丽，韵调优美，脍炙人口，乃千古绝唱，素有"孤篇盖全唐"之誉。

## 扬州变迁

春秋时扬州称为"邗"，秦、汉时称为"广陵""江都"等。汉武帝时，全国设十三刺史部，其中有扬州刺史部。东晋、南朝则设置了"南兖州"，北周时号称"吴州"。隋开皇九年（589）改"吴州"为"扬州"。隋炀帝开凿大运河，确立了扬州的交通枢纽地位。唐高祖武德八年（625），朝廷将扬州治所从丹阳移到了江北，从此广陵享有"扬州"的专名。当时，扬州雄富冠天下，时有"扬一益二"之称。后

◎ 诗词地理学

代人从唐人的吟哦里，读出了磅礴、恢宏、壮阔和大气，读出了唐代扬州人与自然的和谐，读出了智慧与灵性。此后扬州几度兴废，但是旧址不改。清代中期，扬州成为漕运枢纽和全国最大的盐业经销中心，成为当时全世界10个拥有50万以上居民的大城市之一。

## 潮平两岸阔，风正一帆悬——镇江

扼守南北要冲的镇江，得山水之胜，人才辈出。文人墨客驻足，遗下诗篇无数，寄情抒怀，文采风流，耕耘风雅，播种斯文。东晋时，中原人士纷纷南下，来到这里著书立说，或建功立业。历史悠久的文化古城镇江，风光旖旎多姿，金山之绮丽、焦山之雄秀、北固山之险峻，丰姿各异，人称"京口三山甲东南"。

北固山，镇江三山名胜之一。远眺北固，横枕大江，石壁嵯峨［cuó é］，山势险固，因此得名"北固山"。山上亭台楼阁、山石涧道，无不与三国时期孙刘联姻等历史传说有关，成为游人寻访三国遗迹的胜地。古往今来，来镇江的游客都喜欢到此一游，寻访当年刘备招亲的遗迹。

### 次北固山下
#### 王 湾

客路青山外，行舟绿水前。
潮平两岸阔，风正一帆悬。
海日生残夜，江春入旧年。
乡书何处达？归雁洛阳边。

"潮平两岸阔"，"阔"是"潮平"的结果。春潮涌涨，江水浩渺，江面似乎与岸平了。气势恢弘，精彩之笔。

### 永王东巡歌
#### 其 六
#### 李 白

丹阳北固是吴关，画出楼台云水间。
千岩烽火连沧海，两岸旌旗绕碧山。

江边的楼台隐映于云水之间,美如图画。

## 芙蓉楼送辛渐
### 王昌龄

寒雨连江夜入吴,平明送客楚山孤。
洛阳亲友如相问,一片冰心在玉壶。

清晨,天色已明,辛渐即将登舟北归。诗人遥望江北的远山,遥想朋友不久便将隐没于楚山之外,孤寂之感油然而生。在辽阔的江面,浩荡的江水进入诗人视野,此时正是别情似水的情景。"一片冰心在玉壶"表明自己不为遭贬而改变玉洁冰清的节操。此诗构思新颖,委屈、怨恨之情含而不露。

芙蓉楼原名西北楼,登临可以俯瞰长江。地处润州(今镇江)。

◎ 诗词地理学

# 丝绸之路

老弱哭道路，愿闻甲兵休——秦州
胡地三月半，梨花今始开——凉州
洗心游胜境，从此去尘蒙——敦煌
绝域阳关道，胡沙与塞尘——阳关
黄沙百战穿金甲——楼兰
兵戎不交害，各保性与躯——高昌
瀚海阑干百丈冰——轮台
淹霭寒氛万里凝——天山

## 细雨和风满渭川——咸阳

### 咸　阳
#### 李商隐

咸阳宫阙郁嵯峨，六国楼台艳绮[qǐ]罗。
自是当时天帝醉，不关秦地有山河。

　　咸阳的宫殿门阙、楼台亭阁，千门万户，坐落重重。在秦始皇仿作的六国建筑里，曾居住着各诸侯国的妃嫔，佳丽绝艳，显现着当时的强盛与繁华。秦末，阿房宫毁在项羽的一把大火之中。短短四句诗，就写出了咸阳宫的豪华气势，又道出了秦灭汉兴的真正原因。历史上的暴政一般不能长久，古今中外皆然。

　　"天帝之醉"有个故事。据说，秦穆公有一次长睡不醒。七天之后，突然睁开眼，对身边的人讲：他觐[jìn]见了天帝，天帝也很高兴，不但让他欣赏了"钧天广乐"，还在酒醉未醒时，把"金策"也赐给了他，所以秦国才能据有易守难攻、山川秀美的关中。

## 阿房宫赋（节选）
### 杜 牧

楚人一炬，可怜焦土。呜呼！灭六国者，六国也，非秦也。族秦者，秦也，非天下也。嗟乎！使六国各爱其人，则足以拒秦；使秦复爱六国之人，则递三世可至万世而为君，谁得而族灭也？秦人不暇自哀，而后人哀之；后人哀之而不鉴之，亦使后人而复哀后人也。

假使六国各自爱护它的人民，就完全可以依靠人民来抵抗秦国。秦王朝灭亡得太迅速，秦人还没工夫哀悼自己，可是后人哀悼他；如果后人哀悼他却不把他作为镜子来吸取教训，那么又要再让更后世的人为后世哀叹了。本文借写阿房宫的兴建与毁灭，揭露了秦朝统治者的穷奢享乐，并阐述了天下兴亡的道理。作者希望唐朝不要重蹈覆辙。但是良药苦口，忠言逆耳，杜牧的忠告没有被采纳。两年后，王驾崩；半个世纪后，黄巢起义，一度兴盛的唐王朝与秦王朝一样归于灭亡。

## 咸阳城东楼
### 许 浑

一上高城万里愁，蒹葭［jiān jiā］杨柳似汀［tīng］洲。
溪云初起日沉阁，山雨欲来风满楼。
鸟下绿芜秦苑夕，蝉鸣黄叶汉宫秋。
行人莫问当年事，故国东来渭水流。

咸阳在西安市西北，杨柳、蒹葭（芦荻）是常见植物，登上高楼，但见烟笼芦荻雾罩杨柳，好似汀洲。

风是雨的先兆，风已满楼，雨势就迫在眉睫了。景色迁动，心情改变，捕捉在"溪云初起日沉阁，山雨欲来风满楼"之中，使后人都如身在城楼之上。此句比喻局势将有重大变化前夕的迹象和气氛，现多用来比喻冲突或战争爆发之前的紧张气氛。

## 登咸阳县楼望雨
### 韦 庄

乱云如兽出山前，细雨和风满渭川。
尽日空濛［méng］无所见，雁行斜去字联联。

> 诗词地理学

乱云就像猛兽奔涌出山前，细雨和风洒遍了渭河河川。终日阴雨蒙蒙什么也不见，几行归去的雁就好像字联。

此诗是诗人登上咸阳县楼看到的秋雨的景象。诗的第一句，以"乱云如兽"渲染了雨前的气氛，仿佛要有一场凶猛的雨；可是诗的第二句一转，却是刮起了柔和的风，下起了蒙蒙细雨，而且下了一天，这正写出了秋雨绵绵，不同于夏天疾风骤雨的特点。诗的后两句写雨的景象，以"空濛无所见"衬托雨中只有南飞的大雁，而空中的雁行又反衬出秋雨中天地的空蒙，构成了一幅迷茫冷落的秋雨飞雁图。

晚唐社会，国势衰微，作者亲眼看到社会的凋弊，思绪中凝聚着不可排遣的忧虑。

## 送元二使安西
### 王 维

渭城朝雨浥轻尘，客舍青青柳色新。
劝君更尽一杯酒，西出阳关无故人。

"西出阳关无故人"当时阳关以西还是穷荒绝域，难觅故人。

此诗前两句写渭城驿馆风景，交待送别的时间、地点、环境气氛；后二句转入伤别，却不着伤字，只用举杯劝酒来表达内心强烈深沉的惜别之情。全诗以洗尽雕饰、明朗自然的语言抒发别情，写得情景交融，韵味深永，具有很强的艺术感染力，落成之后便被人谱成曲调，殷勤传唱，并成为流传千古的名曲。

秦州，即天水，位于甘肃最东部，属于黄土高原。

## 遣兴三首
### 杜 甫

#### 其 一

下马古战场，四顾但茫然。
风悲浮云去，黄叶坠我前。
朽骨穴蝼蚁，又为蔓草缠。
故老行叹息，今人尚开边。
汉虏互胜负，封疆不常全。
安得廉耻将，三军同晏眠。

其　二

　　高秋登塞山，南望马邑州。
　　降虏东击胡，壮健尽不留。
　　穹庐莽牢落，上有行云愁。
　　老弱哭道路，愿闻甲兵休。
邺[yè]中事反覆，死人积如丘。
　　诸将已茅土，载驱谁与谋。


其　三

　　丰年孰云迟，甘泽不在早。
　　耕田秋雨足，禾黍已映道。
　　春苗九月交，颜色同日老。
　　劝汝衡门士，忽悲尚枯槁。
　　时来展材力，先后无丑好。
　　但讶鹿皮翁，忘机对芳草。


## 寓　目
### 杜　甫

　　一县葡萄熟，秋山苜蓿[mù][xù]多。
　　关云常带雨，塞水不成河。
　　羌女轻烽燧[suì]，胡儿制骆驼。
　　自伤迟暮眼，丧乱饱经过。

　　黄土高原的地貌——黄土峁，指单个的黄土丘陵。峁的横剖面呈椭圆形或圆形，顶部有的为平顶，略呈穹起，四周多为凸形坡，坡长较短，坡度变化比较明显，主要分布在高原沟壑区。

　　黄土塬是比较大块的平整土地，但四周被冲刷切割，又称黄土平台、黄土桌状高地。其表部平坦，或微有起伏，黄土堆积厚度较大。顶面平坦宽阔、面积较大的平坦黄土高地，又称黄土台地。其顶面中心部位平坦，向四周边缘倾斜，塬的周围为深切的沟谷，边缘受沟头的溯源侵蚀形成锯齿状。

◎ 诗词地理学

### 出塞作
〔唐〕王 维

居延城外猎天骄,白草连天野火烧。
暮云空碛[qì]时驱马,秋日平原好射雕。
护羌校尉朝乘障,破虏将军夜渡辽。
玉靶角弓珠勒马,汉家将赐霍嫖姚。

碛:沙漠。

居延城在今内蒙古额济纳旗一带。白草北方草原上的一种野草,枯后呈白色,称白草。诗的前半部分描写吐蕃的打猎活动,这是紧张局势的一个信号。后半部分写唐军将士渡辽以防备侵略。

## 胡地三月半,梨花今始开——凉州

### 登凉州尹台寺
〔唐〕岑 参

胡地三月半,梨花今始开。
因从老僧饭,更上夫人台。
清唱云不去,弹弦风飒来。
应须一倒载,还似山公回。

在这塞外苦寒之地,直到农历三月春半时,梨花才开始绽放。于是我同寺中的老僧吃完饭,又登上了夫人台。那清越的歌声令白云停遏,那优美而淡雅的琴韵像清风飒然吹过一般。我也应该倒骑着马,像山公那样大醉而归。

这是岑参这首诗的意境。这首诗中所说的凉州,治所在今甘肃武威,唐河西节度府设于此地。武威是典型的大陆性气候。无霜期85～165天(河南洛阳无霜期210天以上,陕西西安无霜期平均为219～233天)。南部祁连山区,海拔在2100～4800米之间,气候冷凉,降水丰富,林草丰茂;中部平原绿洲区,地势平坦,土地肥沃,日照充足,农业发达,是全省和全国重要的粮、油、瓜果、蔬菜生产基地。

## 凉州馆中与诸判官夜集
### 岑 参

弯弯月出挂城头，城头月出照凉州。
凉州七里十万家，胡人半解弹琵琶。
琵琶一曲肠堪断，风萧萧兮夜漫漫。
河西幕中多故人，故人别来三五春。
花门楼前见秋草，岂能贫贱相看老。
一生大笑能几回，斗酒相逢须醉倒。

馆，即客舍。从"河西幕中多故人，故人别来三五春"等诗句看，岑参此时在凉州作客。凉州河西节度使幕府中，诗人有许多老朋友，常欢聚夜饮。

这首诗把边塞的生活情调和强烈的时代气息结合了起来。全诗由月照凉州开始，月亮照耀着七里十万家，城中荡漾的一片琵琶声。在着重表现边城风光的同时，也鲜明地透露了当时凉州的阔大格局与和平安定的气氛。如果拿它和宋代范仲淹的《渔家傲·塞下秋来风景异》相比，即可见同样是写边城，写秋天的季节，写少数民族的音乐，但范仲淹词中那种"长烟落日孤城闭""羌管悠悠霜满地"的描写，所表现的时代气氛就与岑参诗完全不同了。

对凉州武威雷台的描写：

## 边 思
### 李 益

腰垂锦带佩吴钩，走马曾防玉塞秋。
莫笑关西将家子，只将诗思入凉州。

这很像是一首自题小像赠友人的诗。但诗中并不单纯描摹外在的形貌装束，而是在潇洒风流的语调中透露出理想与现实的矛盾，寄寓着对苍凉的时代和个人身世的感慨。

◎ 诗词地理学

## 张 掖

### 关山月
#### 李 白

明月出天山，苍茫云海间。
长风几万里，吹度玉门关。
汉下白登道，胡窥青海湾。
由来征战地，不见有人还。
戍客望边邑，思归多苦颜。
高楼当此夜，叹息未应闲。

"天山"指祁连山。以祁连山为壮阔背景，李白从汉朝白登之战联想到征战连连之下戍客思归的慨叹，对边境安宁的无限期许，从诗歌里流露出来。

### 送张献心充副使归河西杂句
#### 岑 参

将门子弟君独贤，一从受命常在边。
未至三十已高位，腰间金印色赭然。
前日承恩白虎殿，归来见者谁不羡。
篋中赐衣十重馀，案上军书十二卷。
看君谋智若有神，爱君词句皆清新。
澄湖万顷深见底，清冰一片光照人。
云中昨夜使星动，西门驿楼出相送。
玉瓶素蚁腊酒香，金鞭白马紫游缰。
　　花门南，燕支北。
张掖城头云正黑，送君一去天外忆。

张掖地处河西走廊。作者送别朋友赴河西，先夸赞其才，后写作者情怀，"清冰一片光照人"。

第三章 唐诗地理篇

图 3-14 祁连山

## 敦　煌
### 佚　名

万顷平田四畔沙，汉朝城垒属蕃[bō]家。
歌谣再复归唐国，道舞春风杨柳花。
仕女尚挽天宝髻，水流依旧种桑麻。
雄军往往施鼙[pí]鼓，斗将徒劳猃[xiǎn]狁[yǔn]夸。

边境少了不拉锯战，"歌谣再复归唐国""仕女尚挽天宝髻"，连人们的装束都还是唐天宝年间的式样。"万顷平田西畔沙"写出了敦煌的地貌特点。

## 敦煌廿咏·莫高窟咏
### 佚　名

雪岭干青汉，云楼架碧空。
重开千佛刹，旁出四天宫。
瑞鸟含珠影，灵花吐蕙[huì]丛。
洗心游胜境，从此去尘蒙。

莫高窟高耸在大漠之上，"云楼加碧空"。表现了此地使人心境平和，凡尘洗净

55

◎ 诗词地理学

的功用。

## 敦煌太守后庭歌
### 岑 参

敦煌太守才且贤，郡中无事高枕眠。
太守到来山出泉，黄砂碛里人种田。
敦煌耆[qí]旧冀皓然，愿留太守更五年。
城头月出星满天，曲房置酒张锦筵。
美人红妆色正鲜，侧垂高髻插金钿。
醉坐藏钩红烛前，不知钩在若个边。
为君手把珊瑚鞭，射得半段黄金钱，此中乐事亦已偏。

岑参这首诗的前半部分六句着重颂扬敦煌太守的政绩，反映了诗人为当地人民安居乐业而欣慰的感情；后半部分九句写后庭酒筵场面，写出了酒筵喜庆的气氛，表现了诗人欢快的心情。

## 送刘司直赴安西
### 王 维

绝域阳关道，胡沙与塞尘。
三春时有雁，万里少行人。
苜蓿随天马，葡萄逐汉臣。
当令外国惧，不敢觅和亲。

诗的前两联介绍友人赴边的道路情况。第一联"绝域阳关道，胡烟与塞尘"指出路途遥远，环境恶劣。阳关故址在今甘肃敦煌西南。这两句是写这条西去的路的前方是边塞，接近胡人居住的地区，那里烽烟弥漫，沙土飞扬，一望无垠，人烟稀少。

后两联提到"苜蓿"，这是一种豆科植物，原产于亚洲西部，在我国北方分布面积较大，是很好的牲畜饲料。"葡萄逐汉臣"，葡萄在西北干旱区分布较广。

## 送康祭酒赴轮台
### 曹 唐

灞［bà］水桥边酒一杯，送君千里赴轮台。
霜粘海眼旗声冻，风射犀文甲缝开。
断碛簇烟山似米，野营轩地鼓如雷。
分明会得将军意，不斩楼兰不拟回。

灞水桥边，我端起一杯酒，送你到千里之外的轮台（在新疆）。那里气候寒冷，你却意气风发，坚定了打胜仗的决心。

## 从军行
### 王昌龄

青海长云暗雪山，孤城遥望玉门关。
黄沙百战穿金甲，不破楼兰终不还。

青海湖上蒸腾而起的漫漫云雾，遮得连绵雪山一片黯淡。边塞古城，玉门雄关，远隔千里，遥遥相望。黄沙万里，频繁的战斗磨穿了守边将士身上的铠甲，但他们壮志不灭，不打败进犯之敌，誓不返回家乡。

图3-15　青海湖

◎ 诗词地理学

图 3-16 青海湖

图 3-17 青海草甸

### 碛中作
#### 岑 参

走马西来欲到天，辞家见月两回圆。
今夜不知何处宿，平沙万里绝人烟。

诗人精心摄取了沙漠行军途中的一个剪影，向读者展示他戎马倥偬［kǒng zǒng］的动荡生活。诗于叙事写景中，巧妙地寄寓细微的心理活动，含而不露，蕴藉感人。

## 逢入京使
### 岑 参

故园东望路漫漫，
双袖龙钟泪不干。
马上相逢无纸笔，
凭君传语报平安。

边疆战士思乡"泪不干"，故园在遥远的东边。碰到回京的战友，都骑在马上没有纸笔，就让朋友口头捎带平安给家人这口信也是值万金啊！

楼兰古国消失之谜：猜测一是楼兰古城消失于战争。猜测二是楼兰古城的消失与罗布泊的南北移动有关，地理学家认为，罗布泊的南北移动周期是 1500 年左右，最早在 3000 多年前有一支欧洲部落的人生活在楼兰地区，1500 年前的楼兰再次进入繁华时代，这些都与罗布泊的周期性移动有关。猜测三是沙漠埋城，由于楼兰人过度开垦，加上本身缺少完善的水利设施用于灌溉，土地的沙漠化现象越来越严重；楼兰人砍伐了大量树木，楼兰最终逐渐深埋沙漠腹地。

## 唐铙 [náo] 歌鼓吹曲·高昌
### 柳宗元

麹 [qū] 氏雄西北，别绝臣外区。既恃远且险，纵傲不我虞。
烈烈王者师，熊螭 [chī] 以为徒。龙旂 [qí] 翻海浪，驲 [rì] 骑驰坤隅。
贲 [bì] 育搏婴儿，一扫不复馀。平沙际天极，但见黄云驱。
臣靖执长缨，智勇伏囚拘。文皇南面坐，夷狄千群趋。
咸称天子神，往古不得俱。献号天可汗，以覆我国都。
兵戎不交害，各保性与躯。

此诗极尽歌功颂德之美辞丽语，蛮夷臣服，"咸称天子神，往古不得俱""献号天可汗，以覆我国都"。从某种意义上看，表现了诗人盼统一颂太平的爱国情怀。

## 轮台即事
### 岑 参

轮台风物异，地是古单于。

◎ 诗词地理学

　　　　三月无青草，千家尽白榆。
　　　　蕃[bō]书文字别，胡俗语音殊。
　　　　愁见流沙北，天西海一隅[yú]。

　　此诗写的是轮台的异地民情风物，从它的历史、地域、气候、景物以及语言文字的特异，写出这座边疆要塞的独特风貌。从对这种异域风情的描绘中流露出一点客思乡愁也是很自然的事，甚至可以看作是描写异域风情的一种反衬，因其与故乡殊异，所以特别思乡。

## 首秋轮台
### 岑 参

　　　　异域阴山外，孤城雪海边。
　　　　秋来唯有雁，夏尽不闻蝉。
　　　　雨拂毡墙湿，风摇毳[cuì]幕膻[shān]。
　　　　轮台万里地，无事历三年。

　　此诗首句为地理环境，异域，有别于内地，且在阴山之外；孤城雪海，竟然为沙漠之中的一块绿地。次句为气候环境，轮台之夏和秋季很短，秋季已到，只见行行飞雁，夏日刚过，不闻声声鸣蝉。第三句为居住环境，住用毡帐。结尾为总结感叹，轮台之地距离家乡万里，无事在这待了三年。能看出来，岑参此时有些伤感，可能是因为未能建功立业而长叹息。

## 白雪歌送武判官归京
### 岑 参

　　　　北风卷地白草折，胡天八月即飞雪。
　　　　忽如一夜春风来，千树万树梨花开。
　　　　散入珠帘湿罗幕，狐裘不暖锦衾[qīn]薄。
　　　　将军角弓不得控，都护铁衣冷难着。
　　　　瀚海阑干百丈冰，愁云惨淡万里凝。
　　　　中军置酒饮归客，胡琴琵琶与羌笛。
　　　　纷纷暮雪下辕门，风掣红旗冻不翻。
　　　　轮台东门送君去，去时雪满天山路。
　　　　山回路转不见君，雪上空留马行处。

此诗描写西域八月飞雪的壮丽景色，抒写塞外送别、雪中送客之情，表现离愁和乡思，却充满奇思异想，并不令人感到伤感。诗中所表现出来的浪漫理想和壮逸情怀使人觉得塞外风雪变成可玩味欣赏的对象。全诗内涵丰富宽广，色彩瑰丽浪漫，气势浑然磅礴，意境鲜明独特，具有极强的艺术感染力，堪称盛世大唐边塞诗的压卷之作。其中"忽如一夜春风来，千树万树梨花开"等诗句已成为千古传诵的名句。

## 更［gēng］漏子·星渐稀

### 牛　峤

星渐稀，漏频传，何处轮台声怨。香阁掩，杏花红，月明杨柳风。挑锦字，记情事，惟愿两心相似。收泪语，背灯眠，玉钗［chāi］横枕边。春夜阑，更漏促，金烬［jìn］暗挑残烛。惊梦断，锦屏深，两乡明月心。

闺草碧，望归客，还是不知消息。孤负我，悔怜君，告天天不闻。南浦情，红粉泪，争奈两人深意。低翠黛，卷征衣，马嘶霜叶飞。招手别，寸肠结，还是去年时节。书托雁，梦归家，觉［jiào］来江月斜［xiá］。

这首词词体虽小，却能一波三折，夜深幻听的惊喜，觉来的孤独惆怅，锦字难织，玉钗横枕，思妇心理的波澜迭出，层层演进，曲尽其情。全词文笔清淡，上片仅用"杏花红"略作点染，以反衬寂寞心情。"月明杨柳风"，尤是天然好语，可以想见夜风轻拂，柳条参差，月下弄影的清绝之景。下片写"不知消息"的苦思；并回忆去年分别时的情景，"马嘶霜叶飞"。

## 定西番

### 牛　峤

紫塞月明千里，金甲冷，戍楼寒，梦长安。
乡思望中天阔，漏残星亦残。画角数声呜咽，雪漫漫。

这首词意境完美，是词史上早期声情并茂的边塞词之一，陆游誉其为"盛唐遗音"。

◎ 诗词地理学

### 天山雪歌送萧治归京
#### 岑 参

天山雪云常不开,千峰万岭雪崔嵬[wéi]。
北风夜卷赤亭口,一夜天山雪更厚。
能兼汉月照银山,复逐胡风过铁关。
交河城边鸟飞绝,轮台路上马蹄滑。
晻[ǎn]霭寒氛万里凝,阑干阴崖千丈冰。
将军狐裘[qiú]卧不暖,都护宝刀冻欲断。
正是天山雪下时,送君走马归京师。
雪中何以赠君别,惟有青青松树枝。

这是一首赞美天山雪的诗歌。全诗可分为三个部分。前四句从高空的雪云,到半空的雪岭,概括地写天山雪景之壮观。次八句写天山雪的特色,写出了雪的光华,写出了雪天的严寒。后四句诗写珍惜友情,依依难舍。全诗气候寒气彻骨,人却热血沸腾,无怨天尤人之意,有保国安民之情。

### 瑶 池
#### 李商隐

瑶池阿母绮窗开,黄竹歌声动地哀。
八骏日行三万里,穆王何事不重来。

"瑶池"指天山池。

这首诗是借周穆王西游遇仙人西王母的神话,讥刺皇帝求仙的虚妄。全诗虚构了西王母盼不到周穆王重来,暗示穆王已故的故事情节,显示了求仙妄想与死亡不可避免的对立。

## 新疆地理概况

### 1. 自然地理概况

新疆地处亚欧大陆腹地,陆地边境线长达5600多公里,在历史上是丝绸之路的重要通道，现在是第二座"亚欧大陆桥"的必经之地，战略位置十分重要。

（1）地形。新疆的山脉与盆地相间排列，盆地与高山环抱，被喻称"三山夹二盆"。

北部阿尔泰山，南部为昆仑山系；天山横亘于新疆中部，把新疆分为南北两半，南部是塔里木盆地，北部是准噶尔盆地。

习惯上称天山以南为南疆，天山以北为北疆，哈密、吐鲁番盆地为东疆。

（2）气候。新疆远离海洋，深居内陆，四周有高山阻隔，海洋气流不易到达，形成明显的温带大陆性气候。气温日气温差较大，日照时间充足，降水量少，气候干燥。南疆的气温高于北疆，北疆的降水量高于南疆。由于新疆大部分地区春夏和秋冬之交日温差极大，故历来有"早穿皮袄午穿纱，围着火炉吃西瓜"之说。

（3）水文。主要河流有：塔里木河（中国最大的内陆河）、伊犁河、额尔齐斯河（流入北冰洋）、玛纳斯河、乌伦古河、开都河等。

主要湖泊有：博斯腾湖、艾比湖、布伦托海、阿雅格库里湖、赛里木湖、阿其格库勒湖、鲸鱼湖、吉力湖、阿克萨依湖、艾西曼湖等。

### 2. 人文地理概况

新疆素有"歌舞之乡""瓜果之乡""宝石之乡""地毯之乡"之美誉，是国内外游客渴望一游的秘境。

### 3. 民族

新疆是一个多民族聚居的地区，共有 47 个民族。

14 个世居民族：汉族、维吾尔族、哈萨克族、回族、柯尔克孜族、蒙古族、塔吉克族、锡伯族、满族、乌兹别克族、土克曼族、俄罗斯族、达斡尔族、塔塔尔族。

其余民族：东乡族、壮族、撒拉族、藏族、彝族、布依族、朝鲜族等。

### 4. 宗教

新疆是多宗教地区。主要宗教有伊斯兰教、佛教、喇嘛教（藏传佛教）、基督教、天主教、东正教和萨满教。其中伊斯兰教为维吾尔族、哈萨克族、回族、柯尔克孜族、塔吉克族、乌兹别克族、土克曼族、塔塔尔族、撒拉族、东乡族、保安族等 10 多个民族所信奉。伊斯兰教在新疆社会生活中有着较大的影响。

### 5. 歌舞

新疆音乐蓬勃舒展，直抒胸臆，热烈绮丽，如同太阳般光辉明朗，壮美绚丽。

新疆歌舞艺术历史悠久。远在西汉时期，新疆就有于阗（tián）乐、健舞、软舞、习俗舞、模拟舞及拓枝舞、胡旋舞、胡腾舞等西域舞蹈。

维吾尔族：歌曲多以曲调委婉、情感炽烈、伴奏乐器丰富多彩而见称，舞蹈则动作柔和、回旋轻疾、形神协调。女性舞蹈姿态优美、舒展大方，男性舞蹈则刚健奔放。

哈萨克族：有即兴歌唱、阿肯弹唱会。舞姿刚健，步法简朴，多用"动肩"，步法上采用"马步"。

塔吉克族：用雄鹰的翅骨做成笛子，吹奏悠扬嘹亮的歌曲，跳着模拟山鹰、天鹅的各种动态的双人舞蹈，风格粗犷、矫健。

塔塔尔族：将音乐、诗歌、舞蹈融为一体，崇尚白天鹅的纯真、美丽和坚毅。

俄罗斯族：舞蹈形式有独舞、双人舞、集体舞等。俄罗斯族妇女的头巾舞和男子的赶马车舞颇有特色，青年人爱跳的踢踏舞，舞姿优美，步调矫健，节奏欢快。

柯尔克孜族：民歌节奏明快，热情活泼。舞蹈中以"挑肩"最富特色，女性舞蹈中常有吹"口弦"的动作。

### 6. 饮食文化

以面食为主食：馕 [náng]，是一种用面粉掺酵面、淡盐水和面烤制成的饼，贴于馕坑壁，加以焖制，呈杏黄色，四周厚，中间薄。

以牛羊肉为主的多种肉食结构：有烤羊肉、羊羔肉、全羊席、干炸羊排、茄汁羊肉饼、羊肉瓜盅、三元烧牛头等。

以"咸鲜、辛辣"为主的多种味觉食物：食肉时加盐，味美而且利于消化，加姜、葱、蒜等辛辣味佐料去肉腥。

种类丰富的水果：有葡萄、哈密瓜、香梨、西瓜、石榴等。

独具特色的茶饮：用花草、蔬菜、干果制成药茶、果仁茶、奶茶等。

历史悠久的美酒：有葡萄酒、马奶酒、白酒（烧酒）、啤酒。

### 7. 新疆民居

和田的"阿以旺式"民居：封闭型，内廷式的平面布局，没有明确的中轴线，室内中部设有2～8根柱子，柱子上部突出屋面，设高侧窗采光。

伊犁的"花园式"民居：建筑进深大，房间多，各室分布于前后两列，门口设门厅和围廊，其内部各房间或套门相通。

游毡建筑：毡房的骨架用戈壁滩上的红柳木做成，外围墙篱的材料是芨芨草，连接所用的的材料是牛皮绳和牛筋，门框和门用松木制作。

# 壮观三峡

## 三峡——万里客危坐，千山境悄然

### 三峡闻猿
#### 贯 休

历历数声猿，寥寥渡白烟。
应栖多月树，况是下霜天。
万里客危坐，千山境悄然。
更深仍不住，使我欲移船。

作者描绘三峡，"历历数声猿，寥寥渡白烟"，绘声色地写出了三峡自然风貌。"万里客危坐，千山境悄然"，写出行船艰险，环境清幽。

### 三 峡
#### 郦道元

从江中仰望壁立峻峭之巫峡，盖因山为名也。自三峡七百里中，两岸连山，略无阙处。重岩叠嶂，隐天蔽日，自非亭午夜分，不见曦月。

至于夏水襄陵，沿溯阻绝。或王命急宣，有时朝发白帝，暮到江陵，其间千二百里，虽乘奔御风，不以疾也。

春冬之时，则素湍绿潭，回清倒影，绝巘[yǎn]多生怪柏，悬泉瀑布，飞漱其间，清荣峻茂，良多趣味。

每至晴初霜旦，林寒涧肃，常有高猿长啸，属[zhǔ]引凄异，空谷传响，哀转久绝。故渔者歌曰："巴东三峡巫峡长，猿鸣三声泪沾裳。"

——《水经注·江水注》

巘：极高的山峰；大山上的小山。属：连接。

◎ 诗词地理学

　　唐宝应元年（762）冬季，唐军在洛阳附近的衡水与叛军的作战中打了一个大胜仗，收复了洛阳和郑（今河南，郑州）、汴（今河南开封）等州，叛军头领薛嵩、张忠志等纷纷投降。第二年，史思明的儿子史朝义兵败自缢，其部将田承嗣、李怀仙等相继投降。至此，持续7年多的"安史之乱"宣告结束。杜甫是一个热爱祖国而又饱经丧乱的诗人，当时正流落在四川。他听闻消息后，欣喜若狂，恨不得马上回到和平、安定的河南。

## 闻官军收河南河北
### 杜 甫

剑外忽传收蓟［jì］北，初闻涕泪满衣裳。
却看妻子愁何在，漫卷诗书喜欲狂。
白日放歌须纵酒，青春作伴好还乡。
即从巴峡穿巫峡，便下襄阳向洛阳。

　　杜甫从蜀地回家乡河南，由瞿塘峡、巫峡和西陵峡三大峡谷地段组成的长江三峡是绝好的捷径。两岸山峰林立，悬崖峭壁，巍然压来，甚是惊人。江水湍急，水道曲折，险滩遍地，真有"石出疑无路，云升别有天"的味道。

## 上三峡
### 李 白

巫山夹青天，巴水流若兹。
巴水忽可尽，青天无到时。
三朝上黄牛，三暮行太迟。
三朝又三暮，不觉鬓成丝。

　　此诗首句"夹"字用得极其到位，写出了巫山险峻、遮天蔽日的形势；"巴水忽可尽"，著一"忽"字，山回水转，尽在眼前；"青天无到时"，既写实又写情；三天还在黄牛峡打转，愁人。此诗表现手法多样，语言自然真率，虽流露出忧郁伤感的情绪，但气象雄伟，意境开阔，显示出诗人豪迈的气概。

## 渡荆门送别
### 李白

渡远荆门外，来从楚国游。
山随平野尽，江入大荒流。
月下飞天镜，云生结海楼。
仍怜故乡水，万里送行舟。

此诗由写远游点题始，继写沿途见闻和观感，后以思念作结。全诗意境高远，风格雄健，形象奇伟，想象瑰丽。表现了作者年少远游、倜傥不群的个性及浓浓的思乡之情。

## 咏怀古迹
### 杜甫
#### 其三

群山万壑赴荆门，生长明妃尚有村。
一去紫台连朔漠，独留青冢向黄昏。
画图省识春风面，环珮空归夜月魂。
千载琵琶作胡语，分明怨恨曲中论。

荆门：山名，在今湖北。朔漠：北方的沙漠。紫台指汉宫。"群山万壑"指荆门山周边，山脉的地貌特点。

此诗借咏昭君村、怀念王昭君来抒写自己的情怀。诗人对王昭君的遭遇寄予了深切的同情，表现了昭君对故国的思念与怨恨，并赞美了昭君虽死，魂魄还要归来的思乡之情，从中寄托了诗人自己的身世及爱国之情。

# 巫峡——水石潺湲万壑分

## 杂曲歌辞·杨柳枝
### 刘禹锡

扬子江头烟景迷，隋家宫树拂金堤。

◎ 诗词地理学

　　　　嵯峨犹有当时色，半蘸波中水鸟栖。
　　　　迎得春光先到来，浅黄轻绿映楼台。
　　　　只缘袅娜多情思，更被春风长倩猜。
　　　　巫峡巫山杨柳多，朝云暮雨远相和。
　　　　因想阳台无限事，为君回唱竹枝歌。

　　本诗是怀古之诗。隋炀帝在很多地方修建行宫，诗人选取了江边的一处来描写，表达了对朝代更替、世事无常的感叹主。扬子江是从镇江开始，一直到入海口中的一段长江。曾经的繁华已逝，还剩杨柳在江堤边随风飘拂。

## 竹枝词
### 刘禹锡

　　　　城西门前滟滪堆，年年波浪不能摧。
　　　　懊恼人心不如石，少时东去复西来。
　　　　瞿塘嘈嘈十二滩，此中道路古来难。
　　　　长恨人心不如水，等闲平地起波澜。
　　　　巫峡苍苍烟雨时，清猿啼在最高枝。

　　唐代，滟滪堆为长江中的巨石，波浪不能撼动它，行船要小心避开。

## 宿巫山下
### 李　白

　　　　昨夜巫山下，猿声梦里长。
　　　　桃花飞绿水，三月下瞿塘。
　　　　雨色风吹去，南行拂楚王。
　　　　高丘怀宋玉，访古一沾裳。

　　昨夜在巫山下过夜，满山猿猴，连睡梦中都仿佛听到它们的啼叫。桃花漂浮在三月的绿水上，竟然敢在这时候下瞿塘。疾风将雨吹至南方，淋湿楚王的衣裳。我在高高的山岗，怀念那宋玉，为什么给楚王写出那么美丽的文章，看到这古迹，让我热泪满眶。

## 观元丹丘坐巫山屏风
### 李 白

昔游三峡见巫山，见画巫山宛相似。
疑是天边十二峰，飞入君家彩屏里。
寒松萧瑟如有声，阳台微茫如有情。
锦衾瑶席何寂寂，楚王神女徒盈盈。
高咫尺，如千里，翠屏丹崖灿如绮。
苍苍远树围荆门，历历行舟泛巴水。
水石潺湲万壑分，烟光草色俱氤氲。
溪花笑日何年发，江客听猿几岁闻。
使人对此心缅邈，疑入嵩丘梦彩云。

当年游三峡时见过巫山，如今看见这幅屏风画上的巫山又仿佛回到了从前。我心疑是天边的巫山十二峰，飞进您家的屏风里边。寒松摇曳若有声，依稀可见的阳台如有深情。棉衣瑶席多么寂寞，楚王和神女当年的热恋也是徒然。小小屏风咫尺千里，青山红崖如同锦绣灿烂。苍郁的树木掩映着荆门，巴水上的行舟历历可见。万壑间水漫石滩，烟光里草色新鲜。日光下溪畔的山花是何年盛开，江客听猿始自哪年？令人在画前心胸高远，我真疑心自己是在梦中遇到了神仙。

## 离 思
### 元 稹

曾经沧海难为水，除却巫山不是云。
取次花丛懒回顾，半缘修道半缘君。

没有情，何来诗？巫峡与巫山连为一体，也就少不了这些情调。

## 巫山曲
### 孟 郊

巴江上峡重复重，阳台碧峭十二峰。
荆王猎时逢暮雨，夜卧高丘梦神女。
轻红流烟湿艳姿，行云飞去明星稀。

## 诗词地理学

目极魂断望不见，猿啼三声泪滴衣。

巫山十二峰中以神女峰最为有名，峰上挺拔的石柱宛似少女亭亭玉立，每天迎朝霞，送晚霞，人称望峡峰。巫峡两岸著名的山峰就是巫山十二峰。

### 巫山高
#### 李 端

巫山十二峰，皆在碧虚中。
回合云藏月，霏微雨带风。
猿声寒过涧，树色暮连空。
愁向高唐望，清秋见楚宫。

巫山的十二座山峰，都高耸矗立于碧空中。巫山云雾缭绕，遮隐着日光，秋风吹来，细雨蒙蒙。猿声凄厉，在峡谷中哀转久绝，树色与朦胧的天色融为一体。清秋时节，遥望高唐，看见当年的楚宫，我思绪万千，愁绪绵绵。

说到险滩，不能不提到令船工谈之色变的滟滪堆：在瞿塘峡口，江心雄踞一巨石，形状狰狞可怕。为此，当地流传着一曲民谣：

滟滪大如象，瞿塘不可上。
滟滪大如牛，瞿塘不可留。
滟滪大如马，瞿塘不可下。
滟滪大如袱，瞿塘不可触。
滟滪大如龟，瞿塘不可窥。
滟滪大如鳖，瞿塘行舟绝。

### 得行简书，闻欲下峡，先以诗寄
#### 白居易

朝来又得东川信，欲取春初发梓州。
书报九江闻暂喜，路经三峡想还愁。
潇湘瘴雾加餐饭，滟滪惊波稳泊舟。
欲寄两行迎尔泪，长江不肯向西流。

得知家人要来，作者写诗寄托思念：我本来想把我的泪水通过滚滚长江水带给你，无奈啊，长江不会向西流去。这表示作者的感情无处抒发，思念之情无法寄托。

## 三峡地理概况

　　长江三峡西起重庆市奉节县的白帝城，东至湖北宜昌市的南津关，全长 193 公里，由瞿塘峡、巫峡和西陵峡三段峡谷组成，是中国乃至世界著名的自然景观之一。船行长江中，可见沿途两岸奇峰陡立、峭壁对峙。长江流经岩性坚硬的背斜山地时，江水顺着较发育的垂直裂隙向下侵蚀，两岸谷坡失去支撑而崩塌，形成幽深险峻、峭壁临江的峡谷。

◎ 诗词地理学

# 巴山蜀水

白帝城的名称，最早出现于西汉末年。当王莽篡位时，他手下大将公孙述割据了四川。公孙述在天府之国势力渐渐膨胀，野心勃勃，自个儿想当皇帝了。这天，他骑马来到瞿塘峡口，见地势险要，易守难攻，便下令扩修城垒，屯兵严防。后来公孙述听说城中有口白鹤井，井中常冒出一股白色的雾气，其形状宛如一条龙，直冲九霄。他故弄玄虚，说这是"白龙出井"，是他日后必然登基成龙的征兆。于是，他在公元25年自称白帝，所建城池取名"白帝城"，周围的山亦改名"白帝山"。

公元36年，公孙述与刘秀争天下，被刘秀所灭，白帝城亦在战火中化为灰烬。在公孙述称帝期间，各地战乱频繁，而白帝城一带却比较安宁，当地老百姓为了纪念公孙述，特地在白帝城兴建"白帝庙"，塑其像供祀。至明朝，公孙述的塑像被搬开，为刘备像所代替，庙内还有关羽、张飞、诸葛亮的塑像，但"白帝庙"的名称一直沿用至今。真正使白帝城名声大噪的是刘备白帝城托孤的故事。三国时期，刘备为报结义兄弟关羽被杀之仇，不听诸葛亮的劝阻，亲率大军攻打东吴，结果被东吴大将陆逊在夷陵火烧连营七百里，大败而归。诸葛亮为抵御陆逊的进攻，摆好了八阵图，结果陆逊退兵。刘备在病榻之上，对诸葛亮说："君才十倍曹丕，必能安国，终定大事。若嗣子可辅，辅之；如其不才，君可自取。"诸葛亮遵照齐备遗愿，为统一国家而努力，成为历史上忠诚与智慧的典范。

作为观"夔门天下雄"的最佳景点，历代著名诗人登白帝，游夔门，留下大量脍炙人口的诗篇。

## 竹枝词
### 刘禹锡

白帝城头春草生，
白盐山下蜀江清。
南人上来歌一曲，
北人陌上动乡情。

白帝城在濒临长江的白帝山上，春天百草茂盛。长江水清澈，山水相映。

## 早发白帝城
### 李 白

朝辞白帝彩云间，
千里江陵一日还。
两岸猿声啼不住，
轻舟已过万重山。

三峡水利工程竣工后，水位抬高，白帝城四面环湖，成为天然小岛，完全改变了它原来一面靠山、三面环水、背倚高峡、前临长江的气势和风貌。

## 杜甫草堂——长夏江村事事幽

### 堂 成
#### 杜 甫

背郭堂成荫白茅，缘江路熟俯青郊。
桤［qī］林碍日吟风叶，笼竹和烟滴露梢。
暂止飞乌将数子，频来语燕定新巢。
旁人错比扬雄宅，懒惰无心作解嘲。

四年的流亡生活之后，杜甫携家属来到不曾遭到战乱骚扰的西南富庶之乡——成都郊外浣［huàn］花溪畔。两三个月倏然而过，他依靠亲友的资助而辛苦建造的草堂初就，终于获得一个暂时安定的栖身之所，难免抒发一下情感。

### 江 村
#### 杜 甫

清江一曲抱村流，长夏江村事事幽。
自去自来梁上燕，相亲相近水中鸥。
老妻画纸为棋局，稚子敲针作钓钩。
但有故人供禄米，微躯此外更何求？

◎ 诗词地理学

时值初夏，浣花溪畔，江流曲折，水木清华，一派恬静幽雅的田园景象。诗人拈来《江村》诗题，放笔咏怀，愉悦之情是可以想象的。

杜甫提到了夫妻与家庭生活，夫妻之爱需要用耐心来维系。

古今中外的诗词中，常常提到爱。爱是什么？仅仅是花前月下，卿卿我我吗？

保罗关于爱的颂歌，尤其适用于家庭。

爱是恒久忍耐，又有恩慈；爱是不嫉妒，爱是不自夸，不张狂，不做害羞的事，不求自己的益处，不轻易发怒，不计算人的恶，不喜欢不义，只喜欢真理；凡事包容，凡事相信，凡事盼望，凡事忍耐。爱是永不止息。

## 赠花卿
### 杜 甫

锦城丝管日纷纷，
半入江风半入云。
此曲只应天上有，
人间能得几回闻。

锦官城里的音乐声轻柔悠扬，一半随着江风飘去，一半飘入了云端。这样的乐曲只应天上有，人间哪里能听见几回？

## 一 室
### 杜 甫

一室他乡远，空林暮景悬。
正愁闻塞笛，独立见江船。
巴蜀来多病，荆蛮去几年。
应同王粲宅，留井岘山前。

杜甫于唐乾元二年（759）春告别故乡洛阳，返回华州司功参军任所，不久弃官客居秦州、同谷，后来到了成都，辗转四千里。杜甫写此诗时，距天宝十四年（755）十一月安史之乱爆发已有五六个年头。在这几年中，叛军铁蹄蹂躏中原各地，生灵涂炭，血流成河，这是杜甫深为忧虑的事。

## 恨 别
### 杜 甫

洛城一别四千里，胡骑长驱五六年。
草木变衰行剑外，兵戈阻绝老江边。
思家步月清宵立，忆弟看云白日眠。
闻道河阳近乘胜，司徒急为破幽燕。

唐上元二年（761）八月，大风破屋，大雨又接踵而至。当时安史之乱尚未平息，诗人由自身遭遇联想到战乱以来的万方多难，长夜难眠，感慨万千，写下了这篇脍炙人口的诗篇：

## 茅屋为秋风所破歌
### 杜 甫

八月秋高风怒号，卷我屋上三重茅。茅飞渡江洒江郊，高者挂胃长林梢，下者飘转沉塘坳。南村群童欺我老无力，忍能对面为盗贼。公然抱茅入竹去，唇焦口燥呼不得，归来倚杖自叹息。俄顷风定云墨色，秋天漠漠向昏黑。布衾多年冷似铁，娇儿恶卧踏里裂。床头屋漏无干处，雨脚如麻未断绝。自经丧乱少睡眠，长夜沾湿何由彻！安得广厦千万间，大庇天下寒士俱欢颜，风雨不动安如山。呜呼！何时眼前突兀见此屋，吾庐独破受冻死亦足！

体现了作者怜贫惜弱的情怀。

四年之后，杜甫离开成都，携家乘舟东下，途经渝州、忠州时写下《旅夜书怀》：

## 旅夜书怀
### 杜 甫

细草微风岸，危樯独夜舟。
星垂平野阔，月涌大江流。
名岂文章著，官应老病休。
飘飘何所似，天地一沙鸥。

◎ 诗词地理学

　　峨眉山就像一道巨大的翠屏伫立于成都平原西南,遥望这片深藏宗教文化底蕴的净土,又犹如清秀的少女般亭亭玉立,因而被赋予了"峨眉"这富有活力的字眼。

### 峨眉山
#### 郑 谷

万仞白云端,经春雪未残。
夏消江峡满,晴照蜀楼寒。
造境知僧熟,归林认鹤难。
会须朝阙去,只有画图看。

　　"夏消江峡满"指雪水消融使夏季江水上涨。
　　青壮年的李白对峨眉景仰已久,似乎只有登上山顶,才能抒发慷慨豪迈的气概,一舒心中之块垒:

### 峨眉山月歌
#### 李 白

峨眉山月半轮秋,影入平羌江水流。
夜发清溪向三峡,思君不见下渝州。

　　诗中连用了五个地名,构思精巧,不着痕迹。诗人依次经过的地点是:峨眉山—平羌江—清溪—三峡—渝州,诗境就这样渐次为读者展开了一幅千里蜀江行旅图。除"峨眉山月"以外,诗中几乎没有更具体的景物描写;除"思君"二字,也没有更多的抒情。然而"峨眉山月"这一集中的艺术形象贯串整个诗境,成为诗情的触媒,由它引发的意蕴相当丰富:山月与人万里相随,夜夜可见,使"思君不见"的感慨愈加深沉。明月可亲而不可近,可望而不可接,更是思友之情的象征。凡咏月处,皆抒发江行思友之情。连用五个地名,精巧地点出行程,既有"仗剑去国,辞亲远游"的豪迈,也有思乡的情怀,语言流转自然,恰似"清水出芙蓉,天然去雕饰"。

### 登峨眉山
#### 李 白

蜀国多仙山,峨眉邈难匹。
周流试登览,绝怪安可悉?

青冥倚天开，彩错疑画出。
泠然紫霞赏，果得锦囊术。
云间吟琼箫，石上弄宝瑟。
平生有微尚，欢笑自此毕。
烟容如在颜，尘累忽相失。
倘逢骑羊子，携手凌白日。

此诗极写峨眉之雄奇无匹，真给人以人间仙境之感，这就难怪诗人会飘飘然有出世之思了。当时的李白实际上并不想出世，他有着远大的抱负，正想干一番经国济世的大业，峨眉奇景只是暂时淡化了他的现实功利心。不过，由此也不难看出，名山之游对李白超功利审美情趣的形成有着不容低估的影响。

## 听蜀僧濬 [jùn] 弹琴
### 李 白

蜀僧抱绿绮，西下峨眉峰。
为我一挥手，如听万壑松。
客心洗流水，馀响入霜钟。
不觉碧山暮，秋云暗几重。

用松林被风吹拂的声音形容琴声，角度新颖。

## 送友人入蜀
### 李 白

见说蚕丛路，崎岖不易行。
山从人面起，云傍马头生。
芳树笼秦栈，春流绕蜀城。
升沉应已定，不必问君平。

蜀道之难，难于上青天。唐天宝二年（743），李白在长安送友人入蜀时，挥毫泼墨写下一首描绘蜀道的诗。"升沉应已定"表达了李白的天命观。

千古人物，随时事而去；庙宇灵台，几椽栋檩，勾起一段思绪。诸葛亮因生前被封为"武乡侯"，死后谥号"忠武"，因此他的祠堂被称为"武侯祠"。早在唐以前，武侯祠就与祭祀刘备的昭烈庙毗邻，明代重建时，合二为一。到了清代，康熙年间又

◎ 诗词地理学

重建。坐落于汉昭烈庙大门内的最大一通石碑是唐宪宗元和四年（809）立的"蜀汉丞相诸葛武侯祠堂碑"，碑文由著名书法家柳公绰书写，著名匠人鲁建刻字，碑文则由宰相裴度撰写，因而号称"三绝碑"。

## 蜀　相
### 杜　甫

丞相祠堂何处寻，锦官城外柏森森。
映阶碧草自春色，隔叶黄鹂空好音。
三顾频烦天下计，两朝开济老臣心。
出师未捷身先死，长使英雄泪满襟。

诗人怀着对三国时蜀相诸葛亮的深深敬意，缅怀他生前的显赫功勋，并寄予了无穷的感叹，也蕴藉着诗人匡时济世的抱负和失望心情。

图 3-18　成都武侯祠

**巴蜀地理概况：**

巴蜀是指中国西南以四西盆地为主及其周边附近地区，地处长江上游，这一地区因共独特的地理条件和历史背景，形成了独特的巴蜀文化。地理上的鲜明特色是盆地地貌、山高谷深，"蜀道难"概括了其交通状况。

# 帝国丰韵

## 长安——尚衣方进翠云裘

长安，是西安的古称，地处关中平原中部，是华夏文明的发祥地之一。从公元前11世纪至公元10世纪间，曾有13个朝代在此建都。西安与罗马、开罗、雅典并称为"世界四大古都"，是中国历史上建都朝代最多、建都时间最长、影响力最大的都城，居中国古都之首，也被赋予最早的东方世界之都。从西周时期起，长安就是国家的都城，秦、西汉、前赵、前秦、西魏、北周以及隋、唐等，先后在这里定都，中国历史上的点点滴滴都在这里演绎，历史上的盛唐景象也在这里呈现。

### 和贾至舍人早朝大明宫之作
#### 王 维

绛帻鸡人报晓筹，尚衣方进翠云裘。
九天阊阖开宫殿，万国衣冠拜冕旒。
日色才临仙掌动，香烟欲傍衮龙浮。
朝罢须裁五色诏，佩声归到凤池头。

在盛极一时的唐代，长安可以说是真正的"世界之都"。来自世界各地的商人寻找丝绸、瓷器及其他奢侈品，以满足欧洲贵族对于东方的想象和奢侈品的炫耀。来自新罗、日本的学生则以相当虔诚的态度向中国学习。

都城变化：城市扩张，功能布局明确。唐高宗在隋文帝修建的长安城基础上，修建都城外廓，扩大城市面积。长安城分为三部分：宫城——皇帝居所（城市最中央）、皇城——官员办公之地（宫城南边）、外城——百姓与官僚居所（宫城及皇城以外）。方形的长安城周长70里[①]，横纵大街交错，四通八达。当时的朱雀大街宽达150多米，是今天北京长安街的2倍。

---

① 1里=0.5千米。

大明宫，大唐帝国的大朝正宫，是唐朝的政治中心和国家象征，位于长安北侧的龙首原，是唐长安城的三座主要宫殿（大明宫、太极宫、兴庆宫）中规模最大的，称为"东内"。自唐高宗起，先后有 17 位唐朝皇帝在此处理朝政，历时 240 余年。大明宫是唐帝国最辉煌壮丽的宫殿群，其建筑形制影响了当时东亚地区多个国家宫殿的建设。大明宫占地 350 公顷，是明清北京紫禁城的 4.5 倍，被誉为"千宫之宫""丝绸之路的东方圣殿"。公元 896 年，大明宫毁于唐末的战乱。

长安宗教盛行，寺庙林立。长安城内的寺院道观，据说有 100 多座，有僧寺、尼寺、道士观、女观、波斯寺，五花八门。

包容性强，留学生多。长安向世界敞开了大门，城里有 3 万多名来自世界各地的留学生。长安的市民除了穿自己国家的衣服以外，还流行穿戴国外的服饰，如紧身的波斯服装。大唐有充足的文化自信。外国留学生络绎不绝，日本、新罗（朝鲜）一直是"大户"，多的时候一次五六百人，声势浩大。大唐包容各宗教，兼容并蓄，并在此基础上提升自己的优势。这也是中华文化中非常了不起的一点，那就是开放和包容。

文化繁荣，艺术兴盛。长安一直是文化的中心，在科举取士的年代里，这里是文人的集中地，唯有接近它，才有可能提升自身的知名度。李白、杜甫、白居易等著名诗人，都在这里留下了不朽的诗篇。书法名家也在这里云集，艺术人才层出不穷。

## 宫阙参差落照间——宫廷生活

### 退宫人
#### 张 祜

开元皇帝掌中怜，流落人间二十年。
长说承天门上宴，百官楼下拾金钱。
歌喉渐退出宫闱，泣话伶官上许归。
犹说入时欢圣寿，内人初著五方衣。

作者借着一位宫女的口吻述说开元年间的事情。这名宫女原是开元年间玄宗皇帝怜爱的掌上明珠，可遭遇了安史之乱流落到民间已 20 年了。她经常给人们说开元盛世时的往事，那一回皇帝在承天门上举行宴会，酒酣时让她向楼下抛撒金钱给楼下的百官争拾，这盛况是再也难见到啊。

唐开元天宝年间，唐玄宗经常在太极宫的承天门或者兴庆宫花萼相辉楼上宴饮娱乐，一高兴了就让身边人往下面抛撒金钱，让嫔妃、宫女、大臣们抢夺，以此助兴，这种活动当时就叫做金钱会。百官们自然是争相抢夺，热闹非凡。平日里，承天门则布满重兵，羽林军也在这里，而且门口两侧的门卫也是威风凛凛。承天门建于隋朝，是隋唐时期皇帝与群臣议政和举行国事活动的重要场所。承天门上建有高大雄伟的楼观，有宽约441米的宫廷广场，南面正对朱雀门。

## 长安春望
### 卢 纶

东风吹雨过青山，却望千门草色闲。
家在梦中何日到，春生江上几人还？
川原缭绕浮云外，宫阙参差落照间。
谁念为儒逢世难，独将衰鬓客秦关。

此诗抒发了诗人在乱离中的思家之情，体现了"十才子"诗中的"阴柔之美"。"十才子"是唐代宗大历年间的十位诗人，他们这个诗歌流派偏重于诗歌形式技巧。除卢纶外，还有李端、司空曙等人。东风吹拂，微微春雨洒过青山（初春，夏季风已开始带来东边海洋的暖湿气流）；远望，长安城中房舍重重叠叠嶂，草色闲闲。故园就在梦中，可是何时才能归还？冬去春来，江上舟来舟往，又有几人得以还家？长安城外，河流原野，纵横交错，一直延伸到天边浮云之外。长安城中，宫阙参差错落，笼罩在一片残阳之中。又有谁理解我这位客人，生逢乱世，孤身一人，满头白发，形容憔悴，漂泊流荡在荒远的秦关。

长安地处关中平原，地势平坦、开阔，南有秦岭，北有渭水，具备天然的屏障和地理优势。关中平原土地肥沃，气候适宜，物产丰富，有利于农业发展和城市建设。此外，长安地理位置接近西北边陲，是控制西北的重要战略要地，有利于维护边疆稳定。

## 长安晚秋
### 赵 嘏

云物凄凉拂曙流，汉家宫阙动高秋。
残星几点雁横塞，长笛一声人倚楼。
紫艳半开篱菊静，红衣落尽渚莲愁。
鲈鱼正美不归去，空戴南冠学楚囚。

◎ 诗词地理学

　　此诗通过诗人的见闻,写深秋拂晓的长安景色和羁旅思归的心情、故园之情和退隐之思,风格清新。秋季菊花盛开,鲈鱼正美。"高秋",即秋高气爽。由于进入深秋,副热带高压南撤,暖湿气流减弱,空气湿度降低,长安极易出现碧空万里的天气。"秋高气爽"是在气压、气温、湿度、能见度等多重因素影响下出现的景象,此时气候与景色都很宜人。

## 西宫春怨
### 王昌龄

西宫夜静百花香,欲卷珠帘春恨长。
斜抱云和深见月,朦胧树色隐昭阳。

　　此诗通过写西宫深夜的静与花香,描绘出美景虽在却无人欣赏的凄凉场景,体现了失宠妃子的怨与愁。西宫中的夜晚非常清静,只有盛开在宫中庭院内的花朵悄悄地散发着阵阵香气。住在宫中的美人本来想要卷起用珠子串成的门帘出外赏花,却又因无心欣赏而作罢,只有独守空闺,抱着琴瑟看月亮,许多树遮蔽着昭阳宫。

图 3-19 　《簪花仕女图》(局部)〔唐〕周昉

　　《簪花仕女图》描写的是春夏之交时节,服饰艳丽的贵族妇女在庭园里嬉戏、赏花的闲逸生活片断。

## 鼓声初动未闻鸡——百官生活

### 晓闻长乐钟声
#### 戴叔伦

汉苑钟声早，秦郊曙色分。
霜凌万户彻，风散一城闻。
已启蓬莱殿，初朝鸳鹭群。
虚心方应物，大扣欲干云。
近杂鸡人唱，新传兔氏文。
能令翰苑客，流听思氤氲。

西安属于温带大陆性季风气候，四季分明，冷暖差异显著。冬季寒冷，所以"霜凌万户彻"。

宫殿的大门早就准备好了，官员们赶到大明宫蓬莱殿后，钟声仍然在响，大门也已经打开，大家都在等待皇帝起床呢。

天还没亮，官员们就要起床去赶早朝，风雨无阻，日复一日，这是一件辛苦的差事。官员们若是住的地方较远，那不更可怜么？幸亏当时的钟声还算响亮，大明宫里的钟声在天刚亮的时候就响遍长安城，它告诉散居的官员们，该去上朝了！

### 早　朝
#### 王　维

皎洁明星高，苍茫远天曙。
槐雾暗不开，城鸦鸣稍去。
始闻高阁声，莫辨更衣处。
银烛已成行，金门俨驺驭。

"高阁声"是指宫中报时之声。官员起床赶路时，天上星光依然皎洁，太阳还未升起，只隐约可见东方的曙光。所以，唐朝的"早朝"是很早的。

◎ 诗词地理学

## 早　朝
### 耿　湋（wéi，同"纬"）

钟鼓余声里，千官向紫薇。
冒寒人语少，乘月烛来稀。
清漏闻驰道，轻霞映琐闱。
犹看嘶马处，未启掖垣扉［yuán fēi］。

乘着月色与烛光来参加早朝。

面君，对好多人来说都是件非常荣幸的事情，因此不少诗人对这种场面的宏大气象进行了精彩的描绘。诗人们都是一副庄重肃穆的模样，对皇帝的接见感激不尽。

## 早朝寄白舍人、严郎中
### 张　籍

鼓声初动未闻鸡，羸马街中踏冻泥。
烛暗有时冲石柱，雪深无处认沙堤。
常参班里人犹少，待漏房前月欲西。
凤阙星郎离去远，阁门开日入还齐。

早晨鼓声刚响，但天还没亮，鸡尚未鸣叫（冬天鸡叫一般是5～7点，鸡未叫说明很早）；我坐在羸弱的马背上，踏着一片冻泥走在空荡的街道上。烛光昏暗，马匹有时碰到石柱，而在雪深的路上，我无处寻找熟悉的沙堤。到达时，参与朝廷事务的同僚官员还很少，只有在房前的漏水声中等待，看到月亮慢慢西斜（从"雪深无处认沙堤"可大致判断，不是满月；根据"诗词与月相"部分介绍来判断，这应为下弦月或残月）。像飞翔的凤阙一样的高高的阶梯和高楼，给郎官离去带来遥远的距离感。宫门早已打开，日头逐渐升起，大家齐聚一堂。（阁［gé］：1. 大门旁的小门。2. 宫中小门。）

这首诗可以理解为作者对朝廷生活的描绘和思考，表达了对朝政失望和对郊外生活的向往。同时，也展示了唐代士子的日常生活。张籍写出了自己的牢骚，那种冬季早起的日子恐怕真的不是那么好受。

## 冬夜与钱员外同直禁中
### 白居易

夜深草诏罢,霜月凄凛凛。
欲卧暖残杯,灯前相对饮。
连铺青缣被,对置通中枕。
仿佛百余宵,与君同此寝。

我们还真有点同情宿值的官员,值夜班第二天早上还要参加早朝。当然皇帝不会亏待这些值夜班的人,不时还会给他们点好吃的、好穿的,他们自然会感到无上荣光了。

## 我年十八九,壮气起胸中——唐代科举

科举制度是中国历代选才取士的制度。古代与中国交流密切的日本、朝鲜、越南等国家也深受影响。早在汉惠帝时,选官"爵非德不授,禄非功不与"。"察举制"始于汉惠帝,汉武帝时成定制。方法是经道德考察,再由引荐出仕。隋唐时期,科举制登上历史舞台。唐代科举有个显著的特点——试卷不密封,因此名声对于考生来说至关重要。当时的科举,由于不糊名,考官对考生的态度就非常重要而敏感。当时很多考官上下其手,徇私舞弊。

唐代的读书人都希望能到长安考中进士。只有科举高中取得功名,才能建功立业。科举考试的内容有时务策、帖经、杂文等。唐代的科举名目很多,如进士、明经、明法、明算等,明经等常科每年都举行一次;同时,天子还举行一些不定期的考试。举人里面也有不少穷知识分子。在唐代,供应一个考生不是件容易的事情,有时需要全家来支持。

## 赠徐州族侄
### 韩 愈

我年十八九,壮气起胸中。作书献云阙,辞家逐秋蓬。
岁时易迁次,身命多厄穷。一名虽云就,片禄不足充。
今者复何事,卑栖寄徐戎。萧条资用尽,濩落门巷空。
朝眠未能起,远怀方郁惊。击门者谁子,问言乃吾宗。

> 自云有奇术，探妙知天工。既往怅何及，将来喜还通。
> 期我语非佞，当为佐时雍。

作为少年才俊，韩愈自然是年轻有为。此诗讲述自己的求学处事经历。诗人十八九岁，勤奋读书，四处漂泊，时事艰辛，命途多舛。刚刚有点声名，公务繁忙，俸禄并不够用，沦落失意的时候门巷空空，清晨刚睡醒，忧思积聚。远方来了一个客人，一问是我的同宗亲人，说自己有奇门异术，知道世间天工开物，目前作者虽然惆怅落魄，以后将时运通达。宗族侄儿，希望我（韩愈）所说的话不是巧言善辩，应当为世事太平多做贡献。

当时有句说法就是"三十老明经，五十少进士"。由此可见，唐代的科举竞争之激烈。很多举子难中进士，于是不时透露着无奈与渺茫。

## 秋赋有期因寄袭美
### 陆龟蒙

> 云似无心水似闲，忽思名在贡书间。
> 烟霞鹿弁聊悬著，邻里渔舠暂解还。
> 文草病来犹满箧，药苗衰后即离山。
> 广寒宫树枝多少，风送高低便可攀。

举子们辛苦跋涉到了长安，就要办理考前的手续，他们要到礼部去把自己以及三代的名讳交上，还要到长安的居住地与好几个人互相担保，然后到国子监拜祭孔子。对于举子们来说，元日大朝会非常隆重，这意味着快要考试了。

"行卷"之风颇浓。当时的考试制度还不太完善，卷子不密封，是谁的卷子考官一目了然。因此，让考官知道你欣赏你就变得十分重要。"行卷"指的是在考试前两三个月，举子们将自己满意的"大作"编辑成卷轴，送给社会上有地位的人看，请他们向主考官推荐，从而增加被录取的希望。"行卷"大有学问，作品不可太长，找的人不可无知名度，要托对人。

## 赋得古原草送别
### 白居易

> 离离原上草，一岁一枯荣。
> 野火烧不尽，春风吹又生。
> 远芳侵古道，晴翠接荒城。

又送王孙去，萋萋满别情。

这是16岁的白居易"行卷"的作品，他找的人是顾况——著名的诗人。顾况看了封面的"白居易"三个字，开玩笑道："长安米贵，'白居'恐怕不'易'"。但当他看到白居易的这首诗后，大加赞赏，遂改口说："有这样的好文采，住哪儿都不难呀！"于是顾况不遗余力地宣传推荐白居易，不久，白居易的大名就享誉京城。果然，这年白居易科考及第，书写了"慈恩塔下提名处，十七人中最少年"的豪言。

## 闺意献张水部
### 朱庆馀

洞房昨夜停红烛，待晓堂前拜舅姑。
妆罢低声问夫婿，画眉深浅入时无？

张水部，即著名诗人张籍，时任水部郎中。朱庆馀曾向张"行卷"，得其赏识，但于考前尚惴惴不能自安，故以此诗试探张意。因此事毕竟羞于出口，遂假托闺情，以新妇自比，让"新郎"（指张籍）品评。

唐朝时，人们普遍将公婆称名"舅姑"。这一称呼源于古代的婚姻制度和语言习惯。

诗一开始，勾画出一个新婚初夜的早晨场面。洞房里虽然是夫妇二人，而诗人的笔端却单单对准新娘。她起个绝早，于辉煌的烛影中对镜梳妆，为的是"待晓堂前拜舅姑"。待晓，等候天亮。舅姑，即公婆。古时女子必于婚后第一个早晨拜见公婆，才算取得了家长的认可，明确了媳妇的身份。用两句诗包容人物、时间、环境与事件等多种因素，如此浓缩语言的功力，在唐诗中并不多见。对古代的新嫁娘来说，这第一次的拜见，事关以后处境的顺逆、地位的浮沉，因为那是以家长为中心的时代，故而新娘总是要讨取公婆最初的良好印象，为此后的生活开个好头。新婚而早起，用心良苦。但是，尽管提前准备，也消除不了新娘此刻精神的紧张。她虽然精梳妙扮，巧抹细描，还是不能自信，唯恐有什么疵点不惬公婆之意，这才"妆罢低声问夫婿"。低声，自然是因为新嫁的羞涩。"入时"，时新样，合潮流；"无"，"不入时"的略语。请"夫婿"品评指点眉毛画的深浅是不是新式样，合不合新潮流。这两句诗，看似平平，但诗人所撷取的是发生在新婚洞房里的一组典型的喜剧镜头，将作为新嫁娘的那种娇羞软怯的情态，以及隐微复杂的心境刻画得淋漓尽致、惟妙惟肖。士子的应试与女儿的出嫁都是各自的终身大事，其紧张、惶惑、期待之情完全相同。朱庆馀从异事中发现了这种共情，并巧妙地借彼而言此，将严肃的内容寓于风流旖旎的闺情之中，充满了清新婉丽的艺术情趣。

◎ 诗词地理学

张籍欣赏此诗，欣然回赠，题为《酬朱庆馀》：

越女新妆出镜心，自知明艳更沉吟。
齐纨未足时人贵，一曲菱歌敌万金。

将朱比作美貌能歌的越女，打消了朱的疑虑，也留下了文坛的一段佳话。

## 及第后宴曲江

一朝进士及第，便会被全民众星捧月般地对待，确实很难保持一颗平常心。新科进士的应酬很多，宴会名目繁多，有大相识、次相识、小相识、闻喜、有樱桃宴、月灯、关宴……曲江池杏花园聚会最热闹，进士们饮酒吟诗唱歌，皇帝亲自捧场，达官贵人蜂拥而至挑选"金龟婿"。宴会后，新科进士们要到慈恩寺（今大雁塔）题名留念，选出同年中的书法高手，把大家的姓名、籍贯一一题在墙壁上。

### 登科后
孟 郊

昔日龌龊不足夸，今朝放荡思无涯。
春风得意马蹄疾，一日看尽长安花。

长安是温带大陆性季风气候，春季繁花盛开，梅花、牡丹、油菜花等竟相开放，惹得登科后的作者"一日看尽长安花"。

往昔的困顿日子再也不足一提，今日金榜题名令人神采飞扬。迎着浩荡春风得意地纵马奔驰，好像一日之内赏遍了京城名花。登科的喜悦兴奋之情，扑而而来。

此诗一开头就直抒自己的心情，以往生活上的困顿与思想上的局促不安再不值得一提，活灵活现地描绘出诗人神采飞扬的得意之态，酣畅淋漓地抒发了他心花怒放的得意之情。后两句神妙之处，在于情与景会，笔到意到，将诗人策马奔驰于春花烂漫的长安道上的得意情景描绘得生动鲜明。按唐制，进士考试在秋季举行，发榜则在下一年春天。可知所写春风骀荡、马上看花是实际情形。因而，这两句诗成为人们喜爱的千古名句，并派生出"春风得意""走马观花"两个成语流传后世。

## 及第后宴曲江

刘 沧

及第新春选胜游,杏园初宴曲江头。
紫毫粉壁题仙籍,柳色箫声拂御楼。
霁景露光明远岸,晚空山翠坠芳洲。
归时不省花间醉,绮陌香车似水流。

进士及第后,新春游览曲江,那曲江池畔杏园中的宴会使人多么欢畅。紫毫笔饱蘸浓墨,在雁塔题名永世流芳。楼阁外柳丝轻拂,箫笛声轻轻奏响。明亮的天空和湿润的露水照亮了远岸,傍晚苍翠的山影落在芳草如茵的洲渚上。归途中都不知道自己已在百花丛中喝醉了,只看见大路上载着游人归去的车马像流水一样,留下了衣襟阵阵的芳香。

图3-20 今日曲江

图3-21　西安曲江池公园

图3-22　西安曲江池公园

**唐长安城自然地理概况**

关中平原在汉唐时期皆以富庶见称。汉唐长安城有泾、渭等八水围绕，南倚终南山。终南山上森林覆盖，郁郁葱葱，山下平原又遍地竹林，到处碧绿成片。由于八水围绕，汉唐长安城位于农田灌溉网的中心，更增加富庶的程度。由于气候温和，甚至燠〔yù〕热，雨量充沛，八水流量皆相当大，因而能利用水力，修凿漕渠。唐时长安城渠水中竟然可以行船，这是亘〔gèn〕古未有的。

地理位置优越：关中四塞。

关中南倚终南山，也就是秦岭。秦岭高耸，其间仅有若干谷道，沟通南北。虽说是谷道，却也险峻，可以据以防守。秦岭蜿蜒，就在长安城南，山势深厚，构成天然防守屏障。关中西有陇山，东有崤〔xiáo〕山。陇山雄峙于西鄙，崤山委蛇于东疆，皆可设关置守；设于崤山的函谷关，自战国以来即已闻名于世。关中北侧也有山，与终南山相对。早在周代，诗人歌咏就不时以南山北山并提。不过，所谓北山并非仅指一山，而是岐山等诸山并称。

◎ 诗词地理学

# 徽南悠韵

## 风生万壑振空林——黄山

黄山位于安徽省南部黄山市境内,是安徽旅游的标志。明代的著名地理学家、旅行家徐霞客在考察黄山之后、赞叹道:"登黄山天下无山,观止矣",更为黄山留下了"五岳归来不看山,黄山归来不看岳"的赞誉。黄山作为天下第一奇山,拥有奇松、怪石、云海、温泉四绝。

### 送温处士归黄山白鹅峰旧居
#### 李 白

黄山四千仞,三十二莲峰。丹崖夹石柱,菡萏[hàn dàn]金芙蓉。
伊昔升绝顶,下窥天目松。仙人炼玉处,羽化留馀踪。
亦闻温伯雪,独往今相逢。采秀辞五岳,攀岩历万重。
归休白鹅岭,渴饮丹砂井。凤吹我时来,云车尔当整。
去去陵阳东,行行芳桂丛。回溪十六度,碧嶂尽晴空。
他日还相访,乘桥蹑彩虹。

王琦在解释此诗前两句时说:"诗意则谓黄山三十二峰曲口莲花,丹崖夹峙中,植立若柱然,其顶之圆平者如菡萏之未舒,其顶之开放者如芙蓉之已秀。未尝专指三峰而言也。"黄山有"三十六大峰,三十六小峰",在三大主峰周围环绕着七十余座千米以上的山峰。经历过漫长的造山运动与地壳抬升,以及冰川和风沙的砥砺洗礼,才形成了层峦叠翠、群峰林立的经典景象。石柱峰、芙蓉峰、莲花峰均高耸峭拔,直刺青天。

### 夜泊黄山闻殷十四吴吟
#### 李 白

昨夜谁为吴会[kuài]吟,风生万壑振空林。

龙惊不敢水中卧，猿啸时闻岩下音。
我宿黄山碧溪月，听之却罢松间琴。
朝来果是沧洲逸，酤［gū］酒醍［tí］盘饭霜栗。
半酣更发江海声，客愁顿向杯中失。

汉代初期，会稽郡分为三部分：吴兴、吴郡、会稽，李白在诗中并称吴会。李白夜泊黄山，别有一番景致。夜里，风吹万壑，林声阵阵，猿啼山中。时而听见松间琴声，顿时满腔思绪，清晨寻访逸士，把酒言欢，一解乡愁。

"风生万壑振空林"，此风乃山谷风。白天山坡比同高度的山谷升温快，气流上升，气压低，暖空气沿坡上升，形成"谷风"。夜晚山坡比同高度的山谷降温快，气流下沉，气压高，冷空气沿山坡下滑，形成山风。夜里风生万壑是"山风"。

## 判道士黄山隐
### 皇甫大夫

道士黄山隐，轻人复重财。
太山将比甑［zèng］，东海只容杯。
绿绶藏云帔［pèi］，乌巾换鹿胎。
黄泉六个鬼，今夜待君来。

图 3-23　黄山

图 3-24　黄山科普告示牌

图 3-25　黄山云海

## 众鸟高飞尽,孤云独去闲——敬亭山

位于安徽宣城北部的敬亭山,原名昭亭山,起初是为了避晋文帝司马昭的名讳,才改名为敬亭山。绵延十余里的敬亭山共有大小山峰60座。南朝时诗人谢朓[tiǎo]《游敬亭山》中就有"兹山亘百里,合杳与云齐,隐沦既已托,灵异居然栖"的描绘。

李白曾经先后七次游宣城,唐天宝十二年(753),他又一次来到宣城,此时李白离开长安已经10年了,长期的漂泊劳累,令李白饱尝了人间的心酸,无奈之下,李白将自己融入大自然中求慰藉。

### 独坐敬亭山
#### 李 白

众鸟高飞尽,孤云独去闲。
相看两不厌,只有敬亭山。

李白写景实际上是写自己。高空中飞鸟远去,孤云淡淡悠闲,越飘越远,这些似乎都与诗人远离,让诗人寥落孤单。唯有眼前的敬亭山一动不动,仿佛深知诗人的心境,愿意与他作伴。

"山不在高,有仙则名。""诗仙"的诗作令敬亭山声誉鹊起,一度超过其他名山大岳,自此,"江南诗山"的美誉也就不胫而走了。白居易、杜牧、韩愈、刘禹锡、梅尧臣、汤显祖、施闰章、梅清、梅庚等慕名登临,吟诗作赋,绘画写记,历代吟颂敬亭山的诗、文、画达千数。抗日战争时期,陈毅将军率部东进,途经宣城时,即兴吟七绝一首:

### 由宣城泛湖东下
#### 陈 毅

敬亭山下橹声柔,雨洒江天似梦游。
李谢诗魂今在否?湖光照破万年愁。

◎ 诗词地理学

## 奇峰一见惊魂魄——九华山

九华山坐落于安徽省池州市东南境,西北隔长江与天柱山相望,东南越太平湖与黄山同辉,因此安徽就有了"两山一湖"(黄山、九华山、太平湖)的称谓。南朝时,因此山奇秀,峰峦异状,高入云霄,其数有九,故号"九子山"。唐天宝年间,李白曾多次游九华山,在与友人唱和的《改九子山为九华山连句并序》中曰:"妙有分二气,灵山开九华",因此改"九子山"为"九华山"。

### 望九华赠青阳韦仲堪
#### 李 白

昔在九江上,遥望九华峰。
天河挂绿水,秀出九芙蓉。
我欲一挥手,谁人可相从。
君为东道主,于此卧云松。

此诗中,"天河挂绿水,秀出九芙蓉"诗句成为描绘九华山秀美景色的千古绝唱。

巍峨的九华山山峰与盆地、峡谷、溪水涧流交织成画,七十余座山峰更是耸立云霄,海拔千米以上的就有三十余座。面对苍山碧色,但觉云低天遥。中唐诗人刘禹锡,也被九华山的美景折服,唱出了一曲《九华山歌》:

奇峰一见惊魂魄,意想洪炉始开辟。
疑是九龙夭矫欲攀天,忽逢霹雳一声化为石。
不然何至今,悠悠亿万年,气势不死如腾仚[xiān]。
云含幽兮月添冷,月凝辉兮江漾影。
结根不得要路津,迥秀常在无人境。
轩皇封禅登云亭,大禹会计临东溟。
乘樏[léi]不来广乐绝,独与猿鸟愁青荧。
君不见敬亭之山黄索漠,兀如断岸无棱角。
宣城谢守一首诗,遂使声名齐五岳。
九华山,九华山,自是造化一尤物,焉能籍甚乎人间。

## 题九华山
### 谭铢 [zhū]

忆闻九华山，尚在童稚年。浮沉任名路，窥仰会无缘。
罢职池阳时，复遭迎送牵。因兹契诚愿，瞩望枕席前。
况值春正浓，气色无不全。或如碧玉静，或似青霭鲜。
或接白云堆，或映红霞天。呈姿既不一，变态何啻 [chì] 千。
巍峨本无动，崇峻性岂偏。外景自隐隐，潜虚固幽玄。
我来暗凝情，务道志更坚。色与山异性，性并山亦然。
境变山不动，性存形自迁。自迁不阻俗，自定不失贤。
浮华与朱紫，安可迷心田。

作者自幼听闻九华山，只因多年追名逐利，没有机会去登览。终于有机会登临九华山，作者被美景吸引，称赞九华山峰如碧玉、青霭。在九华山美景的熏陶下，作者"务道志更坚"，并感叹"浮华与朱紫，安可迷心田"。九华山是大型花岗岩断块地貌的杰出范例。

## 白沙留月色，绿竹助秋声——宛溪

宛溪是在安徽宣城市东南三十里驿山南，北流合溪涧诸流，绕出城东为宛溪。这里曾经是南朝诗人谢朓 [tiǎo] 当太守的地方，景色宜人不必说，杜鹃、桑、茶再加上菜花，五彩缤纷，从黄山山底到山尖一直铺展。这里亭台楼阁耸立，谢朓北楼远近闻名。位于宣城市东北20公里的南漪湖，"九嘴十三湾，港汊似珠网"。

宣城的登览胜地是谢朓北楼，它是谢朓任宣城太守时所建，又名谢公楼，唐时改名为叠嶂楼。宛溪溪水旁古老的独木桥连接着曲折的小石道，别有一番闲适的情调。李白对宛溪的清流绿竹流连忘返：

## 题宛溪馆
### 李白

吾怜宛溪好，百尺照心明。
何谢新安水，千寻见底清。
白沙留月色，绿竹助秋声。

## 诗词地理学

却笑严湍上,于今独擅名。

在唐文宗开成年间,杜牧也来到这里担任宣州团练判官,经常来城东的宛溪游赏赋诗:

### 题宣州开元寺水阁
#### 杜 牧

六朝文物草连空,天淡云闲今古同。
鸟去鸟来山色里,人歌人哭水声中。
深秋帘幕千家雨,落日楼台一笛风。
惆怅无因见范蠡[lǐ],参差烟树五湖东。

诗中把宣城风物描绘得很美,很值得流连,而又慨叹六朝文物已成过眼云烟,大有无法让人生永驻的感慨。这样,游于五湖享受着山水风物之美的范蠡,自然就成了诗人怀念的对象了。诗人的情绪并不高,但把客观风物写得很美,并在其中织入"鸟去鸟来山色里""落日楼台一笛风"这样一些明丽的景象。诗的节奏和语调轻快流畅,给人爽利的感觉。明朗、健爽的因素与低回惆怅的情绪交互作用,体现出诗人诗歌拗峭的特色。

### 宣州谢朓楼饯别校书叔云
#### 李 白

弃我去者,昨日之日不可留;
乱我心者,今日之日多烦忧。
长风万里送秋雁,对此可以酣高楼。
蓬莱文章建安骨,中间小谢又清发。
俱怀逸兴壮思飞,欲上青天揽明月。
抽刀断水水更流,举杯消愁愁更愁。
人生在世不称意,明朝散发弄扁舟。

这是一首饯别抒怀诗。在诗中,诗人感怀万端,既满怀豪情逸兴,又掩抑不住郁闷与不平,感情回复跌宕,一波三折,表达了自己遗世高蹈的豪迈情怀。此诗发端既不写楼,更不叙别,而是陡起壁立,直抒郁结。"昨日之日"与"今日之日",是指许许多多个弃我而去的"昨日"和接踵而至的"今日"。也就是说,每一天都深感日月不居,时光难驻,心烦意乱,忧愤郁悒。这里既蕴含了"人生在世不称意"的精神苦闷,也融铸着诗人对污浊的政治现实的感受。

## 秋登宣城谢朓北楼
### 李 白

江城如画里,山晚望晴空。
两水夹明镜,双桥落彩虹。
人烟寒橘柚,秋色老梧桐。
谁念北楼上,临风怀谢公?

江边的城池美如画,两江之间,一潭湖水像一面明亮的镜子;两座桥好似落入人间的彩虹。李白想象力强,笔法活泼空灵,流露出对宣城自然美景的赞美。

婺源县位于江西省东北部(赣浙皖三省交界处),自公元前221年到中华人民共和国成立前属安徽管辖,今是上饶市下辖县之一,东邻国家历史文化名城浙江省衢[qú]州市,西毗瓷都江西省景德镇市,北靠国家级旅游胜地安徽省黄山市和古徽州首府、国家历史文化名城安徽省歙[shè]县,南接"江南第一仙山"三清山,素有"书乡""茶乡"之称,是全国著名的文化与生态旅游县,被外界誉为"中国最美乡村"。

婺源廊桥的代表作——彩虹桥建于南宋,桥名即取自"两水夹明镜,双桥落彩虹"之诗意。桥长140米,桥面宽3米多,四墩五孔,由11座廊亭组成,廊亭中有石桌石凳。彩虹桥周围景色优美,青山如黛,碧水澄清。

婺源素有"书乡"之称,是宋代著名理学家朱熹的故乡。从宋代到晚清,这里人才辈出,做官之人就达二千六百余人,著作也有一千多部,很多著作还被选入《四书》《五经》。婺源也有"茶乡"的美称,婺源所产茶叶国内闻名,有"祁红婺绿"之称。"祁红"是指安徽祁红的红茶,"婺绿"则是指婺源的绿茶。古人诗赞婺源"古树高低屋,斜阳远近山,林梢烟似带,村外水如环"。

## 安徽地理概况

### 1. 自然地理概况

(1) 区位特征。安徽地处长江、淮河中下游,长江三角洲腹地,居中靠东、沿江通海,东连江苏、浙江,西接湖北、河南,南邻江西,北靠山东,经济上属于中国中东部经济区。地跨长江、淮河、新安江三大流域，世称江淮大地。

（2）地形地貌。安徽省平原、台地（岗地）、丘陵、山地等类型齐全，可将全省分成五个地貌区。

淮河平原区：包括沿淮及淮北广大地区，地势坦荡，由西北微微向东南倾斜，由淮河及其支流冲积而成。

江淮台地丘陵区：位于淮河平原与沿江平原之间，由台地、丘陵和河谷平原组成，台地分布在该区中部和西部。

皖西丘陵山地区：位于安徽省西部，与鄂、豫两省接壤，为大别山脉的主体，山体多为北西走向，被河谷深切，山间分布断陷盆地，多呈椭圆状。

沿江平原区：位于安徽省长江沿岸，属长江中下游平原的一部分，地势低平，河网密布，湖泊众多。

皖南丘陵山地：位于安徽省南部，与浙、赣两省毗连，由天目—白际山脉、黄山山脉和九华山脉组成，三大山脉之间为新安江、水阳江、青弋江谷地，由中山、低山、丘陵、台地和平原组成层状地貌格局。

（3）气候。安徽省在气候上属暖温带与亚热带的过渡地区。在淮河以北属暖温带半湿润季风气候，淮河以南属亚热带湿润季风气候。其主要特点是：季风明显，四季分明，春暖多变，夏雨集中，秋高气爽，冬季寒冷。安徽又地处中纬度地带，随季风的递转，降水发生明显的季节变化，是季风气候明显的区域之一。

（4）水文。安徽省河流除南部新安江水系属钱塘江流域外，其余均属长江、淮河流域。长江自江西省湖口县进入安徽省境内至和县乌江镇后流入江苏省境内，由西南向东北斜贯安徽南部。500余个湖泊星罗棋布。

图3-26 安徽塔川红叶

图3-27　安徽塔川红叶

### 2. 人文地理概况

（1）地域文化。

淮河文化：即在淮河主干流地区，以流域内自然地理环境为生存条件，以楚文化为底蕴，兼容中原文化而形成的区域文化。包括商周东夷文化、涡淮老庄文化、先秦荆楚文化、吴越文化以及两汉和北宋之后南移的中原文化、明清之际的淮扬文化。

新安文化（徽文化）：即徽州文化，包括新安理学、新安志学、新安医学、新安建筑、新安朴学、新安教育、新安画派、新安艺文、新安科技、新安工艺、文房四宝、徽菜等。

皖江文化：是以安庆、桐城为中心，由安庆土著的古皖文化和来自江西徽州移民的朱子信仰碰撞和融合而形成。皖江文化范围广泛、内容丰富、底蕴深厚、流光溢彩，至少包括实用文化、艺术文化、思想文化三个维度，涉及宗教、文学、戏曲、书画、政治、经济、科技、旅游、生态、民俗等众多领域。

庐州文化：以庐州为代表的庐州文化，在历史上产生了较为深远的影响，孕育出庐剧等优秀戏曲。

（2）徽商：徽骆驼。徽州商训：

斯商：不以见利为利，以诚为利；斯业，不以富贵为贵，以和为贵；斯买，不以压价为价，以衡为价；斯卖，不以赚赢为赢，以信为赢；斯货，不以奇货为货，以需为货；斯财，不以敛财为财，以均为财；斯诺，不以应答为答，以真为答。

徽商身兼商、儒、仕，很多商人本身就是理学鸿儒、诗人、画家、金石篆刻家、书法家、戏曲家和收藏家。他们经商致富以后，更加热衷于文化建设，在家乡修造精美住宅、建祠、立坊、修桥、办学、刻书、藏书、建戏班、办文会，为后世留下了一笔笔宝贵的文化遗产。徽商以"贾者力生，儒者力学"为基点，竭力发挥"贾为厚利，儒为名高"的社会功能，将二者很好地结合，集于一身，迭相为用。

（3）安徽戏剧。

黄梅戏：以明快抒情见长，有丰富的表现力（《天仙配》等）。旧称"黄梅调"或"采茶戏"，与京剧、评剧、越剧、豫剧并称中国五大剧种。

泗州戏：明快活泼、质朴爽朗、刚劲泼辣。原名"拉魂腔"，流行于安徽淮河两岸，与徽剧、黄梅戏、庐剧并列为安徽四大优秀剧种，具有深厚的群众基础和丰富的文化底蕴。

庐剧：乡土气息较浓，曲调清新朴实。旧称"倒七戏"。清末以来，流行于安徽境内的淮河以南、长江以北地区。

徽剧：以武戏为主，气势豪壮。徽剧是一种重要的地方戏曲声腔，主要流行于安徽省境内和江西省婺源县一带。

（4）徽派建筑。白墙黑瓦马头墙。特点：坐北朝南，注重内采光；以木梁承重，以砖、石、土砌护墙；以堂屋为中心，以雕梁画栋和装饰屋顶、檐口见长。布局：一般以三合院或四合院为基本单位，各种造型的二层楼房。马头墙：赣派建筑、徽派建筑的重要特色，又称"风火墙""防火墙""封火墙"等。特指高于两山墙屋面的墙垣，也就是山墙的墙顶部分，因形状酷似马头，故称"马头墙"。特色牌坊：有标志坊、功德坊、贞节坊、科举及第坊。

图3-28　安徽宏村

图3-29 安徽宏村

（5）徽菜。全国八大菜系之一，源于歙县，绩溪的徽帮厨师将它发扬光大。徽菜素以重油、重色、重火功，色香味形俱全而盛行于世。徽菜在烹调方法上擅长烧、炖、蒸。烧菜讲究软糯可口，味美隽永；炖菜讲究汤醇味鲜，熟透酥嫩；蒸菜着重原汁原味，爽口宜人。

（6）安徽方言。徽语、吴语、赣语、江淮官话、中原官话。

（7）徽雕。徽派雕刻最为著名的是砖雕、石雕、木雕。明清之际是徽州雕刻艺术发展史上的黄金时代。徽雕主要用作建筑装饰、神龛佛像、家具杂件、民俗用品以及工艺摆设等。

（8）茶文化。徽州茶道讲究以茶立德、以茶陶情、以茶会友、以茶敬宾，注重环境、气氛，场地一般选择在园林庭院、竹坞流泉边上，追求的是汤清、气清、心清、境雅、器雅、人雅。

◎ 诗词地理学

# 晋水脉脉

## 天势围平野，河流入断山——鹳雀楼

  鹳雀楼，又名鹳鹊楼，位于山西省蒲州古城黄河东岸，因时有鹳雀栖其上而得名。始建于北周。由于楼体壮观，结构奇巧，加之周围风景秀丽，诗人王之涣与文人朋友们在此饮酒赋诗，一决高下。王之涣以《登鹳雀楼》一举拔得头筹，其诗也使得鹳雀楼名噪天下：

### 登鹳雀楼
#### 王之涣

白日依山尽，黄河入海流。
欲穷千里目，更上一层楼。

  太阳依傍西边的山峦渐渐下落，黄河向着东边的大海滔滔奔流。如果要想遍览千里风景，那就请再登上一层高楼。这首诗写诗人在登高望远中表现出来的不凡胸襟，反映了盛唐时期人们积极向上的进取精神。

### 同崔邠［bīn］登鹳雀楼
#### 李 益

鹳雀楼西百尺樯，汀洲云树共茫茫。
汉家箫鼓空流水，魏国山河半夕阳。
事去千年犹恨速，愁来一日即为长。
风烟并起思归望，远目非春亦自伤。

  李益诗歌的前半部分描述了鹳雀楼的景色并抒发了怀古之思；后半部分由山河壮丽的景色联想到人生苦短的惆怅，也表达了抑郁凄凉的感情。
  鹳雀楼声名远扬后，唐宋之际文人学士纷纷登楼赏景，留下了许多不朽诗篇。

## 登鹳雀楼
畅 当

迥临飞鸟上,高出世尘间。<br>
天势围平野,河流入断山。

此诗虽然只有 20 个字,但诗歌意境非常壮阔,可以说是描写鹳雀楼风光的上乘之作。

## 千家溉禾稻,满目江乡田——太原晋祠

晋祠位于山西省太原市西南郊的悬瓮山麓,是晋水源头处的一座古老的建筑园林。这里山水环绕,古树参天,风景如诗如画。历经几百年,这里的亭台殿阁不断增加,最终形成了这处幽雅古老的建筑群。

## 春日晋祠同声会集得疏字韵
李 益

风壤瞻唐本,山祠阅晋馀。<br>
水亭开帘幕,岩榭引簪裾。<br>
地绿苔犹少,林黄柳尚疏。<br>
菱苕(tiao)生皎镜,金碧照澄虚。<br>
翰苑声何旧,宾筵醉止初。<br>
中州有辽雁,好为系边书。

"林黄柳尚疏"恰当地把握住了初春的物候特点:树林初发的嫩芽一派鹅黄色,清新可爱,柳条稀疏,细嫩柔和。

菱苕是菱和芦苇,两种水生植物,生长在晋祠清澈的水中。

晋祠的来源可追溯到周代。据《史纪·晋世家》记载,周武王的儿子周成王姬诵封同父异母的弟弟叔虞在唐这个地方,后被称作唐叔虞。叔虞的儿子燮[xiè]。因为境内有晋水,所以改国号为晋。后人为了奉祀叔虞,在晋水的源头建立了洞宇,称唐叔虞祠,即晋祠。北魏郦道元在《水经注》中写道:"际山枕水,有唐叔虞祠,水侧有凉堂,结飞梁于水上。"可见晋祠在当时就已经颇具规模了。难老泉、侍女像、

◎ 诗词地理学

圣母像被誉为"晋祠三绝"。

在漫长的历史中，晋祠屡经修建扩建，南北朝、隋代、唐代、宋代都大兴土木，尤其是唐太宗李世民，他登上皇位之后也来到自己发迹的地方。想当年，他跟随父亲在晋阳居住多年，被人称作"太原公子"。太原的情结在他心中是何等浓厚。唐贞观二十年，他来到了晋祠，面对故地的青山秀水，他豪情万丈，写下不朽的著作《晋祠之铭并序》。

## 晋祠之铭并序（节选）
### 李世民

先皇袭千龄之徽号，膺［yīng］八百之先期，用竭诚心，以祈嘉福。爰［yuán］初鞠旅，发迹神邦。举风电以长驱，笼天地而遐卷。一戎大定，六合为家。虽膺［yīng］受图，彰于天命；而克昌洪业，实赖神功。

唐室政权固然是天命所归，人心所向，而兴旺发达却赖神功。

图 3-30　晋祠之铭并序碑

## 忆旧游寄谯郡元参军（节选）
### 李 白

君家严君勇貔 [pí] 虎，作尹并州遏戎虏。
五月相呼渡太行，摧轮不道羊肠苦。
行来北凉岁月深，感君贵义轻黄金。
琼杯绮食青玉案，使我醉饱无归心。
时时出向城西曲，晋祠流水如碧玉。
浮舟弄水箫鼓鸣，微波龙鳞莎草绿。

盛唐气象，晋祠光彩夺目，游人络绎不绝。唐开元二十二年（734）秋天，秋高气爽，晋水脉脉 [mò mò]，诗人李白乘舟来到晋祠，不禁想起自己和谯郡元参军元演历次聚散的经过。

时常出游来到城西弯曲之路，晋祠之旁流水如同碧玉。乘舟划水鸣响箫鼓，微波荡漾如龙鳞闪闪，莎草碧绿。

## 晋 祠
### 〔宋〕欧阳修

古城南出十里间，鸣渠夹路何溅溅。
行人望祠下马谒，退即祠下窥水源。
地灵草木得余润，郁郁古柏含苍烟。
并儿自古事豪侠，战争五代几百年。
天开地辟真主出，犹须再驾方凯旋。
顽民尽迁高垒削，秋草自绿埋空垣。
晋水今入并州里，稻花漠漠浇平田。
惟存祖宗圣功业，干戈象舞被管弦。
我来览登为叹息，暂照白发临清泉。
鸟啼人去庙门阖 [hé]，还有山月来娟娟。

◎ 诗词地理学

图 3-31　晋祠

　　走进古祠院落，草木的色泽如此鲜润，枝繁叶茂的古柏透着淡淡的翠色苍烟。诗人置身于一片宁静青纱之中，越发感慨那天地灵秀的鬼斧神工。"地灵草木得余润，郁郁古柏含苍烟"，临风怀想，古意苍茫，诗人由晋祠继而联想到唐末到宋初并州（太原府）的百年战乱；眼前清澈如镜的晋水波光粼粼；幽深恬静的祠中晚景，月色笼罩，诗人在清澈的泉水旁驻足流连，泉水仿佛映照出诗人内心复杂的心绪，此时归鸟啼叫，游人离去，那山上渐渐升起的月色，明澈娟娟。

　　欧阳修面对古祠，高山仰止，百感中来，将自己激昂顿挫、波澜起伏的情绪恰到好处地与诗歌的创作技巧相结合。全诗在现实与想象间自由流转，开合有度，收放自如，最终给读者留下对沧桑巨变的无尽回想。

## 晋祠泉
### 范仲淹

　　神哉叔虞庙，地胜出嘉泉。
　　一源其澄静，数步忽潺湲［yuán］。
　　此异孰可穷，观者增恭虔。
　　锦鳞无敢钓，长生同水仙。
　　千家溉禾稻，满目江乡田。
　　我来动所思，致主愧前贤。

大道果能行，时雨宜不愆。

皆如晋祠下，生民无旱年。

晋祠有三泉，即善利、圣母、难老三泉。这三股清泉为晋祠增添了小桥流水的情趣，曲径通幽的意境。信步园林，只见这里一泓深潭，那里一渠澈水。殿下有泉，桥下有河，亭中有井，路边有溪，石间涓流潺潺，如丝如缕；林中碧波闪闪，如锦如缎。

## 诗阁晓窗藏雪岭——五台山

五台山位于山西省东北部，与浙江普陀山、安徽九华山、四川峨眉山共称为"中国佛教四大名山"。《名山志》记载："五台山五峰耸立，高出云表，山顶无林木，有如垒土之台，故曰五台。"是典型的断块山地。地形表现为重峦叠嶂、丘陵起伏、沟壑纵横、高差悬殊的特征。按其成因和形成特点，可分三大类：剥蚀构造的断块高中山地、山间黄土台地、河谷沟川。

清凉寺：五台山有名的寺院是清凉寺，该寺因为有著名的"清凉石"而得名。此寺肇于北魏孝文帝延兴二年至太和十七年间（472—493）。

### 清凉寺
#### 温庭筠

黄花红树谢芳蹊［xī］，宫殿参差黛巘［yǎn］西。
诗阁［gé］晓窗藏雪岭，画堂秋水接蓝溪。
松飘晚吹拟［chuāng］金铎［duó］，竹荫寒苔上石梯。
妙迹奇名竟何在，下方烟暝［míng］草萋萋。

## 山西地理概况

**1. 自然地理概况**

山西是内陆省份，位于黄河中游东岸，华北平原西面的黄土高原上。山西省轮廓略呈东北斜向西南的平行四边形。东有巍巍太行山作天然屏障，与河北省为邻；西、南以滔滔黄河为堑，与陕西省、河南省相望；北跨内长城，与内蒙古自治区毗连。

（1）地形地貌。山西是典型的为黄土广泛覆盖的山地高原，地势东北高西南低，高原内部起伏不平，河谷纵横。地形较为复杂，境内有山地、丘陵、高原、盆地、台地等多种地貌类型。主要山脉有：东界太行山，西有吕梁山，北亘北岳恒山、五台山，南耸中条山，中立太岳山。境内有大同、忻州、太原、临汾、运城、长治、晋城、阳泉、寿阳、襄垣、黎城等盆地。

（2）气候。山西地处中纬度地带的内陆，在气候类型上属于温带大陆性季风气候。由于太阳辐射、季风环流和地理因素影响，山西气候具有四季分明、雨热同步、光照充足、南北气候差异显著、冬夏气温悬殊、昼夜温差大的特点。冬季漫长，寒冷干燥；夏季南长北短，雨水集中；春季气候多变，风沙较多；秋季短暂，天气温和。

（3）水文。山西共有大小河流1000余条，主要特点是河流较多，以季节性河流为主，水量变化的季节性差异大。主要河流：山西河流源于东西高原山地，向西向南流的属黄河水系，向东流的属海河水系。

### 2. 人文地理概况

（1）山西文化。有八大文化品牌：华夏之根、黄河之魂、晋商家园、边塞风情、佛教圣地、关圣故里、古建瑰宝、太行神韵。

山西历史文化的完整性、先进性以及艺术性，对中华民族的精神、风俗、习惯的形成发生了重要作用，对华夏五千年文明史产生了较大的辐射力、渗透力和影响力。

（2）晋商文化。在中国明清以来的近代经济发展史上，驰骋欧亚的晋商举世瞩目，山西，特别是以太谷、祁县、榆次、平遥等为代表的晋中盆地商人前辈，举商贸之大业，经营范围包罗万象，夺金融之先声，钱庄票号汇通天下，称雄五百余年，创造了世纪性繁荣，在神州大地上留下了灿烂的商业文化。

晋商精神——晋商之魂。进取精神：山西人是把经商作为大事业来看，他们通过经商来实现其创家立业、兴宗耀祖的抱负。敬业精神：敬业、勤奋、谨慎。群体精神：用宗法社会的乡里之谊把彼此团结在一起，用会馆的维系和精神上崇奉关圣的方式增强相互间的了解，通过讲义气、讲相与、讲帮靠协调商号间的关系，消除人际间的不和，形成大大小小的商帮群体。

明清晋商精神表现了山西人经商的思想品质、经营谋略、经营作风、文化观念等，这是晋商取得商业成功的宝贵的精神财富。

（3）文化特点。重视家规与家风、学而优则商等。心智素养：儒贾［gǔ］相通观、义利相通观、谋略竞争观、修身正己观、科技应用观。文化代表：乔家大院、渠家大院、曹家大院、王家大院。

（4）建筑特色。"皇家有故宫，民宅看乔家"之说。木雕：有精致的板绘工艺和巧夺天工的木雕艺术，雕刻品个个都有其民俗寓意。砖雕：砖雕工艺更是到处可见，题材广泛，有壁雕、脊雕、屏雕、扶栏雕等。彩绘：许多房间的屋檐下部有真金彩绘，内容以人物故事为主。牌匾：见证对国家、对社会的贡献。照壁：有"龟背翰锦""二气生辉""喜鹊登梅""猫蝶戏菊""梅竹双清"。

（5）方言。山西大部地区使用晋语，晋南大部地区使用中原官话，广灵县使用冀鲁官话。晋语是中国北方的唯一一个非官话方言。晋语别于官话的最大特点就是保留入声，多数晋语有五个声调。晋语的声调有极复杂的连续变调现象，且保留诸多古汉语特征。

（6）戏曲。山西是中国戏曲艺术的发祥地之一，被称为"戏曲摇篮"。大戏：即"山西四大梆子"的蒲剧、晋剧、北路梆子和上党梆子，其中蒲剧、晋剧、北路梆子同根异枝。小戏：有上党落子、晋南眉户、道情戏、秧歌戏、碗碗腔。

**经典的山西民谣：**

### 走西口
#### 山西民谣

哥哥你走西口，小妹妹我实在难留，
手拉着那哥哥的手，送哥送到大门口。
哥哥你出村口，小妹妹我有句话儿留，
走路走那大路口，人马多来解忧愁。
紧紧地拉着哥哥的袖，汪汪的泪水肚里流，
只恨妹妹我不能跟你一起走，
只盼你哥哥早回家门口。
哥哥你走西口，小妹妹我苦在心头，
这一走要去多少个时候，盼你也要白了头。
紧紧地拉住哥哥的袖，汪汪的泪水肚里流，
虽有千言万语难叫你回头，
只盼你哥哥早回家门口。

（7）饮食文化。山西具有独特的饮食文化，品种达280种，被誉为中国的"面食之乡"多次提到山西刀削面，刀削面很有风味特色。当地人嗜好面食，兼喜汤食。除了盐醋之外，他们一向将大葱、韭菜、花椒、大蒜、辣椒乃至生姜等视为必不可少的佐餐小菜和烹调佐料。

◎ 诗词地理学

# 吴越风情

## 传奏吴兴紫笋来——湖州

浙江省湖州市地处浙江省北部,东邻浙江嘉兴,南接杭州,西依天目山,北濒太湖,与江苏无锡、苏州隔湖相望,是环太湖地区唯一因湖而得名的城市。

在周武王时期,湖州坐落在吴国境内,后来诸侯征战兼并,又属于楚国、越国。湖州的另一个名称菰〔gū〕城,源自"战国四公子"的楚国春申君所建的下菰城。公元前206年,项羽在湖州起兵,立为西楚霸王,在湖城中心建立"项王城",使得湖州具有更加传奇的色彩。

### 湖州贡焙〔bèi〕新茶
张文规

凤辇寻春半醉回,仙娥进水御帘开。
牡丹花笑金钿〔diàn〕动,传奏吴兴紫笋来。

此诗描述了唐代宫廷生活的一个图景,表达了对贡焙新茶的赞美之情。"凤辇寻春半醉回",描述皇帝车驾出游踏春刚刚归来的情景,皇帝已经喝得半醉。这时候,"仙娥进水御帘开",宫女们打开御帘进来送茶水。

作为丝绸之乡的湖州,一直以"蚕乡"闻名。同时,作为湖笔的产地,湖州在历史上享有"胡颖之技甲天下"的美誉,"颖"就是毛笔的尖端。发明毛笔的秦代著名的将领蒙恬,来到湖州善琏后,对毛笔做了很大的改进,因此"善琏湖笔"享誉中国。

湖州的茶叶曾特供朝廷,因此名扬天下。

在湖州市城南一公里处有座岘〔xiàn〕山,风景名胜众多,有晋代殷康所筑显亭、唐代韦景所建五花亭,又有祭祀历代名人的高风堂、嘉客祠、三贤祠以及名人来往集处逸老唐等,风景十分优美。

唐大历七年(772),颜真卿任湖州刺史,在任期间曾邀集陆羽、皎然等名士二十九人入岘山,极目远眺,诗兴大发,乃与名士联名赋诗。

### 登岘山观李左相石尊联句（节选）
#### 颜真卿

李公登饮处，因石为洼尊。
人事岁年改，岘山今古存。
榛芜［zhēn wú］掩前迹，苔藓馀［yú］旧痕。
叔子尚遗德，山公此回轩。
维舟陪高兴，感昔情弥敦。
蔼蔼贤哲事，依依离别言。
岖崟［qīn］横道周，迢递连山根。
馀烈暧林野，众芳揖兰荪［sūn］。
德晖映岩足，胜赏延高原。

## 眉似天边秋夜月——普陀山

作为舟山群岛一千多个岛屿的小岛之一，普陀山享有"南海圣境"的美誉。

大唐盛世，日本派了几百名遣唐使前来学习，其中阿倍仲麻吕最出名，他的中国名字叫晁衡，被当时的诗人们称为晁卿。唐天宝十二年（753），晁衡在浙江普陀山附近渡海回国。

### 送秘书晁监还日本国
#### 王 维

积水不可极，安知沧海东。
九州何处远，万里若乘空。
向国唯看日，归帆但信风。
鳌［áo］身映天黑，鱼眼射波红。
乡树扶桑外，主人孤岛中。
别离方异域，音信若为通。

晁衡在回国的路上遇到了台风，长安人闻后为之担忧，文人们纷纷写诗，王维写了这首诗送别。李白也写下著名的《哭晁衡卿》。所幸晁卿没死，在海上漂流十几天又回到了日本。

◎ 诗词地理学

"安知沧海东"说明日本地理位置在中国东边,与中国隔海相望。"鳌身映天黑,鱼眼射波红"反映了天气恶劣,对海上行船威胁很大。

### 哭晁衡卿
#### 李 白

日本晁卿辞帝都,征帆一片绕蓬壶。
明月不归沉碧海,白云愁色满苍梧。

"明月不归沉碧海"中的"明月",实际上是比喻有着明月一样高尚品德的晁衡,晁衡的溺海身亡就如同皎洁的月光深深地沉入茫茫大海中。诗人借明月来表达对友人晁衡遇难的惋惜和对友人的怀念。第四句"白云愁色满苍梧"为全诗笼罩上了一种惨淡忧愁的气氛,晁衡的逝世使苍梧岛上的白云都染上愁色,可见是多么让人惋惜,多么让人悲痛!诗人用白云的愁来比喻自己的愁,也把悲剧气氛渲染得更加浓厚。

## 涛来势转雄,猎猎驾长风——钱塘江

钱塘江是浙江省内最大的河流。因为钱塘江河道在杭州附近曲折成"之"字形,因此它又被称为"之江""曲江"。

令钱塘江蜚声天下的是那壮观的钱塘潮。唐朝时,浙江就因为钱塘潮而出名。出名之后,自有诗人著诗吟咏,刘禹锡就是其中之一。

### 浪淘沙
#### 刘禹锡

八月涛声吼地来,头高数丈触山回。
须臾却入海门去,卷起沙堆似雪堆。

八月十八的钱塘江海潮浪涛声如万马奔腾,吼地而来,数丈高的浪头冲向岸边的山石,又被撞击回来,发出震耳欲聋的巨响。似乎在片刻之间,潮水便退向江海汇合之处回归大海,但它所卷起的座座沙堆却留了下来,在阳光照耀下像雪堆一样堆积在江岸。

### 与颜钱塘登樟亭望潮作
#### 孟浩然

百里闻雷震,鸣弦暂辍弹。
府中连骑出,江上待潮观。
照日秋云迥,浮天渤澥宽。
惊涛来似雪,一坐凛生寒。

诗人在首联下笔气势不凡,描绘钱塘潮的声音;颔联描写钱塘县令带侍从骑马出城,等待大潮到来的情境;颈联描写天迥海宽,为大潮的到来作铺垫;尾联描写突来似雪的潮,给岸边的人们带来阵阵寒意。全诗气势逼人,且以写主观感受落笔,富有现场感,给人无限暇想。

### 樟亭观涛
#### 宋昱

涛来势转雄,猎猎驾长风。
雷震云霓里,山飞霜雪中。

江潮带来大风,"猎猎驾长风"。浪花如霜雪一般。

### 江潮送风

遥遥凉风至,隐隐轰鸣临。
银练远江现,奔腾万马音。
卷沙似黄龙,浪花如白云。
疾奔忽眼前,轰然撼人群。
凉风猛扑面,潮咸挟海韵。
倏忽潮已过,上溯浩气吞。

——张清涛 2013 年夏

**钱塘江潮形成的原因:天文与地理交织**

一是天文大潮,二是河口呈喇叭口形状,三是河流里水流的速度跟潮波的速度比

◎ 诗词地理学

值（比值越接近于1潮越大）、潮差、河口的水底沙坎（沙坎越陡，潮越大）。

每月农历初一、十五及之后的两三天，月亮、太阳、地球排列在一条直线上，太阳和月亮的引力合在一起吸引着地球表面的海水，引力特别强大。

钱塘江外的杭州湾，外宽内窄，外深内浅，是一个非常典型的喇叭状海湾。出海口江面宽达100千米，往西到澉浦，江面骤缩到20千米。到海宁盐官镇一带，江面只有3千米宽。起潮时，宽深的湾口一下子吞进大量海水，由于江面迅速收缩变窄变浅，夺路上涌的潮水来不及均匀上升，便都后浪推前浪，一浪更比一浪高。到大夹山附近，又遇水下巨大拦门沙坝，潮水一拥而上，掀起高耸惊人的巨涛，形成陡立的水墙。

不是所有喇叭状的海湾都能产生涌潮。中秋前后，钱塘江河口的河水流速与潮水流速几乎相等，力量相等的河水与潮水一碰撞，就激起了巨大的潮头。另外，河底有大量的泥沙淤积形成沙坎，这些沙坎对潮流起着阻挡和摩擦作用，使潮水前坡变陡。杭州湾是太平洋潮波冲的地方，是东海西岸潮差最大处。

在宋代，观潮蔚然成风，农历八月十八日潮峰最高。南宋朝廷规定，这一天在钱塘江上校阅水师，以后相沿成习，成了观潮节。

今天钱塘观潮的最佳地点是浙江海宁，再就是萧山。看潮是一种乐趣，听潮也是一种遐想。有人这样说道："钱塘郭里看潮人，直到白头看不足"。

## 笑入荷花去，佯羞不出来——绍兴

浙江绍兴风光秀美。"悠悠鉴湖水，浓浓古越情"，浓厚的历史底蕴散发着幽香。唐朝天宝三年（744），86岁的贺知章辞官回家乡绍兴，时过境迁，发已花白，村里孩童不晓得眼前的客人，笑问道："您从何处来？"这位诗人心情充满了悲凉。

### 回乡偶书
#### 贺知章

少小离家老大回，乡音无改鬓毛衰。
儿童相见不相识，笑问客从何处来。

我年少时离开家乡绍兴，到迟暮之年才回来。我的乡音虽未改变，鬓角的毛发却已斑白。家乡的孩童看见我，没有一个认识我。他们笑着询问我：客人是从哪里来的呀？

唐诗中的绍兴鉴湖（镜湖）比今天的鉴湖大十倍，自北宋熙宁以后，豪绅在湖中建筑堤堰，盗湖为田，湖面大减。今湖塘、贝石湖、白塔洋皆其遗迹。湖上堤桥成景，扁舟时见，水清如镜，为江南水乡的典型，可领略渔舟唱晚、红酥手采红菱的意境。

## 越女词
李白

### 其三

耶溪采莲女,见客棹[zhào]歌回。
笑入荷花去,佯[yáng]羞不出来。

### 其五

镜湖水如月,耶溪女如雪。
新妆荡新波,光景两奇绝。

绍兴有女颜如玉。李白游越地后念念不忘"镜湖水如月,耶溪女如雪",连一向不解风情的杜甫也说,"越女天下白,鉴湖五月凉"。

## 烟波澹荡摇空碧——西湖

西湖又称钱塘湖,秀丽的湖光山色以及诸多名胜古迹将它装点得如西子一般。苏轼赞曰:"欲把西湖比西子,淡妆浓抹总相宜。"

唐长庆二年(822),白居易来杭州担任刺史,发现了西湖孤山寺的秀美:

### 西湖晚归回望孤山寺赠诸客
白居易

柳湖松岛莲花寺,晚动归桡出道场。
卢橘子低山雨重,栟榈叶战水风凉。
烟波澹荡摇空碧,楼殿参差倚夕阳。
到岸请君回首望,蓬莱宫在海中央。

诗人舟行湖上,看到"烟波澹荡摇空碧,楼殿参差倚夕阳"。"烟波澹荡摇空碧"描写西湖景色。西湖的水面上烟雾氤氲开来,水天一色,使人心情舒畅。"澹荡"二字多用来形容春天的景物使人和畅,表达了作者清爽闲适的心情。"楼殿参差倚夕阳"描写孤山寺楼阁参差之景。夕阳晚照,金光闪烁,孤山寺楼宇错落,宛若仙境。"参差"二字写出了随山势高低而建的宇观楼殿壮丽多姿的特有景色。最后两句落笔到"回望孤山赠诸客"的题旨,诗便戛然而止。这首诗,句句写景,句句含情,为读者展现出一幕幕湖光山色的盛景,对景物中所蕴含的喜爱之情,不言而自见。

白居易提到孤山寺的诗还有一首,那就是脍炙人口的《钱塘湖春行》:

### 钱塘湖春行
#### 白居易

孤山寺北贾亭西,水面初平云脚低。
几处早莺争暖树,谁家新燕啄春泥。
乱花渐欲迷人眼,浅草才能没马蹄。
最爱湖东行不足,绿杨阴里白沙堤。

此诗通过对杭州西湖早春明媚风光的描绘,抒发了作者早春游湖的喜悦和对西湖风景的喜爱,更表达了作者对于自然之美的热爱之情。尤其是中间四句,细致地描绘了西湖春行所见景物,寓情于景,准确生动地表现了自然之物的活泼情趣和作者的雅致闲情。全诗结构严谨,衔接自然,对仗精工,语言浅近,用词准确,气质清新,是历代吟咏西湖的名篇。

"新燕啄春泥"意象:

### 燕衔泥
#### 演唱:眉佳
#### 作词:赵昌彪

金陵美人横吹笛
迎来燕子衔春泥
燕子筑巢向柳堤
柳荫深处传来浅笑低语

江南春绿润如雨
往来不湿行人衣
秦淮水暖烟波里
绵绵春雨中有多情男女
唱繁华,颂太平,天遂人意
且听丝竹悠扬管弦疾

## 忆江南
白居易

江南好,风景旧曾谙:日出江花红胜火,春来江水绿如蓝。能不忆江南?
江南忆,最忆是杭州:山寺月中寻桂子,郡亭枕上看潮头。何日更重游?
江南忆,其次忆吴宫:吴酒一杯春竹叶,吴娃双舞醉芙蓉。早晚复相逢。

这三首词主旨相同,分别描绘江南的景色美、风物美,以及女性之美,艺术概括力强,意境奇妙。

## 晓出净慈寺送林子方
〔宋〕杨万里

毕竟西湖六月中,风光不与四时同。
接天莲叶无穷碧,映日荷花别样红。

"毕竟"二字,突出了六月西湖风光的独特、非同一般,给人以丰富美好的想象。首句看似突兀,实际造句大气,虽然读者还不曾从诗中领略到西湖美景,但已能从诗人赞叹的语气中感受到了。诗句似脱口而出,是大惊大喜之余最直观的感受,因而更强化了西湖之美。

图3-32 苏堤春晓

◎ 诗词地理学

西湖周边除了孤山寺,还有灵隐寺,该寺位于西湖西北武林山下,始建于东晋。《淳佑临安志》说,东晋咸和元年(326),印度僧人慧理看到这座山,惊叹道:"此天竺国灵鹫山之小岭,不知何年飞来,……多为仙灵所隐……"于是筹建了灵隐寺。

### 灵隐寺
#### 宋之问

鹫岭郁岧(tiáo)峣(yáo),龙宫锁寂寥。
楼观沧海日,门对浙江潮。
桂子月中落,天香云外飘。
扪萝登塔远,刳(kū)木取泉遥。
霜薄花更发,冰轻叶未凋。
夙龄尚遐异,搜对涤烦嚣。
待入天台路,看余度石桥。

面对西湖这样的美景,风雅之举应是在玉皇山上,端一杯山泉水泡的龙井绿茶,看着窗外的景致,慢慢品来。唐人说"茶为涤烦子,酒为忘忧俊",是把品茶作为澄心静虑、畅心怡情的艺术来欣赏的。

### 走笔谢孟谏议寄新茶(节选)
#### 卢仝

一碗喉吻润。二碗破孤闷。
三碗搜枯肠,唯有文字五千卷。
四碗发轻汗,平生不平事,尽向毛孔散。
五碗肌骨轻。六碗通仙灵。
七碗吃不得也,唯觉两腋习习清风生。
蓬莱山,在何处?玉川子,乘此清风欲归去。

形象地描绘出饮茶的美妙之处。随着饮茶碗数增加,从身体舒泰写到精神飞升。

### 西湖月夜

西湖晚风轻拂柳,月光溶溶水眬明。

灯影阑珊映微波，苏堤白堤淡影中。

——张清涛 2013 年夏夜游湖

## 竹色溪下绿，荷花镜里香——新昌

浙江省新昌县古时候称剡［shàn］东，在唐代以前属于剡县。自古以来，风光秀美的新昌，人文古迹众多，素有"东南眉目"的美誉。

天姥［mǔ］山之名来自"王母"，也正因为天姥就是王母，所以天姥山成了古代文人十分向往之地。李白两次登上天姥山，第一次是在唐开元十四年（726）的深秋，他心仪谢灵运，也曾受到著名道士司马承祯的指点，唱着"霜落荆门江树空，布帆无恙挂秋风。此行不为鲈鱼脍，自爱名山入剡中"来到广陵（今江苏扬州），写下《别储邕［yōng］之剡中》：

### 别储邕之剡中
#### 李　白

借问剡中道，东南指越乡。
舟从广陵去，水入会［kuài］稽长。
竹色溪下绿，荷花镜里香。
辞君向天姥，拂石卧秋霜。

唐天宝三年（744），李白被唐玄宗赐金放还，遭遇政治上的大失败。离开长安后，曾与杜甫等游览梁、宋、齐、鲁，又在东鲁家中居住。可李白不安分的灵魂使他告别东鲁家园，踏上漫游的征程，留下千古绝唱——《梦游天姥吟留别》：

### 梦游天姥吟留别
#### 李　白

海客谈瀛洲，烟涛微茫信难求；
越人语天姥，云霞明灭或可睹。
天姥连天向天横，势拔五岳掩赤城。
天台四万八千丈，对此欲倒东南倾。
我欲因之梦吴越，一夜飞度镜湖月。

◎ 诗词地理学

  湖月照我影，送我至剡溪。
  谢公宿处今尚在，渌［lù］水荡漾清猿啼。
  脚著［zhuó］谢公屐，身登青云梯。
  半壁见海日，空中闻天鸡。
  千岩万转路不定，迷花倚石忽已暝。
  熊咆龙吟殷岩泉，栗深林兮惊层巅。
  云青青兮欲雨，水澹澹兮生烟。
  列缺霹雳，丘峦崩摧。
  洞天石扉，訇［hōng］然中开。
  青冥浩荡不见底，日月照耀金银台。
  霓为衣兮风为马，云之君兮纷纷而来下。
  虎鼓瑟兮鸾［luán］回车，仙之人兮列如麻。
  忽魂悸以魄动，恍惊起而长嗟［jiē］。
  惟觉［jué］时之枕席，失向来之烟霞。
  世间行乐亦如此，古来万事东流水。
  别君去兮何时还？且放白鹿青崖间，须行即骑访名山。
  安能摧眉折腰事权贵，使我不得开心颜！

  天姥山是越东灵秀之地，新昌的天姥山是诗人们畅怀的地方，这不仅是现实的天姥山，更是现实的新昌。

## 浙江地理概况

  浙江省地处中国东南沿海长江三角洲南翼，东临东海，南接福建，西与安徽、江西相连，北与上海、江苏接壤。钱塘江为境内最大的河流。

  浙江是吴越文化、江南文化的发源地，是中国古代文明的发祥地之一。是典型的山水江南、鱼米之乡，被称为"丝绸之府""鱼米之乡"。

### 1. 自然地理概况

  水文：有八大水系，包括钱塘江、瓯［ōu］江、灵江、苕溪、甬江、飞云江、鳌江、京杭运河（浙江段）；湖泊有杭州西湖、绍兴东湖、嘉兴南湖、宁波东钱湖"四大名湖"及人工湖千岛湖。

### 2. 人文地理概况

  （1）方言：大部分属江浙民系，其中吴语人口占浙江省总人口的98%以上，除此以外，还有闽南语、蛮话、客家语、畲［shē］家话、官话等语言人口分布在省内个别县市。

（2）浙江菜：特别是清、香、脆、嫩、爽、鲜。浙江菜历史悠久，品种丰富，菜式小巧玲珑，菜品鲜美滑嫩、脆软清爽。选料原则：遵循"四时之序"，选料刻求"细、特、鲜、嫩"。烹调技法：丰富多彩，其中炒、炸、烩、熘、蒸、烧6类较为出色。

（3）民居：朴素自然。浙江民居是汉族传统民居建筑的重要流派。其民居多利用水文地形而建，以砖搭建房身，采用瓦片垒成屋顶，傍水而建。根据气候特点和生产、生活的需要，江浙居民普遍采用合院、敞厅、天井、通廊等形式，使内外空间既有联系又有分隔，构成开敞通透的布局。聚族而居，坐北朝南，注重内采光；以木梁承重，以砖、石、土砌护墙；以堂屋为中心，以雕梁画栋和装饰屋顶、檐口见长。

◎ 诗词地理学

# 齐鲁大地

## 修竹不受暑,交流空涌波——济南

### 陪李北海宴历下亭
#### 杜 甫

东藩驻皂盖,北渚[zhǔ]凌青荷。
海右此亭古,济南名士多。
云山已发兴,玉佩仍当歌。
修竹不受暑,交流空涌波。
蕴真惬所遇,落日将如何!
贵贱俱物役,从公难重过。

历下亭在济南大明湖湖心岛上。"海右此亭古,济南名士多"为写历下亭的名句。先赞历下亭历史悠久,再赞济南名人众多。

### 重建古历亭
#### 蒲松龄

大明湖上一徘徊,两岸垂杨荫绿苔。
大雅不随芳草没,新亭仍傍碧流开。
雨余水涨双堤远,风起荷香四面来。
遥羡当年贤太守,少陵嘉宴得追陪。

蒲松龄应邀为重建的历下亭作诗,他追怀当年杜甫与李邕[yōng]在历下亭的雅集,描写了历下亭美丽的风光。

明朝济南的大明湖，出现了秋柳诗社的文坛盛事。明朝王士禛23岁游历济南，邀请在济南的文坛名士，集会于济南大明湖水面亭上，即景赋秋柳诗四首。此诗传开，大江南北一时和者甚多，这文坛盛事被称为"秋柳诗社"。

济南，"济"指济水。济南为山东省省会，因境内泉水众多，被称为"泉城"，素有"四面荷花三面柳，一城山色半城湖"的美誉。

趵突泉。是济南的泉号称"天下第一泉"。地下水从固定地点自然流出地表就叫泉。趵突泉水分三股，昼夜喷涌，水盛时高达数尺。所谓"趵突"，即跳跃奔突之意，反映了趵突泉三窟迸发、喷涌不息的特点。"趵突"不仅字面古雅，而且音义兼顾。不仅以"趵突"形容泉水"跳跃"之状、喷腾不息之势，同时又以"趵突"摹拟泉水喷涌时"卜嘟""卜嘟"之声，可谓绝妙绝佳。

特殊的地理环境成就济南名泉：济南泉水属于岩溶泉类型。岩溶大泉及泉群的发育是我国北方温带岩溶区突出的自然地理和水文地质特征之一。石灰岩受构造运动和流水的侵蚀，多裂隙或溶洞，这为地下水提供了汇集和流动的空间。济南以其众多的泉点、丰沛的水量、优异的水质以及壮观的喷涌景观，成为我国岩溶泉的典型代表。八百多处泉水疏密有致地分布于济南各地，赋予济南的山水以鲜活的灵气和迷人的魅力。从水文地质学的角度划分，以趵突泉为代表的济南市区"四大泉群"实际是一个泉群，属狭义的"济南泉群"。它们有同一个水源、同一个补给区。

济南市地处鲁中山地（泰山山地的北部）与鲁北平原的交接地带，呈现为一个自南向北的倾斜地形面，由海拔800～900余米降至90～20余米。良好的岩溶含水层、完整的地下水汇流和富集系统，以及有利的地下水出露条件，这些因素的综合作用，造就了成因类型多样、水量水质俱佳的泉水景观。泉水的动态特征则是自然条件与人为因素共同作用的结果，尤其是现代城市经济社会快速发展的今天，泉群的演变更敏感地体现出人类活动与自然景观的密切关系。

从有文字记载至今，趵突泉存在已长达2000多年。早在《春秋》上就有"鲁桓公会齐候于泺［luò］"的记载。趵突泉的源头在古代被称为"泺"，宋代曾巩任齐州知州时，在泉边建"泺源堂"，并写了《齐州二堂记》，正式赋予泺水以"趵突泉"的名称。趵突泉是泉城济南的象征与标志，位居济南"七十二名泉"之首，被誉为"天下第一泉"。

# 三千弟子标青史——曲阜

## 经曲阜城
### 刘 沧

行经阙里自堪伤，曾叹东流逝水长。
萝薜几凋荒陇树，莓苔多处古宫墙。
三千弟子标青史，万代先生号素王。
萧索风高洙泗上，秋山明月夜苍苍。

曲阜作为孔子的故乡，已深深地感染了孔子的气息，烙上了孔子的印记，以至于历代文人一到曲阜就难免对孔子奔走不遇的一生及儒家后事的兴盛抒发感慨。

孔府：孔府又称衍圣公府，位于孔庙的东侧，是我国现存的唯一较完整的明代公爵府，是孔子嫡系子孙居住的地方，也是中国封建社会官衙与内宅合一的典型建筑，号称"天下第一人家"。随着孔子后世官位的升迁和爵封的提高，孔府建筑不断扩大，至宋、明、清达到现在的规模。孔府占地约7.4公顷，有古建筑480间，包括厅、堂、楼、轩等九进院落，中、东、西三路布局。正门对联：与国咸休安富尊荣公府第，同天并老文章道德圣人家。

唐玄宗李隆基下令要"宏长儒教"，诱进学徒；化民成俗，看重儒学。唐开元二十七年（739），唐玄宗封孔丘为文宣王，尊孔崇儒。他于开元十三年（725）作诗：

## 经邹鲁祭孔子而叹之
### 李隆基

夫子何为者，栖栖一代中。
地犹邹［zōu］氏邑，宅即鲁王宫。
叹凤嗟身否［pǐ］，伤麟怨道穷。
今看两楹奠，当与梦时同。

曲阜古为鲁国国都，公元前249年楚灭鲁始设鲁县，596年初定县名为"曲阜"。"曲阜"二字始见于《礼记·明堂位》中"成王以周公有勋劳于天下，是以封周公于曲阜"。《尔雅》释名说："大陆曰阜。"东汉应劭诠释说："曲阜在鲁城中，委曲长

七、八里。"这就是"曲阜"。

历代帝王陆续对孔庙进行修建、扩建，直到我们今天见到的规模。孔庙规模之宏大、气魄之雄伟、年代之久远、保存之完整，被建筑学家梁思成称为世界建筑史上的"孤例"，现为世界文化遗产，与北京故宫、承德避暑山庄并列为中国三大古建筑群。

孔林为孔氏家族墓地。自孔子"葬鲁城北泗上"，其子孙的坟墓在孔子坟墓的后面，接连而葬。两千多年从未间断。孔林内墓冢累累，多达10万余座，是世界上延时最久、规模最大的家族墓地。现占地200余万平方米。

孔林也是一座历史悠久的植物园。孔子去世后，"弟子各以四方奇木来植，故多异树，鲁人世世代代无能名者"。林内现有树木10万余株，其中200年以上古树名木9000多株，各种奇花异草130余种。

孔林还是一座集墓葬、建筑、石雕、碑刻为一体的露天博物馆。林内现有金、元、明、清至民国历代墓碑4000余块，是中国数量最多的碑林。

据《史记·孔子世家》记载，孔子年七十三，自感天命将尽，歌曰："太山坏乎！梁柱摧乎！哲人萎乎！"因以涕下。于是带着自己的弟子，来到了城北的泗水河畔设置好自己的墓地。这块墓地就是现在的孔林。孔子死后，后世文人只要来到这里，难免生发感慨，唐代诗人高适的这首名诗便是文人们悼古怀今的情怀的代表。

### 鲁郡途中遇徐十八录事
#### 高　适

谁谓嵩颍客，遂经邹鲁乡。前临少昊墟，始觉东蒙长。
独行岂吾心，怀古激中肠。圣人久已矣，游夏遥相望。
裴[péi]回野泽间，左右多悲伤。日出见阙里，川平知汶阳。
弱冠负高节，十年思自强。终然不得意，去去任行藏[cáng]。

裴回：彷徨，徘徊。

## 天门一长啸，万里清风来——泰山

"孔子登东山而小鲁，登泰山而小天下。"作为"五岳独尊"的泰山，就是以雄伟见长。它雄立于华北平原边上的齐鲁古国，因为处在东边，所以又称作"东岳"。杜甫的《望岳》以朴实自然的笔法表现了泰山的雄伟瑰丽。

泰山的雄奇壮丽，不只吸引了"诗圣"杜甫，还吸引了"诗仙"李白。唐开元二十四年（736），李白从湖北来到山东，与当时的一帮文士聚于泰山南麓，吟诗纵

◎ 诗词地理学

酒,写下了著名的《游泰山》六首组诗——

## 游泰山
### 李 白
### 其 一

四月上泰山,石平御道开。六龙过万壑,涧谷随萦回。
马迹绕碧峰,于今满青苔。飞流洒绝巘 [yǎn],水急松声哀。
北眺崿 [è] 嶂奇,倾崖向东摧。洞门闭石扇,地底兴云雷。
登高望蓬瀛,想象金银台。天门一长啸,万里清风来。
玉女四五人,飘飖 [yáo] 下九垓。含笑引素手,遗 [wèi] 我流霞杯。
稽首再拜之,自愧非仙才。旷然小宇宙,弃世何悠哉。

登绝顶遥望东海蓬莱三岛,想象到了金银台。站在南天门长啸一声,清风四面万里来。仙女们对我嫣然一笑,接着把一只璀璨的流霞酒杯赠送给我。最后两句,化用孔子"登泰山而小天下"之语意,流露出旷然视宇宙为小,悠然欲抛弃尘世的愿望。

## 早秋单父南楼酬窦公衡
### 李 白

白露见日灭,红颜随霜凋。
别君若俯仰,春芳辞秋条。
泰山嵯峨 [cuó é] 夏云在,疑是白波涨东海。
散为飞雨川上来,遥帷却卷清浮埃。
知君独坐青轩下,此时结念同所怀。
我闭南楼看道书,幽帘清寂在仙居。
曾无好事来相访,赖尔高文一起予。

注:红颜随霜凋:红花一遭霜打就蔫。

露水一见太阳就干,红花一遭霜打就蔫。自从与君离别以后,仿佛俯仰之间春花就换了秋枝条。泰山顶上夏云嵯峨,好像是东海白浪连天涌。云化飞雨从江面上扑来,卷起浮尘直入你的珠帘帷帐。也知道你此时一定是一个人孤独地坐在屋里,也知道你此时一定在思念我。我独自一人在南楼读道书,幽静清闲仿佛在神仙的居所。可惜的是没有那个喜欢热闹的人提酒来,只能希望你写篇动人的文章来提提神!

泰山的山顶上夏云环绕，似是海浪翻涌。

描写泰山的诗句还有：

冉冉孤生竹，结根泰山阿。——〔汉〕佚名《冉冉孤生竹》
万古齐州烟九点，五更沧海日三竿。——〔元〕张养浩《登泰山》
俯首元齐鲁，东瞻海似杯。——〔明〕李梦阳《泰山》
泰山一何高，高哉极青天。——〔元〕吴莱《泰山高寄陈彦正》

## 泰安行
### 〔现代〕张振基

1998年8月，为祝贺小女素瑾升大学，并启发师自然，练耐力，父女同登泰山。

平生但恨成器晚，将雏试飞师名山。
黎明即着登山路，细雨阵阵湿衣衫。
入山便觉景色奇，目牵双足绕山转。
古松怪柏挂峭壁，流泉叮咚泻曲涧。
脚下群山渐渐低，盘山石级节节难。
始攀中天已疲惫，南天石阶若垂帘。
置身霄汉观寰宇，万千气象朝泰安。
新雨浴罢林壑秀，云海浮起群峰巅。
一介书生何足道，泰岳胸阔蕴大观。

**泰山地貌特征及成因**

由于太平洋板块向亚欧大陆板块挤压和俯冲，泰山在燕山运动的影响下，地层发生了广泛的褶皱和断裂。在频繁而激烈的地壳运动中，泰山山体沿着百余公里（自今莱芜市至泰安市）的泰前大断裂快速抬升，并在隆起的过程中遭受风化剥蚀。这时因断块发生了间歇性的升降差异，南部山区猛烈抬升，造成南高北低的明显掀斜断块山。最后在山体高处，原来覆盖着的2000多米厚的沉积岩全部被剥蚀掉，古老的泰山杂岩重见天日，开始形成泰山的雏形。受变质影响的花岗岩，因抗蚀性强，就构成了峰峦高崖。至中石炭世初，发生短暂的升降交替，泰山地区处于时陆时海的环境，形成了肃穆与奇秀交织的雄壮景象，林茂泉飞，气象万千。泰山风景以壮丽著称。重叠的山势，厚重的山体，苍松巨石的烘托，云烟的变化，使它在雄浑中兼有明丽，静穆中透着神奇。泰山四个奇观：泰山日出、云海玉盘、晚霞夕照、黄河金带。

## 山东地理概况

### 1. 自然地理概况

山东地处华东沿海、黄河下游、京杭大运河中北段,是华东地区的最北端省份。西部连接内陆,从北向南分别与河北、河南、安徽、江苏四省接壤;中部高突,泰山是全境最高点;东部山东半岛伸入黄海;北隔渤海海峡与辽东半岛相对、拱卫京津与渤海湾,东隔黄海与朝鲜半岛相望,东南则临靠较宽阔的黄海、遥望东海及日本南部列岛。

图3-33 青岛帆船基地

图3-34 山东水泊梁山

（1）地形地貌：山东省境内中部山地突起，西南、西北低洼平坦，东部缓丘起伏，形成以山地丘陵为骨架、平原盆地交错环列其间的地形大势。泰山雄踞中部，主峰海拔 1532.7 米，为山东省最高点。黄河三角洲一般海拔 2～10 米，为山东省陆地最低处。境内地貌复杂，大体可分为中山、低山、丘陵、台地、盆地、山前平原、黄河冲积扇、黄河平原、黄河三角洲等 9 个基本地貌类型。

图 3-35　山东梁山春园

图 3-36　京杭大运河（山东梁山）

（2）水文：山东省分属于黄河、淮河、海河三大流域，境内河湖交错，水网密布。境内黄河横贯东西、大运河纵穿南北，其余中小河流较多，主要湖泊有南四湖、东平湖、白云湖、青沙湖、麻大湖等。

◎ 诗词地理学

图3-37 黄河浮桥（山东梁山）

（3）气候：山东的气候属暖温带季风气候类型。降水集中，雨热同季，春秋短暂，冬夏较长。

2. 人文地理概况

（1）齐鲁文化是指先秦齐国和鲁国以东夷文化和周文化为渊源而发展建构起来的地域文化。齐鲁文化是秦汉以来中国大一统文化的主要源头。两汉时期所实行的礼仪制度，与作为意识形态和学术思想的"礼学"，基本上都是承源于齐鲁之学。相对来说，齐文化尚功利，鲁文化重伦理；齐文化讲求革新，鲁文化尊重传统。两种文化在发展中逐渐有机地融合在一起，形成了具有丰富历史内涵的齐鲁文化。包括齐鲁文化、道家文化、兵家文化、法家文化、墨家文化以及阴阳、纵横、方术、刑、名、农、医等。其中最核心的是儒家文化。

齐鲁文化的基本精神：自强不息的刚健精神、崇尚气节的爱国精神、经世致用的救世精神、民贵君轻的民本精神、厚德仁民的人道精神、大公无私的群体精神、勤谨睿智的创造精神。

（2）孔子的天命观。《子罕·论语》记载："子畏于匡，曰：'文王既没，文不在兹乎？天之将丧斯文也，后死者不得与于斯文也；天之未丧斯文也，匡人其如予何！'"

孔子被匡地的人们所围困时，他说："周文王死了以后，周代的礼乐文化不都体现在我的身上吗？上天如果想要消灭这种文化，那我就不可能掌握这种文化了；上天如果不消灭这种文化，那么匡人又能把我怎么样呢？"

外出讲学时被围困，这对孔子来讲已不是第一次，当然这次是误会。但孔子有自己坚定的信念，认为自己是周文化的继承者和传播者。当孔子屡遭困厄时，他也感到人的局限性,而把决定作用归之于天,表明他对"天命"的认可。

(3) 千佛山:千佛山是济南三大名胜之一,古称"历山",又曾名"舜山"和"舜耕山"。相传舜曾"渔于雷泽,躬耕于历山"。所以境内至今还散落着各种以舜命名的地名,如"舜井""舜耕路"等。千佛山是泰山的余脉,海拔285米,占地166.1公顷,位于济南市中心南部,距市中心2.5千米,与趵突泉、大明湖并称济南三大景观。

(4) 饮食文化:有济南菜、胶东菜、孔府菜。鲁菜是中国八大菜系中唯一一个自发型菜系,是历史最悠久、技法最全面、难度最高、最见功力的菜系。鲁菜历史上有三个最重要的时期:2500年前的儒家圣贤们奠定了中国饮食注重精细、中和、健康的审美取向;1500年前《齐民要术》中的"蒸、煮、烤、酿、煎、炒、熬、烹、炸、腊、盐、豉、醋、酱、酒、蜜、椒"奠定了中餐的烹调技法框架;明清时期大量菜品进入宫廷,形成了众多极其考验厨艺的菜品和技法。口味特色:①咸鲜为主,突出本味,擅用葱、姜、蒜,原汁原味;②以"爆"见长,注重火功;③精于制汤,注重用汤;④烹制海鲜有独到之处;⑤份量大、挺实惠、风格大气。

(5) 戏剧:吕剧:语言多采用乡村俚语,生动活泼;曲调简朴,优美动听;表演朴素真实,比较生活化,富有浓厚的乡土气息和强烈的地方特色。柳子戏:是剧目体裁多样、曲牌丰富多彩的多声腔剧种。山东快书:形式简朴灵活,地方色彩浓厚,山东方言演唱,朴实粗犷。莱芜梆子:由梆子与徽调两种声腔组成,唱法以真声为主,吐字清楚。

(6) 工艺美术:高密扑灰年画:所谓扑灰,即用柳枝烧灰,描线作底版,一次复印多张。艺人继而在印出的稿纸上给人物脸和手施粉,敷彩,描金,勾线,最后在重点部位涂上明油即成。扑灰年画技法独特,以色代墨,线条豪放流畅,写意味浓,格调明快。豆面灯:灯的柱体上面有的雕龙塑凤,有的镂花刻草,制作十分精美,上头捏一个小窝窝,再插上芯子,倒上豆油,就可以点燃了。山东面塑:以糯米面、面粉为主料,调入不同色彩的颜料和防腐剂,用手和简单工具——剪刀、梳子、箅子、竹针等,塑造各种栩栩如生的塑像。胶东面花艺术:不以食用为目的,而多用于祭祀和馈赠等民俗活动。

◎ 诗词地理学

# 南国思乡

## 万里归心独上来——广州

### 南海旅次
#### 曹 松

忆归休上越王台，归思临高不易裁。
为客正当无雁处，故园谁道有书来。
城头早角吹霜尽，郭里残潮荡月回。
心似百花开未得，年年争发被春催。

  颔联"为客正当无雁处，故园谁道有书来"，诗人巧妙地运用了鸿雁南飞不过衡山回雁峰的传说，极写南海距离故园的遥远，表现他收不到家书的沮丧心情。言外便有嗟怨客居过于边远之意。颈联"城头早角吹霜尽，郭里残潮荡月回"，展示了日复一日唤起作者归思的凄清景色。先写晨景，是说随着城头凄凉的晓角声晨霜消尽；再写晚景，是说伴着夜晚的残潮明月复出。在唐人心目中，明月、晓角、残潮，都是牵动归思的景色。如果说，李白的《静夜思》写了一时间勾起的乡愁，那么，曹松这一联的景色，则融进了作者连年羁留南海所产生的了无终期的归思。

### 冬日登越王台怀归
#### 许 浑

月沉高岫［xiù］宿［sù］云开，万里归心独上来。
河畔雪飞扬子宅，海边花盛越王台。
泷［Shuāng］分桂岭鱼难过，瘴近衡峰雁却回。
乡信渐稀人渐老，只应频看一枝梅。

  "万里归心独上来"，表明作者归心似箭。越王台位于广州越秀区越秀公园内，因南越王赵佗而得名，相传越王台为南越国君臣宴乐之处。

## 珠江夕照

楼宇伟矗立，夕照披金辉。
江花红似火，江树绿云堆。
鸟儿翔江面，鱼儿跃江水。
悠悠绿波上，红花吐黄蕊。
楼塔余晖里，江潮送日归。

——张清涛 2022 年 11 月 13 日于中山大学

## 烟水茫茫

烟水茫茫江面阔，七彩灯光曳影长。
柔波中分界月辉，天月江月两相望。
江柔花月两多情，清月无声柔波荡。
江水绵绵思远道，似水柔情千里长。
桥头彩灯江漾影，柔江灯色两难忘。
月随江水流千川，秋江万里柔波长。
远方江天合一处，柔波花岸月明朗。
秋水縠波起月江，大江淼淼浩汤汤。
月照柔波天光色，江通大海恣汪洋。

——张清涛 2022 年 11 月 14 日于广州珠江南岸

月色笼罩下的珠江景色迷人，尤其在高气爽的季节。江通大海，恣肆汪洋一派自然的伟力。

## 秋江花月夜
### ——赠爱人

疫情珠江更怡情，江水悠悠江水平。
夜灯静影沉江面，江面无风似明镜。
江岸悄悄人犹少，江水无舟自清净。
楼宇霓虹印江中，江天一色共丽景。
静若处子江面阔，白云缕缕飞苍穹。
色彩缤纷扮珠江，广州塔美映江中。

秋江夜静惹人醉，良辰美景盼共赏。
江水清清江水长，情思绵绵诉衷肠。

图3-38　江水如镜

孤星悬空瞰江景，珠江上空白云飞。
虹桥飞跨夜珠江，楼影塔色争艳辉。
一轮皎月出白云，幽蓝夜空伴星辰。
江水漾漾塔影摇，江岸红花似我心。

图3-39　皎月窥江

月似含羞红月晕，忆汝娇羞惜良辰。
丽塔红花深秋夜，独立江头思恋深。
江塔美自巧匠手，悬空浩月谁之作？
大地厚德能载物，寰球身世费琢磨。
江水潺潺有源头，江畔游人源何处？
江水哗哗奔海口，地上客子归何处？
明月照耀大江横，水深幽静花色芬。
寰宇清幽无数谜，天公造化出太真。
江月清幽夜色阑，水声潺潺鸣夜曲。
月光塔影映微波，江夜流水向天语。
塔光花影美景陈，迷醉深夜阅江人。
天赐美景江月华，万物合唱颂天恩。

——张清清

## 波心荡月

彩塔倒影珠江里，幽空月出瞰平江。
隔江共赏一江水，红塔白月两相望。
虹桥牵引塔月情，波心荡月惹人肠。
夜来娴静江水幽，秋江花月醉心房。
江水含月月入江，水中月影微荡漾。
塔光楼色逊月辉，江畔红花分外香。
万家灯火倚江岸，江中月华倒影长。
闲来垂钓一江月，钓起一缕明月光。
鱼儿潜跃戏水面，江声鱼声颂天堂。

——张清清

图3-40 波心荡月

◎ 诗词地理学

### 珠江月夜——赠亲人

校门外
一江柔波荡漾
江水绵长
游子思乡

江平如镜
花叶拂岸
夜灯昏黄
皎洁的月亮
在珠江上盖了个印章

夜空幽蓝
江水幽暗
路灯拖着长长的尾巴
在江边列队站岗
夜幕下的珠江
如一架巨大的钢琴
红白黄蓝的灯光
在水中排列成优美的琴键
弹奏着思乡的歌谣
动人心弦
醉人心扉

月亮高高地望着江面
看到了洄游鱼群掀起的细纹
那是鱼儿思乡的呢喃

在月光的普照下
客游珠江的鱼儿不会迷途
它们心中有着故乡的深深记忆
游吧鱼儿
游向你们永恒的故乡
　　——张清涛　2022 年 11 月 12 日　于广州珠江南岸

作者在珠江边抒写思乡之情，寓情于景，正是悲秋情结的一种。

图3-41　江中灯影似琴键

## 珠中大湖光山色

月牙当空红云烧，鱼儿潜跃鸟啾鸣。
晚霞紫荆相映红，湖水静穆幽山影。
寰宇清幽云卷舒，湖面微风波粼粼。
蜻蜓翩然点水面，凉风渐送黄昏临。

——张清涛　2015年11月17日于珠海

图3-42　中山大学珠海校区湖景

◎ 诗词地理学

## 雪声偏傍竹，寒梦不离家——桂林

### 桂 林
#### 李商隐

城窄山将压，江宽地共浮。
东南通绝域，西北有高楼。
神护青枫岸，龙移白石湫。
殊乡竟何祷，箫鼓不曾休。

此诗前两句用一个"压"字和一个"浮"字，相互映衬，形象地表现了桂林山水那令人神驰的动态美，也表达了作者的心境。龙船上的箫鼓声从不停歇，不知此处乡民有什么事情要祈祷呢？桂林至阳朔的百里漓江，碧水萦回，奇峰夹岸，不仅有"山青、水秀、洞奇、石巧"四绝，还有"深潭、险滩、流泉、飞瀑"四观。

### 桂州腊夜
#### 戎昱［yù］

坐到三更尽，归仍万里赊。
雪声偏傍竹，寒梦不离家。
晓角分残漏，孤灯落碎花。
二年随骠［piào］骑，辛苦向天涯。

此诗开头两句写除夕守岁，直坐到三更已尽。这是在离乡万里，思归无计的处境中独坐到半夜的。一个"尽"字，一个"赊"字，对照写出了乡思的绵长，故乡的遥远；一个"仍"字，又露透出不得已而滞留他乡的凄凉心境。三、四两句写三更以后诗人凄然入睡，可是睡不安稳，进入一种时梦时醒的蒙眬境地。前句说醒，后句说睡。"雪声偏傍竹"，雪飘落在竹林上，借着风传来一阵阵飒飒的声响，在不能成眠的人听来，就特别感到孤寂凄清。这句把寂寥寒夜的环境气氛渲染得很足。这个"偏"字，更细致地刻画出愁人对这种声响所特有的心灵感受，似有怨恼而又无可奈何。"寒梦不离家"，在断断续续的梦中，总是梦到家里的情景。在"梦"之前冠一"寒"字，不仅说明是寒夜做的梦，而且反映了诗人心理上的"寒"，就使"梦"带上了悄怆的感情色彩。"孤灯落碎花"这一细节描写，更增添了思乡之情。

## 送高三之桂林
### 王昌龄

留君夜饮对潇湘，从此归舟客梦长。
岭上梅花侵雪暗，归时还拂桂花香。

夜色茫茫，诗人与好友面对着浩淼的潇湘江流把盏辞行。此地一别后，孤蓬万里征，重逢佳期何在？惟悠悠的梦乡里，盼望着游子从桂林返航的归舟。我想到，那时的桂林，漫山遍岭的梅花开得灿烂夺目，使岭上的积雪也黯然失色，你归来的襟袖里还沾着馥郁的桂花清香呢……

## 桂林山水歌
### 〔现代〕贺敬之

云中的神呵，雾中的仙，
　神姿仙态桂林的山！
情一样深呵，梦一样美，
　如情似梦漓江的水！
水几重呵，山几重？
　水绕山环桂林城……
是山城呵，是水城？
　都在青山绿水中……
呵！此山此水入胸怀，
　此时此身何处来？
……黄河的浪涛塞外的风，
　此来关山千万重。
马鞍上梦见沙盘上画：
　"桂林山水甲天下"……
呵！是梦境呵，是仙境？
　此时身在独秀峰！
心是醉呵，还是醒？
　水迎山接入画屏！

◎ 诗词地理学

## 河阔冰难合,地暖梅先开——昆明

"河阔冰难合,地暖梅先开。"此句是昆明大观楼上的对联,作者是清代康乾时诗人孙髯,著有《永言堂诗文集》。孙髯,陕西三原县人,后迁居云南。他厌恶清朝官场的黑暗腐败,不参加科举,终身贫困潦倒。他写的大观楼联寓意深刻,为人所爱。《大观楼长联》联云:

五百里滇池,奔来眼底,披襟岸帻[zé],喜茫茫空阔无边。看东骧[xiāng]神骏,西翥[zhù]灵仪,北走蜿蜒,南翔缟[gǎo]素,高人韵士,何妨选胜登临。趁蟹屿螺洲,梳里就风鬟雾鬓,更苹天苇地,点缀些翠羽丹霞。莫孤负:四围香稻,万顷晴沙,九夏芙蓉,三春杨柳。

数千年往事,注到心头,把酒凌虚,叹滚滚英雄谁在?想汉习楼船,唐标铁柱,宋挥玉斧,元跨革囊,伟烈丰功,费尽移山心力。尽珠帘画栋,卷不及暮雨朝云,便断碣[jié]残碑,却付与苍烟落照。只赢得:几杵[chǔ]疏钟,半江渔火,两行秋雁,一枕清霜。

### 善阐台
〔唐〕隆 舜

避风善阐台,极目见藤越。
悲哉古与今,依然烟与月。
自我居震旦,翊卫类夔[kuí]契。
伊昔颈皇运,艰难仰忠烈。
不觉岁云暮,感极星回节。

南诏王在六月的星回节(一说是现在火把节的前身),与感叹古今历史,依然像烟与月。南诏国在今天云南境内。

### 侍骠信游善阐台
〔唐〕赵叔达

法驾避星回,波罗旺勇猜。

河阔冰难合，地暖梅先开。
下令俚柔洽，献[yóu]琛弄栋来。
愿将不才质，千载侍游台。

由于善阐台属于亚热带季风气候，冬季不寒冷，所以河水结冰很少，梅花开得也早。

## 岭南地理概况

岭南，原是指中国南方五岭之南的地区，相当于现在广东、广西及海南全境。历史上，唐朝岭南道也包括曾经属于中国皇朝统治的越南红河三角洲一带。岭南是中国一个特定的环境区域，区域内这些地区不仅地理环境相近，而且人民生活习惯也有很多相同之处。由于历代行政区划的变动，现在提及"岭南"一词，特指广东、广西、海南、香港、澳门五省区。

### 1. 自然地理概况

气候环境：岭南属东亚季风气候区南部，具有热带、亚热带季风海洋性气候特点，大部分属亚热带湿润季风气候，雷州半岛一带、海南岛和南海诸岛属热带气候。北回归线横穿岭南中部，高温多雨为主要气候特征。大部分地区夏长冬短，终年不见霜雪。夏季以南至东南风为主，风速较小；冬季大部分地区以北至东北风为主，风速较大；春秋季为交替季节，风向不如冬季稳定。因全年气温较高，加上雨水充沛，所以林木茂盛，四季常青，百花争艳，各种果实终年不绝。岭南植物资源非常丰富，丰富的植物也为动物生长提供了有利的条件，这里动物种类较多，是全国动物种类最繁盛的地区之一。

### 2. 人文地理概况

（1）岭南文化。岭南文化是悠久灿烂的中华文化的有机组成部分。岭南文化为原生性文化。基于独特的地理环境和历史条件，岭南文化以农业文化和海洋文化为源头，在发展过程中不断吸取和融会中原文化和海外文化，逐渐形成自身独有的特点：务实、开放、兼容、创新。岭南学术思想吸取由中原相继传入的儒、法、道、佛各家思想并进行创新，形成了岭南文化。主要分支：广府文化、雷州文化、客家文化。文化特质：开放风气、进取精神、实利重商。

（2）岭南建筑。整体风貌：简练、朴素、通透、雅淡。分类：有广府建筑、潮汕地区建筑以及客家建筑。特点：在功能上具有隔热、遮阳、通风的特点，建筑物顶部常做成多层斜坡顶,外立面颜色以深灰色、浅色为主,以及运用方形柱。露台、敞廊、敞厅等开放性空间因人们活动空间的向外推移而得到充分的安排,人们从封闭的室内环境中走向自然,形成岭南建筑装饰空间的自由、流畅、开敞的特点。具体特征:有山墙、平脊、三间两廊。

(3) 岭南园林。求实兼蓄,精巧秀丽。特色:一是轻巧、通透、朴实,体量较小。二是装修精美、华丽,大量运用木雕、砖雕、陶瓷、灰塑等民间工艺,门窗格扇、花罩漏窗等都精雕细刻,再镶上套色玻璃做成纹样图案。三是布局形式和局部构件受西方建筑文化的影响,如中式传统建筑中采用罗马式的拱形门窗和巴洛克的柱头,用条石砌筑规整形式的水池,厅堂外设铸铁花架等。类别:有庭院式、自然山水式、综合式等。几乎所有的私宅、酒家、茶楼、宾馆皆建筑庭院园林。

(4) 广府三秀。指岭南画派、粤剧、广府音乐。岭南画派:主张吸取古今中外尤其是西方绘画艺术之长以丰富传统国画,使之朝着现代化、民族化、大众化方向发展,其表现形式是折衷中西,融汇古今。广东的戏曲剧种有粤剧、潮剧、广东汉剧、采茶戏、雷剧、琼剧等,以粤剧、潮剧、广东汉剧三种流行最广、影响最大、观众最多。其中,粤剧是糅合唱念做打、乐师配乐、戏台服饰、抽象形体的表演艺术,其每一个行当都有各自独特的服饰打扮。音乐、方面、粤语歌曲很有代表性。

(5) 工艺美术。"三雕一彩一绣"。"三雕"指象牙雕、玉雕、木雕。象牙雕:纤细精美,玲珑剔透,讲究牙料的漂白和色彩装饰,雅俗并举。作品以牙质莹润、精镂细刻见长,整体布局繁复热闹,不留空白。现在提倡大象保护,已禁止象牙制品的生产。玉雕:创造"留色"特技,显出原玉的天然颜色。木雕:多以樟木或杉木为基本原料雕成,加以生漆和金箔。雕刻形式有浮雕、立体雕和通雕等。"一彩":指广彩。运用织锦图案的手法,以色彩艳丽、构图严谨、绘工精细著称;广彩利用各种颜色和金银水进行钩、描、织、填。"一绣":指广绣。以构图饱满,形象传神,纹理清晰,色泽富丽,针法多样,善于变化的艺术特色而闻名宇内。

(6) 饮食文化。菜系:粤菜、客家菜、雷州菜、潮州菜、东江菜。茶文化:集观赏价值、体验价值、服务价值和商品价值于一身。

(7) 语言文化。有粤语、客家语、潮州话、雷州话。

(8) 侨乡文化。主动地开放、学习、接纳。"侨"而不崇洋媚外,不全盘西化;"乡"而不迂腐,不顽固,凸显出侨乡文化形成的历史底蕴和民族特性。

(9) 宗教文化。岭南历史上曾有过佛教、道教、伊斯兰教、天主教和基督教的传播。岭南为不少外来宗教入传中国的第一站,同时又是中外宗教文化交流的重要桥梁。在较长的历史时期内,岭南地区是全国外来宗教势力最为强盛的地区之一。

图3-43　广东韶关丹霞山

图3-44　广东河源

图3-45　广州沙面的西洋建筑

◎ 诗词地理学

# 中原古风

## 魏国贤才杳不存——开封

**八朝古都**：开封是一座历史悠久、底蕴厚重的魅力之城。开封建城和建都迄今已有 4100 余年的历史，夏朝，战国时期的魏，五代时期的后梁、后晋、后汉、后周，北宋和金相继在此定都，素有"八朝古都"之称。特别是北宋时期，开封孕育了上承汉唐、下启明清、影响深远的"宋文化"，我国古代"四大发明"中的活字印刷术、火药和指南针均出自北宋时期。开封还是著名的戏曲之乡、木版年画艺术之乡、盘鼓艺术之乡，名人文化、宋词文化、饮食文化、黄河文化、府衙文化灿烂悠久。

魏国在大梁（河南古地名，位于今开封市西北）建都，历六世 136 年。在这 136 年里，曾发生了孟子游梁、窃符救赵，以及孙膑、庞涓等的诸多故事，也给开封遗留下不少古迹。夷门为战国魏都城大梁的东门，很多文人都写下了关于夷门的诗歌。

### 夷 门
#### 胡 曾

六龙冉冉骤朝昏，魏国贤才杳不存。
唯有侯嬴在时月，夜来空自照夷门。

这首诗通过描绘魏国夷门的景象，表达了作者对于当时社会贤才不被重用的感慨。

**信陵君窃符救赵**：信陵君，战国时期魏国名将魏无忌，战国时"四公子"之一。其门下养食客三千。秦兵围赵都邯郸，赵国向魏国求救。魏遣将军晋鄙救赵，晋鄙半途停留不进。信陵君听从门客侯嬴之计，设法窃得兵符，带勇士朱亥至军中击杀晋鄙，夺取兵权，击败秦兵，解赵之围。后十年，为上将军，联合五国击退秦将的进攻。

**名称演变**：追溯历史，早在夏朝的第七世帝杼［zhù］就曾经迁都于老丘，老丘就在开封附近。春秋时期，郑庄公为了北进中原，就在城南构筑城邑，修筑储粮仓城，取"启拓封疆"之意，定名"启封"。汉代，因为避汉文帝刘启的讳，改名为

"开封"。战国到魏晋时期,"开封"一直更名换姓。自从隋炀帝开通大运河,开封的地位才日益显著。明代初年,由于开封的历史地位,洪武元年(1368),朱元璋攻取元大都后,以开封为都城,历时9年。

历史沧桑:开封还是中国最早有犹太人定居的地方。北宋时期,一批犹太移民来到这个繁华的地方,宋朝皇帝就颁布谕旨称:"归我中,遵守祖风,留遗汴梁。"他们与当地的汉、回等民族和睦相处,绵延几百年,留下了各民族和平共处的历史。1642年,明代农民起义领袖李自成攻打开封,明军为了阻止起义军竟然扒开黄河,使开封城成了一片汪洋大海,27万人仅剩3万!近代鸦片战争之后,开封的经济一落千丈。抗日战争时期,开封被日军占领,遭受整整7年的践踏,几乎成为一片荒芜之地。

今日风采:开封古城经过一度沉寂之后,如今焕发出了新的风采。汴绣独树一帜,光彩动人。汴菊中外驰名,开封种植菊花可以追溯到1600多年前的南北朝,唐宋时期驰名全国,明清尤盛,绵延至今。"黄花遍圃中,汴菊最有名。"清乾隆皇帝来开封赏菊时亲赋诗词,留下"风叶梧青落,霜花菊百堆"的美句。每到秋季,古城开封秋风送爽,菊花飘香,到处繁花似锦,蔚为壮观。"花以景衬,景以花容",确是"十月花潮人影乱,香风十里动菊城"。

## 唯有牡丹真国色——洛阳

历史底蕴:洛阳因为地处古洛水的北岸而得名。这里是华夏文明的发祥地之一,是中华民族的"摇篮"。"永怀河洛间,煌煌祖宗业",中国历史上有13个王朝曾经在此建都,造就了历史上不朽的辉煌。西周时期,周成王在这里营建雒[luò]邑,就是西周王朝的东都。战国时期,"雒邑"改称"雒阳"。直到东汉时期,刘秀在河北柏乡称帝,同年攻下洛阳,并定都于此。这时的洛阳今非昔比,成为真正的全国政治、经济、文化中心。西晋、北魏的都城也秉承前代的遗风,尽管四五十年的光阴倏然而过,但在历史上留下了浓浓的一笔。

洛阳故城:隋炀帝时,在洛阳旧城以西十八里营建新城,武则天时又加扩展,成为唐代的东都,而旧城由此荒芜。唐人登上洛阳故城,历史陈迹使其产生诸多感慨。

### 登洛阳故城
#### 许 浑

禾黍离离半野蒿[hāo],昔人城此岂知劳?
水声东去市朝变,山势北来宫殿高。

鸦噪暮云归古堞 [dié]，雁迷寒雨下空壕。
可怜缑 [gōu] 岭登仙子，犹自吹笙醉碧桃。

禾黍离离：从《诗经·王风·黍离》篇开首的"彼黍离离"一句脱化而来。原诗按传统解说，写周王室东迁后故都的倾覆，藉以寄托亡国的哀思。这里加以化用，也暗含对过去王朝兴灭更替的追思。离离：庄稼一行行排列的样子。蒿：一种野草，此处泛指野草。劳：辛劳。市朝：争名夺利的场所。山势：指北山。堞：城上小墙，即女墙。壕：城下小池。缑岭：即缑氏山，在今河南偃师东南。多指修道成仙之处。唐崔湜《寄天台司马先生》诗有"何年缑岭上，一谢洛阳城"。登仙子：指周灵王之子姬晋，又称王子乔。笙：一种乐器。碧桃：原指传说中西王母给汉武帝的仙桃，此处指传说中仙人吃的仙果。

"天津晓月"：天津桥建于隋炀帝大邺元年（605），是用铁索连船形成的一座浮桥，后毁于隋末农民起义战争，唐代又改建为石桥。洛河自西向东穿洛阳城而过，天津桥横跨其上。其北与皇城的南门、端门相应，南与长达"七里一百三十步""街宽百步"的定鼎门大街相接，为都城南北之通衢。大唐盛世，阳春时节，这里是达贵士女云集游春的繁华胜地。"天津晓月"历来被称为洛阳八大景之一。刘希夷曾赞道"马声回合青云外，人影动摇绿波里"，真是写景如画。

## 洛桥晚望
### 孟 郊

天津桥下冰初结，洛阳陌上人行绝。
榆柳萧疏楼阁闲，月明直见嵩山雪。

天空与山峦，月华与雪光，交相辉映，举首灿然夺目，远视浮光闪烁，上下通明，一片银白。诗人从萧疏的洛城冬景中，开拓出一个美妙迷人的新境界。而明月、白雪都是冰清玉洁之物，展现出一个清新淡远的境界，寄寓着诗人高远的襟怀。

国色牡丹："洛阳地脉花最宜，牡丹尤为天下奇。"相传，唐武则天寒冬设宴赏花，令百花绽放，唯牡丹不从，被贬至洛阳。岂知迁洛后竟吐蕊怒放。武则天闻知，命火烧牡丹。牡丹枝干被烧焦，次午却依旧叶荣华发。正如唐代诗人刘禹锡和白居易所赞："唯有牡丹真国色，花开时节动京城""花开花落二十日，一城之人皆若狂"。

## 赏牡丹
### 刘禹锡

庭前芍［sháo］药妖无格，池上芙蕖［qú］净少情。
唯有牡丹真国色，花开时节动京城。

庭院中的芍药花虽然艳丽，但格调不高；池面上的荷花明净倒是明净，却缺少热情；只有牡丹花才是真正的国色，是最美的花，当它开花的时候，其盛况轰动了整个京城。

金谷春晴：开封城还有一处名园遗址金谷园，即西晋门阀豪富石崇的别庐，在洛桥北望，约略可见。诗人春日独上洛阳桥，北望金谷园，即景咏怀，以寄感慨。

## 洛　桥
### 李　益

金谷园中柳，春来似舞腰。
那堪好风景，独上洛阳桥。

金谷园中的柳树，枝条柔韧，随风摆动，好像婀娜的舞腰。要欣赏好风景，还得上洛阳桥。

## 寻秋北方

### （一）一路向北

在这立冬时节
南方依旧树木葱茏
草儿青青
红花丛丛

好几年没看到秋色了
北方的红叶、黄叶还在吧

诗词地理学

高铁一路向北
竹林婆娑
竹叶青翠微黄
喀斯特峰林掠过
红壤间或裸露

渐渐地
寒凉至
添厚衣
竹叶青黄
峰峦叠嶂

江城到了
湖畔秋林惊艳
红叶正美
黄叶知秋仍存

高铁一路向北
黄绿的稻田退去
深绿的麦田出现
熟悉的杨树出现

广阔平坦的黄土地
在欢迎游子
中原到了
北方到了

（二）北方

法桐一树风华
绿叶黄叶兼棕叶
银杏一派金黄
为我留住这晚秋

采撷几片银杏叶

南方友人喜甚
黄叶贴于胸前
昂首挺胸逛街
引来秋波与笑颜

久违的美食
故乡的味道
打开了记忆深处的闸门
一时有想哭的冲动
一如久不食鱼的猫咪
吃到鱼鲜时快乐的喵呜声

生我养我的北方
生我养我的黄土
生我养我的平原
肥沃的土壤

丰饶的物产
感恩上天丰盛的馈赠
厚实的大地
淳朴的乡亲
无论何处都彼此挂念

### （三）返回南方

落叶木叶落了
光秃的枝丫上
鸟巢清晰可见
想起故乡的冬天

广阔的蓝天下
湛蓝的池水掠过
深蓝的河水蜿蜒

黄叶红叶间或掠过

> 色彩斑斓的山野上
> 点缀着几颗满了红叶的小树
> 给人深秋的惊喜
>
> 秋这样引起我的乡愁
> 那更美的家乡
> 又该引起怎样的乡愁？
>
> ——张清涛于珠江南岸　　2021年11月27日

## 瀑布崖前墨浪流——嵩山

　　古时，嵩山称作"外方"，夏商时称"崇高"。《国语·用语》称禹之父鲧［gǔn］为"崇伯鲧"，"崇高"之名缘结于此。东汉班固《白虎通》说："中央之岳，加崇高宗者何？中岳居四方之中而高，故曰嵩高也。"西周时嵩山就称作"岳山"，周平王迁都洛阳后，定嵩山为"中岳"，五代以后称"中岳嵩山"。作为五岳之一的嵩山，横卧中原，地跨四方之地，群峰挺拔，气势磅礴，景象万千。嵩山地区的主要地貌类型有构造地貌（褶曲和断裂）、流水地貌、黄土和喀斯特地貌。

　　少林寺：提到嵩山就要提到少林寺，山因为寺而闻名，寺也因为山而不俗。少林寺位于河南省登封市嵩山五乳峰下，由于其坐落于嵩山腹地少室山的茂密丛林之中，故名"少林寺"。少林寺是汉传佛教的禅宗祖庭，号称"天下第一名刹［chà］"。少林寺因其历代少林武僧潜心研创和不断发展的少林功夫而名扬天下，有"天下功夫出少林"之说。

　　嵩山八景：唐代光启年间进士郑谷游中岳时，为嵩山八景赋诗以赞：

### 郑　谷

> 月满嵩门正仲秋，轩辕早行雾中游。
> 颖水春耕田歌起，夏避箕［jī］险溽［rù］暑收。
> 石淙［cóng］河边堪会饮，玉溪台上垂钓钩。
> 余雨少室观晴雪，瀑布崖前墨浪流。

　　整首诗中包含了嵩山八景：嵩门待月、卢崖瀑布、箕阴避暑、少室晴雪、轩辕早行、颖水春耕、石淙会饮及玉溪垂钓。

李白早年曾经到访嵩山，当时结识了朋友杨山人。大宝年间，李白又送杨山人归嵩，写下了这首诗：

### 送杨山人归嵩山
#### 李 白

我有万古宅，嵩阳玉女峰。
长留一片月，挂在东溪松。
尔去掇仙草，菖蒲花紫茸。
岁晚或相访，青天骑白龙。

王维描写了辞官归隐嵩山时途中所见美景，此时嵩山在诗人的眼中更是清新秀逸，诗作抒发了作者恬静淡泊的闲适心情：

### 归嵩山作
#### 王 维

清川带长薄，车马去闲闲。
流水如有意，暮禽相与还。
荒城临古渡，落日满秋山。
迢［tiáo］递嵩高下，归来且闭关。

整首诗写得很有层次。随着诗人的笔端，读者既可领略归山途中的景色移换，也可隐约触摸到作者感情的细微变化：由安详从容，到凄清悲苦，再到恬静澹泊。说明作者对辞官归隐既有闲适自得、积极向往的一面，也有激忿不平、无可奈何的一面。诗人随意写来，不加雕琢，真切生动，含蓄隽永，不见斧凿的痕迹，却又有精巧蕴藉之妙。

## 河南地理概况

河南，古称中原、豫州、中州，简称"豫"，因大部分区域位于黄河以南，故名河南。河南位于中国中东部、黄河中下游，东接安徽、山东，北界河北、山西，西连陕西，南临湖北，呈望北向南、承东启西之势。

河南是中华民族与中华文明的主要发祥地之一。历史上先后有 20 多个朝代建都或迁都河南，诞生了洛阳、开封、安阳、郑州等古都，为中国古都数量最多最密集的省区。

### 1. 自然地理概况

（1）地形地貌：河南省地势西高东低、北坦南凹，北、西、南三面千里太行山脉、伏牛山脉、桐柏山脉、大别山脉沿省界呈半环形分布；中、东部为黄淮海平原；西南部为南阳盆地。河南省境内平原和盆地、山地、丘陵分别占总面积的55.7%、26.6%、17.7%。

（2）气候：河南大部分地处暖温带，南部跨亚热带，属北亚热带向暖温带过渡的大陆性季风气候，同时还具有自东向西由平原向丘陵山地气候过渡的特征，具有四季分明、雨热同期、复杂多样和气象灾害频繁的特点。

（3）水文：河南地跨长江、淮河、黄河、海河四大流域，省内河流大多发源于西部、西北部和东南部山区。黄河横贯中部；中南部的淮河支流众多，水量丰沛；北部的卫河、漳河流入海河；西南部的丹江、湍河、唐白河注入汉水。

### 2. 人文地理概况

（1）河南文化：河南历史悠久，文化灿烂，是中华民族和华夏文明的重要发祥地。中华文明的起源、文字的发明、城市的形成和国家的建立，都与河南有着密不可分的关系。河南文化大体可以概括为22种文化：河洛文化、汉字文化、姓氏文化、根亲文化、三商文化、礼仪文化、中医文化、诗词文化、武术文化、戏曲文化、史前文化、神龙文化、政治文化、思想文化、名流文化、英雄文化、农耕文化、商业文化、科技文化、医学文化、宗教文化、民俗文化。

总之，河南文化厚重、多元、经典，是一种典型的"圣""福""魂"文化。

（2）戏曲：河南为"戏曲之乡"。特点：戏曲起源早、品种丰、队伍大、剧种发展快、流传范围广。河南戏曲有豫剧、曲剧、越调、大平调、宛梆及其他戏曲。豫剧：有河南讴、靠山吼、土邦戏、高调、河南梆子，其唱腔激昂、粗犷、高亢（花木兰）。曲剧：有高台曲、曲子戏。越调：有四股弦，其表演粗犷、泼辣，以唱功见长，真假嗓结合，有浓厚的乡土气息。大平调：有平调、大梆戏、大油梆。宛梆：有南阳梆子、南阳调、老梆子等，其唱腔高亢嘹亮，火爆热烈，表演粗犷朴实。其他戏曲有：大弦戏、罗戏、卷戏、二夹弦、道情戏、落腔、坠剧、豫南花鼓戏、嗨子戏。

（3）杂技：在河南历史上，不仅产生过中国最早的杂技表演艺术家，而且举行过中国最大的"百戏"汇演。周口为"杂技之乡"。周口的杂技历史悠久，是我国杂技艺术重要发祥地之一。早在春秋时期，周口就有众多民间艺人以杂耍技艺谋生，每年一度的淮阳区太昊陵古庙会就是杂技大展演的舞台。浓厚的杂技艺术氛围，催生了众多的杂技户、杂技村、杂技乡。从市、县到乡、村，从基础培训到高精尖竞技，各类杂技团、魔术团、驯兽表演团、飞车表演团等犹如朵朵鲜花，开遍周口大地。

（4）方言：河南省的本土居民方言主要为中原官话和晋语两大类。中原官话是河南省的主体方言；晋语分布在河南省的黄河以北地区，在安阳、鹤壁、新乡、焦作、济源太行山山区一带。

（5）美食：河南饮食鲜香清淡，四季分明，形色典雅，质味适中，可以说与中国菜的南味、北味有所区别，而又兼其所长。其特色是：选料严谨、刀工精细、讲究制汤，扒、烧、炸、熘、爆、炒、炝别有特色。河南爆菜时多用武火，热锅凉油，操作迅速，质地脆嫩，汁色乳白。

◎ 诗词地理学

# 湖光楼影

## 晴川历历汉阳树——黄鹤楼

### 黄鹤楼
#### 崔　颢

昔人已乘黄鹤去，此地空余黄鹤楼。
黄鹤一去不复返，白云千载空悠悠。
晴川历历汉阳树，芳草萋萋鹦鹉洲。
日暮乡关何处是？烟波江上使人愁。

此诗前四句写登临怀古，后四句写站在黄鹤楼上的所见所思。昔日的仙人已乘着黄鹤飞去，这地方只留下空荡的黄鹤楼。黄鹤一去再也没有返回这里，千百年来只有白云飘飘悠悠。汉阳晴川阁的碧树历历可辨，更能看清芳草繁茂的鹦鹉洲。时至黄昏不知何处是我的家乡？看江面烟波浩渺更使人烦愁！

黄鹤楼之名源于一个美丽的传说。《南齐书·州郡志》记载：曾有一位名子安的仙人，乘黄鹤经过此楼，所以命名为黄鹤楼。实际上，始建于三国时期的黄鹤楼，起初并没有黄鹤，只是孙权为了实现"以武治国而昌"而建立的军事瞭望楼。

伴随着"合久必分，分久必合"的天下大势，这座黄鹤楼早就失去了起初军事的意义，反倒成了历代文人的游览胜地。到了唐朝的时候，这座阁楼的名声已经在文士中间竞相远播，声名鹊起。

黄鹤楼地处湖北武昌黄鹄山之巅，充满着揽江汉奔流的气概，尽享"天下第一楼"的美誉，也吸引了文人在此作为送别之地，李白与孟浩然就曾在此作别：

### 黄鹤楼送孟浩然之广陵
#### 李　白

故人西辞黄鹤楼，烟花三月下扬州。

孤帆远影碧空尽，唯见长江天际流。

两位好友即将分别，纵有千言万语道不尽，一人在岸，一人在舟，但见风中孤帆渐行渐远，唯有长江之水奔腾不尽……

黄鹤楼坐落于长江与汉水的交汇处。登楼凭栏，尽揽江上舟楫，大有"大江东去，波涛洗净古今愁"的气魄。远望江水悠悠，似乎仙境重绕，李白在此远望，并产生诸多联想：

### 望黄鹤楼
#### 李 白

东望黄鹤山，雄雄半空出。
四面生白云，中峰倚红日。
岩峦行穹跨，峰嶂亦冥密。
颇闻列仙人，于此学飞术。
一朝向蓬海，千载空石室。
金灶生烟埃，玉潭秘清谧。
地古遗草木，庭寒老芝术。
蹇 [jiǎn] 予羡攀跻 [jī]，因欲保闲逸。
观奇遍诸岳，兹岭不可匹。
结心寄青松，永悟客情毕。

李白于唐乾元元年（758）被流放到夜郎（古国名，在今贵州省桐梓县附近），途径武昌游黄鹤楼，此时静听笛声，追思往事，不由黯然。

### 与史郎中钦听黄鹤楼上吹笛
#### 李 白

一为迁客去长沙，西望长安不见家。
黄鹤楼中吹玉笛，江城五月落梅花。

旅途中，听到黄鹤楼中的笛声，看到江城（今武汉）五月的梅花纷纷落下。

◎ 诗词地理学

## 巴陵无限酒,醉杀洞庭秋——洞庭湖

### 题君山
方 干

曾于方外见麻姑,闻说君山自古无。
元是昆仑山顶石,海风吹落洞庭湖。

据说君山不是自古就有,它本是昆仑山顶的一块巨石,被海风吹落在洞庭湖中,形成了君山。

图3-46 湖北大悟河流

### 初至巴陵与李十二白、裴九同泛洞庭湖
贾 至

江上相逢皆旧游,湘山永望不堪愁。
明月秋风洞庭水,孤鸿落叶一扁[piān]舟。
枫岸纷纷落叶多,洞庭秋水晚来波。
乘兴轻舟无近远,白云明月吊湘娥。

江畔枫叶初带霜，渚［zhǔ］边菊花亦已黄。
轻舟落日兴不尽，三湘五湖意何长。

洞庭湖名称的由来：在《史记》《周礼》《尔雅》等古书上都有"云梦"的记载。梦是楚国方言"湖泽"的意思，《汉阳志》说："云在江之北，梦在江之南"，合起来统称"云梦"。当时的云梦泽面积曾达 4 万平方公里，《地理今释》载："东抵蕲［qí］州，西抵枝江，京山以南，青草以北，皆古之云梦。"

战国后期，由于泥沙的沉积，云梦泽分为南北两部，长江以北成为沼泽地带，长江以南还保持一片浩瀚的大湖。自此不再叫"云梦"，而将这片大湖称为洞庭湖，因为湖中有一山，原名洞庭山，即著名的君山。《湘妃庙记略》称："洞庭盖神仙洞府之一也，以其为洞庭之庭，故曰洞庭。后世以其汪洋一片，洪水滔天，无得而称，遂指洞庭之山以名湖曰洞庭湖。"

## 陪侍郎叔游洞庭醉后三首
### 李 白

今日竹林宴，我家贤侍郎。
三杯容小阮［ruǎn］，醉后发清狂。

船上齐桡［ráo］乐，湖心泛月归。
白鸥闲不去，争拂酒筵［yán］飞。

刬［chǎn］却君山好，平铺湘水流。
巴陵无限酒，醉杀洞庭秋。

竹林宴唱多了，醉后聊发清狂，洞庭湖船上音乐袅袅一直玩到湖心映着月色。白鸥围着筵席飞翔巴陵酒真美，让人醉倒在秋色中的洞庭湖。

## 陪族叔刑部侍郎晔及中书贾舍人至游洞庭五首
### 李 白
#### 其 一

洞庭西望楚江分，水尽南天不见云。
日落长沙秋色远，不知何处吊湘君。

◎ 诗词地理学

其 二

南湖秋水夜无烟,耐可乘流直上天。
且就洞庭赊月色,将船买酒白云边。

其 三

洞庭湖西秋月辉,潇湘江北早鸿飞。
醉客满船歌白苎,不知霜露入秋衣。

其 四

帝子潇湘去不还,空馀秋草洞庭间。
淡扫明湖开玉镜,丹青画出是君山。

"且就洞庭赊月色,将船买酒白云边",想象奇特,千古名句。

舜帝妻子来潇湘后就回不去了,玉人滞留在洞庭湖边的荒草间,对着明镜般的洞庭湖描淡妆,君山就是她们用丹青画出的娥眉。

### 望洞庭湖赠张丞相
#### 孟浩然

八月湖水平,涵虚混太清。
气蒸云梦泽,波撼岳阳城。
欲济无舟楫 [jí],端居耻圣明。
坐观垂钓者,徒有羡鱼情。

8月洞庭湖水暴涨,几与岸平,水天一色交相辉映迷离难辨。云梦大泽水气蒸腾白白茫茫,波涛汹涌似乎撼动了岳阳城。我希望能为国效力,只是羡慕鱼儿被钩起,我盼望被伯乐赏识。

## 晴江秋望
### 崔季卿

八月长江万里晴,千帆一道带风轻。
尽日不分天水色,洞庭南是岳阳城。

八月的长江,晴天万里。千帆竞过,水天一色,丘阳边的洞庭湖真美啊!

## 洞庭烟波

波光粼粼望云淡,鸿雁双飞朝君山。
接天烟波连湘鄂,银光闪闪醉客船。
洞庭烟波荡风娇,君山眉黛疏云绕。
青天白云烟波淼,岳阳楼翘斜阳照。

——张清涛 2013 于洞庭湖畔

2013 年,途经岳阳,一瞻岳阳楼,洞庭湖畔小憩,饮酒读诗,随兴抒发几句。

石碑刻李白诗句如:"巴陵无限酒,醉杀洞庭秋""且就洞庭赊月色,将船买酒白云边",真乃描绘洞庭绝句也,后人难以望其项背。

## 与夏十二登岳阳楼
### 李 白

楼观岳阳尽,川迥洞庭开。
雁引愁心去,山衔好月来。
云间连下榻,天上接行杯。
醉后凉风起,吹人舞袖回。

登上岳阳楼览尽四周风光,江水辽远通向开阔的洞庭。看见大雁南飞引起我忧愁之心,远处的山峰又衔来一轮好月。在高入云间的楼上下榻设席,在天上传杯饮酒。醉酒之后兴起了凉风,吹得衣袖随风舞动,我们随之而回。

岳阳楼始建于三国时期,当时东吴大将鲁肃建的"阅军楼"就是岳阳楼的前身。魏晋南北朝时期被称为"巴陵城楼",直到中唐时期,巴陵城改称岳阳城,巴陵城楼也被称作岳阳楼了。李白在此赋诗,更是提升了岳阳楼的名气。

◎ 诗词地理学

### 岳阳楼
#### 刘长卿

行尽清溪日已蹉,云容山影两嵯峨。
楼前归客怨秋梦,湖上美人疑夜歌。
独坐高高风势急,平湖渺渺月明多。
终期一艇载樵去,来往片帆愁白波。

水上行舟日已晚,此时传来美人的歌声。月色笼罩着洞庭湖,来来很久的帆船泛起白色的波浪。

### 岳阳楼晚望
#### 崔 珏

乾坤千里水云间,钓艇如萍去复还。
楼上北风斜卷席,湖中西日倒衔山。
怀沙有恨骚人往,鼓瑟无声帝子闲。
何事黄昏尚凝睇[dì],数行烟树接荆蛮。

## 洞庭湖区地理概况

(1) 地理位置:洞庭湖古称"云梦""九江""重湖"。是中国第二大淡水湖,面积2432.5平方公里,号称"八百里洞庭"。洞庭湖之名,始于春秋、战国时期,因湖中洞庭山(即今君山)而得名,并沿用至今。洞庭湖区位于长江中游荆江南岸,跨湘、鄂两省。包括荆江河段以南,湘、资、沅[yuán]、澧[lǐ]四水控制站以下的广大平原、湖泊水网区。洞庭湖南近湘阴、益阳,北抵华容、安乡、南县,东滨岳阳、汨[mì]罗,西至澧县。

(2) 气候:洞庭湖地属北亚热带季风湿润气候区,年平均气温17度,年平均降雨量1302毫米,四季分明,雨量充沛。在全球变暖的影响下,驱动洞庭湖流域水循环速度加快,尚无定论。

(3) 水文:洞庭湖水系由洞庭湖和入湖的湘江、资水、沅江、澧水4条河流和直接入湖的汨罗江、新墙河等中小河流组成。水系来水经湖南省城陵矶[jī]注入长江。

（4）风光：洞庭湖烟波浩淼、水天一色。洞庭湖由东洞庭湖、南洞庭湖、西洞庭湖和大通湖组成。滨湖风光秀丽，许多景点都是国家级的风景区，如岳阳楼、君山、杜甫墓、屈子祠、文庙、跃龙塔、铁经幢、龙州书院等名胜古迹。

（5）洞庭湖的鸟类："洞庭一夜无穷雁，不待天明尽北飞。"东洞庭湖是我国7处被列入湿地公约的国际重要湿地之一。每年10月至次年3月，有217种鸟类共约1000万只候鸟在这里越冬。白鹤、白鹳、灰鹤、小天鹅、白鹭等国家一、二级保护动物在东洞庭湖随处可见，很受国际关注，很多已经宣布为濒危的鸟类如白头鹤、大鸨［bǎo］、鸿雁、小额雁、青头潜鸭等在东洞庭湖也不难见到。

（6）洞庭湖围湖造田：历史上几次大规模的围湖造田，如宋代、清代前期以及民国时期的过度围垦，使天然湖面受到人为压缩，造成河湖水位上涨，单纯依靠加高堤垸［yuàn］的办法已经难以赶上湖水水位的增长，湖高田低的情况愈益严重。中华人民共和国成立后的内湖围垦减少了垸内的有效调蓄面积，导致洪、涝、渍［zì］灾害加剧，垸田大量溃废。

◎ 诗词地理学

# 国都姿色

### 暑退九霄净，秋澄万景清——长安的节俗

正月初一：元日。这一天长安城内热闹非凡，不仅百姓欢欣热闹，朝廷也要举行隆重的元日大朝会。

正月初七：人日。这天是剪彩的日子，南北方都有这个节俗。这一天女士们也争相斗艳，煞是好看！

### 剪　彩
#### 张九龄

姹女矜容色，为花不让春。
既争芳意早，谁待物华真。
叶作参差发，枝从点缀新。
自然无限态，长在艳阳晨。

剪彩的日子，美丽的女士们打扮一新，不输春花。

### 早春呈水部张十八员外
#### 韩　愈

天街小雨润如酥，草色遥看近却无。
最是一年春好处，绝胜烟柳满皇都。

这首诗是韩愈写给自己的友人张籍的，张籍当时官职为水部员外郎，他在叔伯兄弟中排行十八，故而称"张十八员外"。

绵绵的春雨像油一样滋润着首都长安的大街小巷，小草悄悄地冒出，远远望去，仿佛有一片青青之色；当诗人满怀欣喜地走近观看时，青色反而不那么显眼了。这正是早春草色的特点，诗人用他传神的妙笔记录下来。"草色遥看近却无"，是很多人

都有的亲身体验,却被观察敏锐的诗人总结出来。接着诗人笔锋一转,写道"最是一年春好处,绝胜烟柳满皇都",这朦朦胧胧的早春比起满眼都是浓绿的暮春,更让人喜爱不已。除了诗人,连我们也不觉喜欢上了这样一种湿润、舒适、清新、有着蓬勃生命力的早春。

正月十五:元宵节,最早起源于魏晋南北朝时期,当时仅是宗教活动,可是到了唐代就成了全民性的狂欢节。

### 踏歌词
#### 张　说

花萼楼前雨露新,长安城里太平人。
龙衔火树千灯艳,鸡踏莲花万岁春。
帝宫三五戏春台,行雨流风莫妒来。
西域灯轮千影合,东华金阙万重开。

该诗从雨霁花灯之夜着笔,短短四句便描绘出了兴庆宫内花萼楼前的一片欢腾景象。花萼楼是唐玄宗为象征其兄弟间的友谊,取"棠棣之花"之意而建的。落成后,诸兄弟经常于此设宴取乐。龙衔火树、鸡踏莲花皆为花灯名状。

寒食节:为纪念介子推的寒食节期间,长安城内也是禁火的,一连好几天都得冷食。不过,估计皇帝的这个诏令也催生了不少商机。

### 寒　食
#### 韩　翃

春城无处不飞花,寒食东风御柳斜。
日暮汉宫传蜡烛,轻烟散入五侯家。

暮春时节,长安城处处柳絮飞舞、落红无数,寒食节东风吹拂着皇家花园的柳枝。夜色降临,宫里忙着传蜡烛,袅袅炊烟散入王侯贵戚的家里。

放纸鸢:唐人们喜欢放风筝,也就是古人说的"纸鸢"。纸张在唐代不算是非常便宜的东西,因此做一个纸鸢也不是一件信手拈来的事情。很多人还在风筝上装上风笛,这样在放风筝时就会发出响声。

◎ 诗词地理学

## 风　筝
#### 司空曙

高风吹玉柱，万籁忽齐飘。
飒树迟难度，萦空细渐销。
松泉鹿门夜，笙鹤洛滨朝。
坐与真僧听，支颐向寂寥。

飒〔sà〕树，飒爽的树木。诗人描绘了一幅风景图，高风吹拂玉柱，万物的声音突然飘散。树木摇摆不定，空中的微风逐渐消散。夜晚，松树旁的泉水静静流淌，笙箫声与鹤鸣声在洛滨朝阳下交织。表达了诗人内心深处的宁静和追求。

端午节：皇帝有时在宫里宴请诸位大臣，有时赐给臣子们衣服，甚至是可口的水果，可见当时的君臣关系还挺和谐的。

## 敕赐百官樱桃
#### 王　维

芙蓉阙下会千官，紫禁朱樱出上阑。
才是寝园春荐后，非关御苑鸟衔残。
归鞍竞带青丝笼，中使频倾赤玉盘。
饱食不须愁内热，大官还有蔗浆寒。

芙蓉阙下聚集了众多的官员，紫禁城内朱红的樱桃从上阑宫中捧出。刚刚到祖先陵园完成了春季祭献，所以树上少了樱桃，不是御花园的鸟儿叼残了樱桃。回家的马鞍上纷纷系上青丝绳笼子，宫中使者频繁倾倒着红色美玉般的盘子。饱食樱桃无须担心生内火，膳食官还提供寒凉的甘蔗汁呢。

中秋节：是一个重要的节日，月圆月明都是好的预兆，充满团圆的心境，赏月玩水当然是少不了的。

## 八月十五日夜玩月
#### 刘禹锡

天将今夜月，一遍洗寰瀛。
暑退九霄净，秋澄万景清。

星辰让光彩，风露发晶英。
能变人间世，攸然是玉京。

中秋结节，皎洁的月光洗净的寰宇。暑气消退了，秋高气爽。

重阳节：皇帝与臣子们大宴于曲江，有时还在渭水旁边登高赋诗，"每逢佳节倍思亲"的感受真是别开生面。

冬至：是冬季的大节日。唐朝人对冬至非常重视，他们经常"进履袜"、做赤豆粥。

除夕：一年的最后，就是一个节庆，总要除旧布新，迎来新的一年。皇帝与大臣们都在守岁，可以体验节日的隆重。

## 应诏赋得除夜
### 史 青

今岁今宵尽，明年明日催。
寒随一夜去，春逐五更来。
气色空中改，容颜暗里回。
风光人不觉，已著后园梅。

人们还没感觉到春光的到来，后园的梅花已在萌动（植物比人更敏感，更先感知到物候的变化），史青的诗传神地写出了北方除夕春节期间的物候特点：梅花一般会在冬末春初开花。这首诗虽是史青应诏之作，但写得俊逸平淡，真情质朴，十分具有感染力。

## 年 轮
### ——盼儿归

春节是，中国人的年轮。
我是父母年轮上，那道最深的伤痕。
东瀛地殊遍重山，拼搏慎思图过关。
只恨资薄才学浅，无颜面父把家还。
春节炮竹声声碎，咱儿今昔又不归。
年饭热腾父母泪，相对无言权作慰。
慈母挂心心要碎，岁岁盼儿儿不归。
家父念叨头先白，酒精麻醉心不累。

◎ 诗词地理学

> 春秋几度苦寒窗，远隔重洋望故乡。
> 可怜病魔缠身娘，五载痴盼儿归航。
> 曾入歧路苦彷徨，一腔热血化怅惘。
> 卧薪蓄力重赶上，早回安心二老旁。

——张清涛，2009 年

## 势迥流星远，声干下雹迟——长安的娱乐

围棋在唐代以前很久就有了，春秋时代的孔子都曾对弈，到唐代，围棋有了大发展和大普及，上至帝王将相，下至普通士人，都对它有着浓厚的兴趣。甚至，安史之乱爆发后，唐玄宗仓皇而逃时，还要带着自己的棋手王积薪，这位皇帝也真是能玩！文人们还喜欢下棋打赌，因此有不少棋艺高手以此为生。

### 棋
#### 裴 说

> 十九条平路，言平又崄巇[xiǎn xī]。
> 人心无算处，国手有输时。
> 势迥流星远，声干下雹迟。
> 临轩才一局，寒日又西垂。

围棋盘看似平坦，实则险情频出。人心总有算不到的地方，国手也有输的时候。一局下完。终日编西。

### 秋千词
#### 王 建

> 长长丝绳紫复碧，袅袅横枝高百尺。
> 少年儿女重秋千，盘巾结带分两边。
> 身轻裙薄易生力，双手向空如鸟翼。
> 下来立定重系衣，复畏斜风高不得。
> 傍人送上那足贵，终赌鸣珰斗自起。
> 回回若与高树齐，头上宝钗从堕地。
> 眼前争胜难为休，足踏平地看始愁。

妇女儿童喜欢的户外运动当然是荡秋千了，既不需要多大的体力，还能体验较多的惬意。《艺文类聚》中就有"北方山戎，寒食日用秋千为戏"的记载，后来秋千也传到普通的民众中间。

## 观拔河俗戏
### 李隆基

壮徒恒贾勇，拔拒抵长河。
欲练英雄志，须明胜负多。
噪齐山岌嶪，气作水腾波。
预期年岁稔，先此乐时和。

拔河比赛时，健儿们时常展示勇力，相互对抗的队伍如同长长的河流。要想练就英雄气概，必须明白输赢是很常见的道理（要赢得起也要输得起）。加油声的声势飘向高高的山顶，宏壮的气势像大海翻波。今年可能又是一个丰收年，先来做这种活动以庆祝太平盛世。

拔河比赛经常在大明宫前的大街上举行，四五十丈长的绳子两端都是勇猛强壮的羽林军，开赛后呐喊擂鼓，声音震天。唐代拔河的规模非常大，有时达到六七百人之多。在唐中宗的时候，还多次组织了皇宫中的宫女进行拔河，皇帝、皇后、公主们都来观看，大家乐不可支，甚至老臣们都笑得倒在地上起不来。

唐玄宗即位之初，励精图治，任用姚崇、宋璟等为相，鼓励生产，发展经济，革除弊害，史称"开元之治"。晚年因骄奢淫逸，又重用李林甫、高力士和安禄山等人把持朝政，引发了安史之乱，使得唐朝国势逐渐走向衰落。

唐朝人喜欢打马球，这既能体现打球的技巧又能体现骑术的精湛。当然，在唐代，打马球不是一般人能够享受到的，这是权贵们的活动。打马球风靡一时，长安的宫苑中也设有球场。据说唐中宗非常喜欢打马球，他还在打球后与大臣们一起赋诗。

## 观打球有作
### 杨巨源

亲扫球场如砥平，龙骧骏马晓光晴。
入门百拜瞻雄势，动地三军唱好声。
玉勒回时沾赤汗，花鬃分处拂红缨。
欲令四海氛烟静，杖底纤尘不敢生。

亲自扫平球场，如同磨平砥石，使其平整如镜。晴好的早晨骏马奔驰。进入球场多次行礼，气势雄壮，三军将士的呼喊声震天动地。骏马奔驰，球场沾湿红色汗水，宝马鬃毛分开，球场上拂过红色缨条。想让那天下太平，烽烟散尽，杖下微尘也不生。

## 态浓意远淑且真——长安城中的丽人

皇宫的女子，自然是诗人描绘的对象，杨贵妃是其中之翘楚；白居易、李白都有相关诗篇流传下来。但是，宫女，甚至杨贵妃，有时会沦为政治的牺牲品。

### 丽人行
#### 杜 甫

三月三日天气新，长安水边多丽人。态浓意远淑且真，肌理细腻骨肉匀。绣罗衣裳照暮春，蹙金孔雀银麒麟。头上何所有？翠微㔩叶垂鬓唇。背后何所见？珠压腰衱稳称身。就中云幕椒房亲，赐名大国虢与秦。紫驼之峰出翠釜，水精之盘行素鳞。犀筯厌饫久未下，鸾刀缕切空纷纶。黄门飞鞚不动尘，御厨络绎送八珍。箫鼓哀吟感鬼神，宾从杂遝实要津。后来鞍马何逡巡，当轩下马入锦茵。杨花雪落覆白蘋，青鸟飞去衔红巾。炙手可热势绝伦，慎莫近前丞相嗔！

三月三日阳春时节空气清新，长安曲江池畔聚集着好多美人。她们姿态浓艳、神情高远、文静自然，肌肤丰润胖瘦适中、身材匀称。美丽可人的女子，穿上漂亮的衣服，来到屋外一展自己的风姿。杜甫的《丽人行》表现的就是这个情景。他也对杨氏姐妹进行了描绘，她们毕竟不是一般的妇女，骄奢淫逸，旁若无人，面对精美食物却不肯下筷子，真是让贫困的杜甫气愤呀。杨家人气焰很高，权势无与伦比，普通人切勿近前，以免丞相发怒斥人！

### 奉和送金城公主适西蕃应制
#### 李 峤

汉帝抚戎臣，丝言命锦轮。
还将弄机女，远嫁织皮人。
曲怨关山月，妆消道路尘。
所嗟秾李树，空对小榆春。

唐太宗把文成公主嫁给吐蕃的松赞干布，后来金城公主也下嫁吐蕃。公主远嫁西蕃，是唐代的政治举措，目的在于增强民族团结，巩固边境统治。"关山月""道路尘"都是此类送别和亲之女的诗篇里所常用的，诗情有悲而无怨。但是，当后人陶醉于当时"和为一家"的欢乐之时，又有谁想到这些皇室之女的悲哀呢？

图 3-47　《步辇图》〔唐〕阎立本

《步辇图》描绘了唐太宗把文成公主嫁给吐蕃的松赞干布，松赞干布派使者迎接公主的历史事件。

## 咏美人骑马
### 佚　名

骏马娇仍稳，春风灞岸晴。
促来金镫［dèng］短，扶上玉人轻。
帽束云鬟乱，鞭笼翠袖明。
不知从此去，何处更倾城？

唐代女子骑马早就是屡见不鲜的现象，她们身着胡服，戴着胡帽，一派胡人装束。

## 忆秦娥
### 李　白

箫声咽，秦娥梦断秦楼月。
秦楼月，年年柳色，灞陵伤别。

乐游原上清秋节，咸阳古道音尘绝。
音尘绝，西风残照，汉家陵阙。

这首词与《菩萨蛮·平林漠漠烟如织》一起被誉为"百代词曲之祖""以气象胜"。"乐游原"在今陕西省西安市南，居全城最高处，四望宽敞，可瞭望全城和周围汉朝的陵墓。这里写秦娥登临远望的地点。灞陵在今西安市东，是汉文帝的陵墓所在地。由爱情升华到王朝兴衰：古道悠悠，音尘杳然，繁华、奢侈一切都被埋葬了。秦代、汉代过去了，只剩下悠悠的古道和孤独的陵墓，面对着西风残照。据说李白的这首《忆秦娥》创作于安史之乱以后，作者在反思历史和现实；这里交杂着盛与衰、古与今、悲与欢的反思。

## 山顶千门次第开——华清宫

### 过华清宫绝句
#### 杜 牧

长安回望绣成堆，山顶千门次第开。
一骑红尘妃子笑，无人知是荔枝来。

在长安远望骊山，宛如一堆堆锦绣，山顶上华清宫千重门依次打开。一骑驰来烟尘滚滚，妃子欢心一笑，无人知道是南方送了荔枝鲜果来。此诗是杜牧路过华清宫所作。因为荔枝生长在南方，"一日而色变，二日而味变，三日色味尽去"，杨贵妃想要品尝一下荔枝，又怎么能不累死几匹马呢？这种劳民伤财的行为，杜牧自然要鞭挞一番。该诗也给华清宫留下了不朽的典故。

华清宫是唐代封建帝王游幸的别宫，因在骊山，又叫骊山宫。华清宫始建于唐初，鼎盛于唐玄宗登基以后。唐玄宗悉心经营如此庞大的离宫，他几乎每年十月都要到此游幸，岁尽始还长安。安史之乱后，政局突变，华清宫的热闹迅速衰落，唐朝以后各代皇帝已很少出游华清宫。

### 华清宫
#### 吴 融

四郊飞雪暗云端，惟此宫中落旋干。
绿树碧檐相掩映，无人知道外边寒。

郊原上大雪纷飞,乌云密布,唯独在华清宫里,雪花落下后很快就干了。青翠的树木与碧色屋檐相互掩映,没有人知道外面的世界很寒冷。

## 过华清宫
### 李 约

君王游乐万机轻,一曲霓裳四海兵。
玉辇升天人已尽,故宫惟有树长生。

此时的唐玄宗追求淫逸,每日沉浸在自己创作的《霓裳羽衣舞》中,将国计民生的大事看得很轻;然而,就在一片歌舞升平中,安史之乱爆发了,天下一片大乱,唐玄宗仓皇而逃,杨贵妃上吊,华清宫里空寂无人,惟有千年长生树仍直直地长在那里。

## 洪波喷箭射东海——华山

险峻的华山在唐代以前很少有人登临。据说秦昭襄王时,曾命工匠施钩搭梯攀上此山,到魏晋南北朝时,仍没有通向华山峰顶的道路。直到唐代,道教兴盛,道士开始居山建观,逐渐在北坡顺着溪谷向上开凿了一条险道。

华山总给人以"高处不胜寒"的感受,现实中的诗人总会把自己的经历寄托于它。

## 西岳云台歌送丹丘子
### 李 白

西岳峥嵘何壮哉!黄河如丝天际来。
黄河万里触山动,盘涡毂转秦地雷。
荣光休气纷五彩,千年一清圣人在。
巨灵咆哮擘两山,洪波喷箭射东海。
三峰却立如欲摧,翠崖丹谷高掌开。
白帝金精运元气,石作莲花云作台。
云台阁道连窈冥,中有不死丹丘生。
明星玉女备洒扫,麻姑搔背指爪轻。
我皇手把天地户,丹丘谈天与天语。

◎ 诗词地理学

> 九重出入生光辉，东来蓬莱复西归。
> 玉浆倘惠故人饮，骑二茅龙上天飞。

在安史之乱中安禄山攻破洛阳后，李白来到西岳华山。华山峥嵘而崔嵬，是何等的壮伟高峻呀！远望，黄河像细丝一样，弯曲迂回地从天边蜿蜒而来。而后，它奔腾万里，汹涌激射，山震谷荡地挺进。飞转的漩涡，犹如滚滚车轮；水声轰响，犹如秦地焦雷。阳光照耀，水雾蒸腾，瑞气祥和，五彩缤纷。诗人想登上西岳华山的最高峰莲花峰，远远看见了仙女。玉女凌空而行，游于高高的太清，雪白的霓裳曳着宽广的长带，迎风飘举，升向天际。这不正是诗人的寄托么？唐天宝元年（742），李白曾怀着匡世济民的宏图进入帝阙，但终未受重用，3 年后遭谗离京，面对现实的战乱惨象，心情可想而知，似乎唯有醉在这里面，乘龙飞上天才能解脱。

## 监试莲花峰
### 刘得仁

> 太华万余重，岧峣只此峰。
> 当秋倚寥泬［xué］，入望似芙蓉。
> 翠拔千寻直，青危一朵秾。
> 气分毛女秀，灵有羽人踪。
> 倒影便关路，流香激庙松。
> 尘埃终不及，车马自憧憧。

莲花峰是华山西峰上的主峰，因为峰巅有巨石像莲花，因此成为古人吟咏的对象。华山的东南西北中 5 座高峰竞秀于天，诗人的墨迹更是连绵不绝。耸入高空的峰峦，与世间的浮华隔绝，真如神仙的境界。

（2）水量丰沛："八川分流，相背异态"。

长安的河流多达 8 条，当地的人自来就有"八水绕长安"的俗谚。八川为：灞、浐（产）、泾、渭、酆［fēng］（丰、沣）、镐［Hào］（滈、鄗）、潦（涝）、潏［yù］（泬）。泾、渭在城北，灞、浐在城东，丰、潦在城西，镐、潏在城南，却绕城西向北流去。这八川，只有渭水是主流，其余七水皆是渭水的支流。在范围不大的地区中，一条主流同时有 7 条支流，而且四面围绕都城而流，在他处不是少见，而是没有。汉唐时期这几条河水的流量能够保持相当大，也和当时秦岭森林的茂密、植被的丰盛有关。后来，生态破坏—水量减少—经济受损；一些地区出现了环境污染与"癌症村"。

(3) 气候温暖适宜

到了唐代,气候变得更为温暖。梅树是唐长安城习见的树种,曲江尤为繁多。不仅长安城中有梅树,关中到处都有。当时诗人李商隐路经关中偏西的扶风县,还为当地的梅花写成诗篇。唐代长安城内也有桔树,唐朝皇帝曾以宫中桔树所结的桔赏赐臣下,李德裕还为此撰写了一篇《瑞桔赋》。这显示出唐长安城虽有桔树栽种,但不是很多。能够种植桔树就足以说明当时气候温暖的程度,气候温暖有利于森林和一般植被生长。

(4) 植被茂盛

长安城竹林普遍、繁多,目鄠〔hu〕县东南有一个司竹园,园周回百里,置监丞掌之,以供国用。司竹园以外的竹园更多,向西扩展,一直到陇山以西。杜甫在秦州(今甘肃天水市)所作《秦州杂诗》中就曾三次提到竹林。直到北宋时,苏轼在凤翔还亲眼看到好几处竹园。可能当地在唐时都曾经盛栽竹林,到苏轼时还未消失。唐代诗人在慈恩寺大雁塔上赋诗很多,好些诗中都提到所能远望到的林木,极一时风景之胜。汉武帝时,东方朔就特别指出,长安城外的山上有豫章、檀、柘〔zhè〕异类贵重之物,以这样的森林和山上出产的矿物以及山下丰富的农产品,称道当地是陆海(比喻当地物产的繁多)。森林郁郁葱葱,普通植被繁杂茂盛,诚然与生态未被大规模破坏有关,也与当时的气温和降水量有关。

(5) 土壤肥沃

汉唐长安城位于黄土高原,黄土疏松易于耕耘。战国时期的《尚书·禹贡篇》列黄土为全国土壤的上上等。黄土为当地土壤的总称,还可细加区分。日照较长,若雨水充足,就可获得很好的收成,成为富庶地区。……东方朔说:"又有秔(粳)稻、梨、栗、桑、麻、竹箭之饶,土宜姜芋,水多蛙鱼,贫者得以供给家足,无饥寒之忧,故丰镐〔Hào〕之间,号为土膏,其价亩值一金。"

## 唐都长安人文地理景观

唐都长安具有风姿卓绝的人文景观:豪华绮丽的宫殿、三重相依的城阙、方正若棋盘的街坊、诗情画意的园林、神韵流眄〔miǎn〕的别墅、宏伟精巧的寺观、耸然屹立的砖塔、五光十色的宅府,成为唐诗创作、歌咏不尽的素材。唐代诗人以其独特的审美情趣,形象地展示了长安人文景观的美质神韵,并反映了深厚的文化内涵。

(1) 豪华绮丽的宫殿

掩映于"长安陌上无穷树"中的朱顶粉墙,在季节的变换中和花草树木的衬托下,组合成一幅幅诗画般的城市胜景:

"东风吹雨过青山,却望千门柳色闲"(卢纶:《长安春望》);

"想得芳园十余日，万家身在画屏中"（施肩吾：《长安早春》）；
"归来甲第拱皇居，朱门峨峨临九衢"（韦应物：《长安道》）；
"南陌北堂连北里，五剧三条控三市"（卢照邻：《长安古道》）；
"紫艳半开篱菊静，红衣落尽渚莲愁"（赵嘏：《长安晚秋》）；
"千门万户雪花浮，点点无声落瓦沟"（朱湾：《长安喜雪》）。

宫殿为皇家居住区，体现"不睹皇居壮，安知天子尊"的主旋律，太极宫坐落在全城南北中轴线最北部，建筑韵律庄重严整，具有威严的气势。

（2）三重相依的城阙

长安由宫城、皇城和外郭城组成，三重相依，仿天宇设计都城，展示出寰宇统一、富有天下的深意。宫城：皇帝居住和主持朝政之地，位置在全城正中北部，象征着北极星，正门承天门是外朝之地。皇城：是百司衙门行政区，位于宫城南面，象那环绕北辰的紫微垣，正门朱雀门，门下的天街直趋承天门。外郭城：从东、南、西三面拱卫着宫城和皇城，寓意为向北环拱的灿烂群星。明德门与皇城朱雀门之间贯穿着宽敞的朱雀大街，作为中轴线将全城一分为二。

（3）棋盘方正的街坊

"百千家似围棋盘，十二街如种菜畦。"（白居易诗题）城内东西14条大街，南北11条大街，纵横交错，划为108坊，平面布局规律整齐，体现出"天朝礼仪"的泱泱大国意识。规划整齐，"南北皆一十三坊，象一年有闰，每坊皆开四门，有十字街四出趣门，皇城之南，东西四坊，以象四时，南北九坊，则取周礼九逵之制"，使天与人不仅在想象中而且在现实中合为一体。唐制坊里是封闭型的，四周筑有围墙。三品官以上者以及"坊内三绝"可在坊墙上临街开门，故长安的大道两侧，"家家朱门开，得见不可人"。

（4）诗情画意的园林

苑囿［yòu］是皇室游幸和狩猎之地，唐代苑囿在保持宏大开阔的皇家传统气派外，开始有意识地融揉诗情画意："三阳丽景早芳辰，四序佳园物候新。梅花百树障去路，垂柳千条暗回津。"其造园艺术达到天然与人工高度和谐的境界。苑内掘龙首池引龙首渠水自城南注入，环池置灵符应圣院、承晖殿、毽场亭子殿等，雕饰精美的宫殿倒映在宛如镜面的池水中，景致别有异趣。唐代在芙蓉园中增建了紫云楼、彩霞亭等建筑，楼亭掩映于红花绿草之中，景色无限美好。

## 春日芙蓉园侍宴应制
### 宋之问

年光竹里遍，春色杏间遥。
烟气笼青阁，流文荡画桥。

飞花随蝶舞,艳曲伴莺娇。
今日陪欢豫,还疑陟[zhì]紫霄。

春天,杏花开放。蝴蝶与落花一起飞舞,优美的曲调和着黄莺的娇鸣。

## 杏　花
### 罗　隐

暖气潜催次第春,梅花已谢杏花新。
半开半落闲园里,何异荣枯世上人。

这首诗很好地把握了春季的物候特点。随着天气转暖,梅花渐渐谢了,此时杏花开始开放了。园林里花开落就象世人经历荣枯一般。

（5）神韵流盷的别墅

唐代的别墅又叫别业、山庄、山池院、草堂等。长安作为国都,官僚贵族如云,别墅遍布城郊自不待言。东郊一带地近大明宫、兴庆宫,有沪、灞两河之利,集中了不少皇室权贵的别墅;南郊樊川本为韦杜巨姓世居之地,溪密树繁景色如画,吸引了众多文化名流来此建墅立业。皇室权贵生活奢侈,修建别墅不仅为了是休闲游玩,更重要的是标榜身价,故其建筑格调多追求华丽纤稚,以满足虚荣之心态。京城文人多以"穷则独善其身,达则兼济天下"为信条,修建别墅多少都带有"退隐"色彩,故其建筑格调多追求恬适宁静,以达到"独善"的境界。

◎ 诗词地理学

# 吴头楚尾

## 仰观势转雄，壮哉造化功——庐山

  庐山位于江西省九江市，山体呈椭圆形，是地壳断裂上升所形成的地垒式断块山，含断块山构造地貌、冰蚀地貌和流水地貌。其长约 25 公里，宽约 10 公里，绵延的 90 余座山峰，犹如九叠屏风，屏蔽着江西，是江西的北大门。主峰汉阳峰，海拔 1474 米。庐山自古被命名的山峰便有 171 座。群峰间散布冈岭 26 座、壑谷 20 条、岩洞 16 个、怪石 22 处。

  庐山春迟、夏短、秋早、冬长。庐山因顶端处高空地带，加上江环湖绕，湿润气流在前进中受到山地阻挡，易于兴云作雨，所以，庐山雨量丰沛，全年平均降雨量 1917 毫米。水流在河谷发育裂点形成许多急流与瀑布，庐山共有瀑布 22 处、溪涧 18 条、湖潭 14 处。著名的三叠泉瀑布落差达 155 米。

### 庐山瀑布
#### 徐 凝

> 虚空落泉千仞直，雷奔入江不暂息。
> 今古长如白练飞，一条界破青山色。

  千仞山壁，飞泉直落，气势显得十分震撼壮阔；把瀑布比成白练，镶在青青的山色中间，从色彩和视觉上写出了庐山瀑布的新奇和柔和。

  龙首崖是庐山观云雾的好地方。每当大雾袭来，深涧峡谷中，云雾升腾，如遨游在茫茫云海之中。不多时，浓雾散去，晴空艳阳，满目青翠，远处峡谷、河流、田野、农庄清晰可辨。

## 望庐山瀑布（二首）
### 李 白

#### 其 一

西登香炉峰，南见瀑布水。
挂流三百丈，喷壑数十里。
欻［xū］如飞电来，隐若白虹起。
初惊河汉落，半洒云天里。
仰观势转雄，壮哉造化功。
海风吹不断，江月照还空。
空中乱潈［zōng］射，左右洗青壁。
飞珠散轻霞，流沫沸穹石。
而我乐名山，对之心益闲。
无论漱琼液，还得洗尘颜。
且谐宿所好，永愿辞人间。

诗人登香炉峰，观看瀑布刚开始以为天上的银沙坠落人间了，水花洒落半空中。感叹这造化之功。

#### 其 二

日照香炉生紫烟，遥看瀑布挂前川。
飞流直下三千尺，疑是银河落九天。

在太阳的照耀下瀑布飞流真下，仿佛银河自九天落下。香炉峰因蒸腾而烟雾弥漫。

## 犹抱琵琶半遮面——九江

九江，古称"浔阳""江州"，地处江西省北部，赣、鄂、湘、皖四省交界处，属亚热带季风气候。九江市是一座有着2200多年历史的江南名城，曾是中国的三大茶市和四大米市之一。

◎ 诗词地理学

## 夜宿江心寺
### 李　白

危楼高百尺，手可摘星辰。
不敢高声语，恐惊天上人。

诗人夜宿的楼很高，似乎手一伸即可摘下星辰。诗人不敢高声说话，恐怕惊扰了天上人。

## 琵琶行（并序）
### 白居易

　　元和十年，余左迁九江郡司马。明年秋，送客湓［pén］浦口，闻舟中夜弹琵琶者。听其音，铮铮然有京都声。问其人，本长安倡女，尝学琵琶于穆曹二善才。年长色衰，委身为贾［gǔ］人妇。遂令酒使快弹数曲。曲罢悯然，自叙少小时欢乐事，今漂沦憔悴，转徙于江湖间。余出官二年，恬然自安，感斯人言，是夕始觉有迁谪［zhé］意。因为长句歌以赠之，凡六百一十六言。命曰《琵琶行》。

　　浔阳江头夜送客，枫叶荻花秋瑟瑟。主人下马客在船，举酒欲饮无管弦。醉不成欢惨将别，别时茫茫江浸月。
　　忽闻水上琵琶声，主人忘归客不发。寻声暗问弹者谁，琵琶声停欲语迟。移船相近邀相见，添酒回灯重开宴。千呼万唤始出来，犹抱琵琶半遮面。转轴拨弦三两声，未成曲调先有情。弦弦掩抑声声思，似诉平生不得志。低眉信手续续弹，说尽心中无限事。轻拢慢捻抹复挑，初为霓裳后六幺［yāo］。大弦嘈嘈如急雨，小弦切切如私语。嘈嘈切切错杂弹，大珠小珠落玉盘。间关莺语花底滑，幽咽［yè］泉流冰下难。冰泉冷涩弦凝绝，凝绝不通声渐歇。别有幽愁暗恨生，此时无声胜有声。银瓶乍破水浆迸，铁骑突出刀枪鸣。曲终收拨当心画，四弦一声如裂帛。东船西舫悄无言，唯见江心秋月白。沉吟放拨插弦中，整顿衣裳起敛容。自言本是京城女，家在虾［há］蟆陵下住。十三学得琵琶成，名属教坊第一部。曲罢常教善才服，妆成每被秋娘妒。五陵年少争缠头，一曲红绡［xiāo］不知数。钿［diàn］头银篦［bì］击节碎，血色罗裙翻酒污。今年欢笑复明年，秋月春风等闲度。弟走从军阿姨死，暮去朝来颜色故。门前冷落车马稀，老大嫁作商人妇。商人重利轻别离，前月浮梁买茶去。去来江口守空船，绕船月明江水寒。夜深忽梦少年事，梦啼妆泪红阑干。
　　我闻琵琶已叹息，又闻此语重唧唧［jī］。同是天涯沦落人，相逢何必曾相识。我从去年辞帝京，谪居卧病浔阳城。浔阳地僻无音乐，终岁不闻丝竹声。住近湓江地低湿，黄芦苦竹绕宅生。其间旦暮闻何物，杜鹃啼血猿哀鸣。春江花朝［zhāo］秋月夜，往往取酒还独倾。岂无山歌与村笛，呕哑嘲哳［zhāo zhā］难为听。今夜闻君琵琶语，如听仙乐耳暂明。莫辞更坐弹一曲，为君翻作琵琶行。感我此言良久立，却坐促弦弦转急。凄凄不似向前声，满座重闻皆掩泣。座中泣下谁最多，江州司马青衫湿。

荻花：似芦苇，秋天开紫花。

琵琶女的身世打动了诗人。秋夜，诗人到浔阳江头别客人，冷风吹着枫叶和芦花，秋声瑟瑟。关于琵琶音乐的描绘很细致：凄琶悲切似诉平先不得志，正像诗人本身的遭遇。用暴风骤雨、切切私语、珠落玉盘、花下鸟鸣、水流冰下、银瓶乍迸、铁骑刀枪、声若裂帛来形容琵琶音乐之美妙，声情并茂给人身临其境之感。

浔阳楼面江而立，古典小说《水浒传》以此楼为背景演绎出李逵劫法场等故事。1988年修复，为仿宋建筑，外观3层，高31米，九脊歇山式顶，飞檐翘角，风动铃鸣。一楼大厅有两幅宽4.5米、高3.2米、用600块彩瓷砖拼成的"宋江题反诗"和"劫法场"大型壁画。二楼展厅陈列"水泊梁山108名好汉"瓷雕彩绘像，是精美的景德镇瓷雕艺术的展现。三楼有平座围廊，游客登楼眺望，九江秀色和滚滚长江一览无遗。《水浒传》中有梁山好汉大闹江州，九江确实是一个有故事的城市。

岳师门：位于浔阳楼对面，面向长江，与回龙矶（即锁江楼）相呼应，亦称"钥匙门"，为旧时九江城的北门。传闻南宋抗金名将岳飞于南宋绍兴二年（1132）镇守江州，便驻扎在九江城外回龙矶上。回龙矶在明代地震之前是伸向江心的礁石矶头，为长江上著名的天险雄关，历代九江的驻军都扎营于此。由于岳家军凯旋常常经过此门，浔阳百姓为敬赞岳飞忠勇爱国，一直称此门为岳师门。

地震之后，回龙矶上的铁牛沉入江中铁江楼塔仍屹立回龙矶上。解放后，回龙矶岸得到了护坡加固，锁江楼塔列为省级重点文物保护单位。

## 落霞与孤鹜齐飞——滕王阁

唐贞观年间，唐高祖李渊之子、唐太宗李世民之弟李元婴曾被封于山东滕州，故为滕王，且于滕州筑一阁楼，名为"滕王阁"（已被毁）。后滕王李元婴调任江南洪州（今江西南昌），因思念故地滕州，也修筑了"滕王阁"，此阁因王勃一首《滕王阁序》为后人熟知，成为永世的经典。

江西南昌滕王阁与湖北武汉的黄鹤楼、湖南岳阳的岳阳楼并称为"江南三大名楼"。历史上的滕王阁先后共重建29次之多，屡毁屡建。

◎ 诗词地理学

## 滕王阁序
### 王 勃

　　豫章故郡，洪都新府。星分翼轸，地接衡庐。襟三江而带五湖，控蛮荆而引瓯[ōu]越。物华天宝，龙光射牛斗之墟；人杰地灵，徐孺下陈蕃之榻。雄州雾列，俊采星驰。台隍枕夷夏之交，宾主尽东南之美。

　　都督阎公之雅望，棨戟[qǐ jǐ]遥临；宇文新州之懿范，襜[chān]帷暂驻。十旬休假，胜友如云；千里逢迎，高朋满座。腾蛟起凤，孟学士之词宗；紫电青霜，王将军之武库。家君作宰，路出名区；童子何知，躬逢胜饯。

　　时维九月，序属[shǔ]三秋。潦水尽而寒潭清，烟光凝而暮山紫。俨骖騑[cān fēi]于上路，访风景于崇阿。临帝子之长洲，得仙人之旧馆。层峦耸翠，上出重霄；飞阁流丹，下临无地。鹤汀凫[fú]渚，穷岛屿之萦回；桂殿兰宫，即冈峦之体势。

　　披绣闼[tà]，俯雕甍[méng]，山原旷其盈视，川泽纡[yū]其骇[hài]瞩。闾阎扑地，钟鸣鼎食之家；舸[gě]舰迷津，青雀黄龙之舳[zhú]。云销雨霁[jì]，彩彻区明。落霞与孤鹜[wù]齐飞，秋水共长天一色。渔舟唱晚，响穷彭蠡[lí]之滨；雁阵惊寒，声断衡阳之浦。遥襟甫畅，逸兴遄[chuán]飞。爽籁发而清风生，纤歌凝而白云遏[è]。睢[suī]园绿竹，气凌彭泽之樽；邺[yè]水朱华，光照临川之笔。四美具，二难并。穷睇眄[dì miǎn]于中天，极娱游于暇日。天高地迥，觉宇宙之无穷；兴尽悲来，识盈虚之有数。望长安于日下，目吴会于云间。地势极而南溟深，天柱高而北辰远。关山难越，谁悲失路之人；萍水相逢，尽是他乡之客。怀帝阍[hūn]而不见，奉宣室以何年？

　　嗟乎！时运不齐，命途多舛[chuǎn]。冯唐易老，李广难封。屈贾谊于长沙，非无圣主；窜梁鸿于海曲，岂乏明时？所赖君子见机，达人知命。老当益壮，宁移白首之心？穷且益坚，不坠青云之志。酌贪泉而觉爽，处涸辙以犹欢。北海虽赊，扶摇可接；东隅已逝，桑榆非晚。孟尝高洁，空余报国之情；阮[ruǎn]籍猖狂，岂效穷途之哭！

　　勃，三尺微命，一介书生。无路请缨，等终军之弱冠；有怀投笔，慕宗悫[què]之长风。舍簪笏[zān hù]于百龄，奉晨昏于万里。非谢家之宝树，接孟氏之芳邻。他日趋庭，叨陪鲤对；今兹捧袂[mèi]，喜托龙门。杨意不逢，抚凌云而自惜；钟期既遇，奏流水以何惭？

　　呜乎！胜地不常，盛筵难再；兰亭已矣，梓泽丘墟。临别赠言，幸承恩于伟饯；登高作赋，是所望于群公。敢竭鄙怀，恭疏短引；一言均赋，四韵俱成。请洒潘江，各倾陆海云尔：

滕王高阁临江渚，佩玉鸣鸾罢歌舞。
画栋朝飞南浦云，珠帘暮卷西山雨。
闲云潭影日悠悠，物换星移几度秋。
阁中帝子今何在？槛［jiàn］外长江空自流。

滕王阁是物中的糟华，是上天的珍宝。地有灵气，人有英杰。秋高气爽，谭水清澈，空中有淡淡的白云，山峦皇暮霭紫色。落霞与孤雁一起飞翔，秋水和辽阔连成一片，浑丝一色。苍天高远大地寥阔，令人感到宇宙的天穷无尽。欢乐逝去，悲哀袭来，事物的兴衰成败有定数。境遇虽苦，但不能抛弃自己的凌方壮志。

### 重登滕王阁
#### 李 涉

滕王阁上唱伊州，二十年前向此游。
半是半非君莫问，西山长在水长流。

## 物华天宝，人杰地灵——江西

江西简称"赣"，别称赣鄱［pó］大地，是江南"鱼米之乡"，古有"吴头楚尾，粤户闽庭"之称。江西省地处中国东南长江中下游南岸。东临浙江、福建，南连广东，西靠湖南，北毗湖北、安徽而共接长江；上通武汉三镇，下贯南京、上海，南仰梅关、岭南而达广州。

1. 自然地理概况

（1）地形地貌。江西全省东、南、西三面环山，北部临江，中部丘陵起伏。整个地势由外向里、由南向北倾斜，形成了一个向长江开口的盆地。江西常态地貌类型以山地、丘陵为主，主要山脉多分布于省境边陲。江西省北部有庐山，东北部有怀玉山，是本省铜储量最多的地区；东部有武夷山；南部有大庚岭和九连山，有"钨都"的美称；西部有罗霄山脉；西北部有幕阜山和九岭山。

（2）气候。江西省属亚热带湿润气候。江西处于北回归线附近，年平均气温18摄氏度左右。春季回暖较早，但天气易变，乍暖乍寒，雨量偏多，直至夏初；盛夏至中秋前晴热干燥；冬季阴冷但霜冻期短，尤其是近年，暖冬气候明显。江西地势狭长，南北气候差异较大，但总体来看是春秋季短而夏冬季长。全省气候温暖，日照充足,雨量充沛,无霜期长,利于农作物生长。全省主要自然灾害有寒害、洪涝、干旱和冻害,以及持续时间较为短暂的高温危害等。

(3)水文。江西省地形南高北低,有利于水源汇聚。降水充沛,水网稠密,但各河水量季节变化较大,对航运略有影响。全省共有大小河流2400多条,总长度达1.84万公里,除边缘部分分属珠江、湘江流域及直接注入长江外,其余均发源于省境山地,汇聚成赣江、抚河、信江、饶河、修水五大河系,最后注入鄱阳湖,构成以鄱阳湖为中心的向心水系,其流域面积达16.22万平方公里。江西河川径流主要靠降水补给,故季节性变化很大。汛期河水暴涨,容易泛滥成灾;枯水期水量很小,水源不足。故具有夏季丰水、冬季枯水、春秋过渡的特点。

图3-48 江西吉安

(4)自然资源。矿产资源:江西为环西太平洋成矿带的组成部分。区内地层出露齐全,矿产资源丰富,是中国主要的有色金属、稀有金属、稀土矿产基地之一,也是中国矿产资源配套程度较高的省份之一。植被:类型包括亚热带常绿阔叶林、针叶林、针阔叶混合林、常绿与落叶阔叶混合林、山顶矮林以及竹林等,主要分布于鄱阳湖滨湖地区。还有荒山灌丛草坡、沙地植被、草甸植被等。土壤:主要有八个土类(红壤、黄壤、山地黄棕壤、山地草甸土、紫色土、潮土、石灰土、水稻土),地带性规律和地域性规律都比较明显。

### 2. 人文地理概况

(1)赣文化:文章节义

江西素有"文章节义之邦"的美誉,是赣文化的精髓所在。可以说自古以来文章与节义并重,不仅是对赣文化主体精神的评判之一,也是江西人士遵循的人生信条。赣文化是中华民族文化的子系统。经长期发展,它又派生出一系列自己的文化分支，构成层次丰富、脉络清晰的网络。从地域角度看，赣文化包含了浔阳文化、豫章文化、临川文化、庐陵文化、袁州文化、赣南客家文化等诸多子系统。从对社会经济发展产生重要作用的角度看，江西的铜文化、瓷文化、书院文化、禅道文化等，各自构成了相对独立的系统，它们对中华民族文化史有着重大的推进作用。

书院文化：古代书院曾在我国教育发展史上占有重要的地位。江西素称人文之乡，在书院建设方面，因其起步早、数量多、影响大等特点而颇负盛名。自唐代以来，江西逐渐成为中国封建教育与文化传播的中心，是中国古代书院的起源地之一。江西有我国最早的私家书院——唐代后期的浔阳陈氏东佳书堂，有闻名全国的白鹿洞、濂［lián］溪、白鹭洲、象山、鹅湖、怀玉、东湖书院，官学、私学林立，书院的数量、质量、规模、影响均为全国之首，成为研究中国文化不可忽视的奇景。

瓷文化：瓷都景德镇：景德镇陶瓷生产与艺术，对中国文化发展曾有过极为重要的影响，它作为中国文化的象征，传播于全世界。景德镇瓷器造型优美，品种繁多，装饰丰富，风格独特。瓷质"白如玉、明如镜、薄如纸，声如磬［qìng］（磬：1. 古代打击乐器，形状像曲尺，用玉、石制成，可悬挂）"。当代的景德镇，瓷雕工艺精湛，工艺种类齐全，有园雕、捏雕、镂雕、浮雕等，千姿百态，栩栩如生；装饰丰富，有釉下五彩、青花斗彩、新花粉彩等；艺术表现力强，有的庄重浑厚，有的典雅清新，有的富丽堂皇，有的鲜艳夺目。青花、玲珑、粉彩、颜色釉合称为景德镇四大传统名瓷。薄胎瓷被称为神奇珍品，雕塑瓷为我国传统工艺美术品。

（2）戏曲文化

明初形成的弋阳腔是南戏高腔源头，演变成京剧、川剧等40多种戏曲。明代汤显祖因《临川四梦》代表了中国古典戏剧最高创作水平，被誉为"东方莎士比亚"。江西因盛产茶叶，在清中期逐渐形成了采茶戏。民间戏曲种类丰富，有号子、渔歌、山歌、小调、灯歌等，以兴国山歌最为著名。

（3）建筑：多元化的特点及鲜明的地域特色

赣南围屋："中国式城堡"（客家围楼）。

徽派建筑：以砖、木、石为原料，木构架为主，注重装饰。

书院建筑：承载官式建筑的礼制特征。

赣派建筑：简洁大方，风格朴实典雅，砖木结构的楼房居多。

# 第四章 宋词地理篇

◎ 诗词地理学

# 东京故事

有人认为，北宋是中国古代历史上经济文化最繁荣的时代，儒学得到复兴，科技发展突飞猛进，政治也较开明。"文治煌煌，武功烈烈"，是古人对业绩出众的王朝使用的赞语。就"文治"来说，北宋堪称中国封建文化的巅峰时期，不仅在艺术上达到了空前的高度，其文官体制即使放在整个人类封建社会史上来考量，也是首屈一指的。至于"武功"，在中国历史上就没有比它更差劲落后的了，最后竟落得父子两代皇帝一块当俘虏的下场。宋朝的兵力部署可谓"强干弱枝""守内虚外"。这段反差异常而内涵丰富的历史，令人感叹。

## 空锁三十六离宫——开封

### 玉楼春
#### 晏几道

琼酥酒面风吹醒，
一缕斜红临晚镜。
小颦微笑尽妖娆。
浅注轻匀长淡净。
手挼［ruó］梅蕊寻香径，
正是佳期期未定。春来还为个般愁，
瘦损宫腰罗带剩。

这首词延续了晏几道的婉约风格，用细腻柔美的春季景物描写，烘托出女主人公心中的万点愁绪，读来别有一番滋味。古代诗人对春的感觉有欢喜，也有忧愁，词人晏几道以春风拂面之美景反衬心中的愁绪，更是把这种愁绪渲染得更加透彻，更有味道。

北宋画家张择端的《清明上河图》描绘了汴京清明时节的繁荣景象，是汴京当年繁荣的见证，也是北宋城市经济情况的写照。而开封便是这轴历史图卷展开时不可或缺的背景，是这段历史戏剧演出的中心舞台，当然也是最重要的见证。从南渡词人对汴京繁华的刻骨铭心的追忆中，我们也可以管窥那时的盛况。

## 金人捧露盘
### 庚寅岁春，奉使过京师，感怀作
### 曾觌[dí]

记神京，繁华地，旧游踪。正御沟、春水溶溶。平康巷陌，绣鞍金勒跃青骢[cōng]。解衣沽酒醉弦管，柳绿花红。

到如今、馀霜鬓，嗟前事、梦魂中。但寒烟、满目飞蓬。雕栏玉砌，空锁三十六离宫。塞笳[jiā]惊起暮天雁，寂寞东风。

宋靖康二年（1127），汴京失守，徽、钦二帝被掳，宋室南迁，曾觌流亡江南，不久就做了南宋官员。孝宗登基后，他逐渐受到重用。这首词是曾觌在归途中"过京师"所作。上阕回忆当年故都"柳绿花红"的繁华景象和自己裘马轻狂、"解衣沽酒"的浪漫生活。下阕以"到如今"过渡，由虚入实，描绘汴京沦陷以后"满目飞蓬"的衰败现实和词人凄凉悲怆的心情。全词没有一句议论、抒情之语，但字里行间尽显忧伤之情，含蓄蕴藉，感慨深沉，读之令人黯然。

此时的汴京城已被金人统治40多年，成了宋金多次战争的边缘地带，早已破败不堪。如今词人已经两鬓斑白，感叹从前之事，就好像做了一场春梦。现只见空中寒烟，遍地乱草；曾经精心雕琢的白玉栏杆，早已积满灰尘，徒然锁着废弃的北宋帝王宫室。黄昏中，几声凄切的胡笳声传来，惊得雁群四散。春风吹拂，使人分外孤寂落寞。睹物伤情，词人既悲去国，又悲流年，于是，便将这万千感慨，一齐注入词中。

黄河一次又一次地卷裹着泥沙吞没了开封，如今，站在开封仿建的宋都御街上，就在我们脚下3米，是清朝的开封城；在我们脚下5米，是明朝的开封城；在我们脚下6米，是金国的汴京城；在我们脚下8米，是北宋的东京城；在我们脚下10米，是盛唐的汴州城；而最早作为国都的魏国大梁城，则是在脚下12米的深处。

"开封城，城摞[luò]城，地下埋着几座城。"是一首家喻户晓的顺口溜。这地下一米又一米的空间，却延绵着几百年又几百年的时光。用如此"奢华"的三千年文明做成一段地基（不是混凝土），任如今开封城地面上多么破旧的建筑，也会显得光彩照人。

《东京梦华录》是宋代孟元老的笔记体散文集，创作于宋钦宗靖康二年（1127），是一本追述北宋都城东京开封府城市风俗人情的著作。所记大多是宋徽宗崇宁到宣和年间（1102-1125）北宋都城东京开封的情况，描绘了当时住在东京的上至王公贵族，下及庶民百姓的日常生活情景，是研究北宋都市社会生活、经济文化的一部极其重要的历史文献古籍。

## 城中酒楼高入天——酒楼

宋时东京城内，酒楼林立。不过宋代的商人喜欢打造自己的品牌，比如樊楼、杨楼、高阳正店、张家酒店都是京城里响当当的牌子。所说的正店是指高档次的酒店，大多实力雄厚。这些大酒店是朝廷的一级代理商，经常把朝廷的酒印子卖给其他的小酒店。小酒店被称为"脚店"，比"脚店"更小的是"拍户"。据说，京师里有大酒店72家，脚店则有3000多家，拍户更是不计其数。酒楼当中，最著名的当属"五楼相向，各有飞桥栏槛，明暗相通，珠帘绣额，灯烛晃耀"的樊楼了。宋朝的开国皇帝宋太祖在上元节巡行之时，就经过樊楼，停在这里观看杂戏。樊楼不仅是一座营业的酒楼，还是一处重要的造酒作坊，自酿的酒是天下名酒。作为都城的地标之一，樊楼的建筑规模相当庞大，内外装修甚是奢华。

### 鹧鸪天
#### 佚 名

城中酒楼高入天，烹龙煮凤味肥鲜。公孙下马闻香醉，一饮不惜费万钱。
招贵客，引高贤，楼上笙歌列管弦。百般美物珍馐味，四面栏杆彩画檐。

美酒如刀解断愁。樊楼能够名扬天下，不仅仅是因为它的美酒和建筑，更重要的是在于其艺伎。东京的大酒楼内都有专业的歌姬舞女，她们明艳动人，"望之宛若神仙"，而且能歌善舞，多才多艺，是酒楼招徕生意的重要"招牌"。

艺妓也作艺伎。中国自魏晋以来，青楼文化开始逐渐兴起，到了盛唐两宋，进入了一个高速发展的时期。青楼不仅汇聚了一批精通琴棋书画的才女，青楼文化也为当时的文人士子提供了诗词歌赋创作取之不尽、用之不竭的素材，青楼文学在中国文学史上占有一席之地。在中国古代，妓女要经过歌舞、弹奏、戏曲等专业培训，才能领取从业资格证，并非只要脸蛋漂亮就可以当妓女。

李师师原本是汴京城内经营染房的王寅的女儿，3岁时父亲把她寄名佛寺，叫作王师师。王师师4岁时，父亲因罪死在狱中，她因此流落街头。以经营妓院为业的李蕴见她是个美人胚子，于是将她收养，并随其姓，改名为李师师，教她琴棋书画、歌舞侍人。

后来，李师师成为汴京知名的青楼女子，是文人雅士、公子王孙竞相争夺的对象。据说，李师师比较中意的是大才子周邦彦。

## 少年游（并刀如水）
### 周邦彦

并刀如水，吴盐胜雪，纤手破新橙。
锦幄初温，兽烟不断，相对坐调笙。
低声问向谁行宿，城上已三更。
马滑霜浓，不如休去，直是少人行。

并刀：并州出产的剪刀。吴盐：吴地所出产的洁白细盐。幄：帐。兽烟：兽形香炉中升起的细烟。谁行［xíng］宿：在谁那里住宿。

两人双双共进果橙。破橙的刀具光洁，像清水那样澄澈；盛橙子的盘子明净，果蔬新鲜。美人端庄高雅，用她的纤纤细手亲自为心上人破新橙。女子对男子的一片温情，男子怎能不知呢？室内，华美的帐幔轻轻低垂，袅袅的细烟升起，室内弥漫着暖融融的气息，彼此之间的柔情蜜意也似乎融化在这温馨的气息中了。他们相对而坐，男子陶醉在女子的笙曲中。夜深了，女子低声问他：你要去谁那里入宿呢？现在已经是三更时分了，外面寒风凛冽、路滑霜寒，很少有人行走，不如就别走了吧。

最后连宋徽宗也闻其名而想一睹芳容。李师师不卑不亢、温婉灵秀的气质使宋徽宗如在梦中。从此，宋徽宗隔三差五就以体察民情为由，出宫来李师师这里。李师师渐渐也知道了他的真实身份；如今的李师师可非往日可比，身份虽然仍是名妓，却也"名花有主"，有权势的王公贵族也只能望"师"兴叹。

可是偏有武功员外郎贾奕，以前与李师师交情深厚，一日偶遇李师师，便去她家中留宿，酒后不免醋意大发，写了一首讽刺宋徽宗的词。

## 南乡子
### 贾奕

闲步小楼前。见个佳人貌类仙。暗想圣情浑似梦，追欢。执手兰房恣意怜。
一夜说盟言。满搦沉檀喷瑞烟。报道早朝归去晚，回銮。留下鲛绡当宿钱。

宋徽宗玩物丧志，对边境上的危机满不在乎，终于在靖康之难成了俘虏。宋朝南渡后，李师师的下落不明，有人说她遁入空门；有人说她被金军掳走，吞金自杀；也有人说她随便嫁了个商人，后来在钱塘江淹死了。

◎ 诗词地理学

## 雪浪浅·露珠圆——茶肆

茶肆［sì］在宋代随处可见。茶肆不仅是喝水的地方，也是陶冶性情之地。茶肆里的茶种类繁多，随着季节因时而变：夏天是祛暑的茶了，冬天还卖擂茶，有时茶肆里弄上盐豉汤作为副产品卖。

### 阮［ruǎn］郎归
#### 苏 轼

歌停檀板舞停鸾。高阳饮兴阑。
兽烟喷尽玉壶干。香分小凤团。
雪浪浅，露珠圆。捧瓯［ōu］春笋寒。
绛纱笼下跃金鞍。归时人倚栏。

春笋：原指春天刚冒芽的嫩竹，这里代指茶的嫩芽。陆羽《茶经》说："凡采茶在二月三月四月之间，茶之笋者生烂石沃土，长四五寸，若薇薇，始抽凌露采焉。"

瓯：杯，碗。绛纱笼：红色的帏帐，这里代指朝服。

### 抛球乐
#### 柳 永

晓来天气浓淡，微雨轻洒。近清明，风絮巷陌，烟草池塘，尽堪图画。艳杏暖、妆脸匀开，弱柳困、宫腰低亚。是处丽质盈盈。巧笑嬉嬉，争簇［cù］秋千架。戏彩球罗绶，金鸡芥羽，少年驰骋，芳郊绿野。占断五陵游，奏脆管、繁弦声和雅。
向名园深处，争泥画轮，竞鞿宝马。取次罗列杯盘，就芳树、绿阴红影下。舞婆娑，歌宛转，仿佛莺娇燕姹。寸珠片玉，争似此、浓欢无价。任他美酒，十千一斗，饮竭仍解金貂贳。恣幕天席地，陶陶尽醉太平，且乐唐虞景化。须信艳阳天，看未足、已觉莺花谢。对绿蚁翠蛾，怎忍轻舍。

此词上片写清明节之前美丽的自然景色和节日境况；下片写词人清明之前游春时的整个行动与感受。整首词将自然之美、节日之盛、游人之欢、宴饮之畅，纷繁地呈现于读者面前，如花团锦簇，炫人耳目。

东京城中名园比比皆是，最著名的是四园苑：玉津园、宜春苑、瑞盛园、琼林苑这四个院子，分布在城外的四周，还兼管其他官方的园林。

玉津园在南郊南熏门外，御道两边均称玉津园，又称南御苑。周世宗时建，宋代是皇帝南郊大祀［sì］（祭天）的场所，主祀昊天上帝，强调君权神授，君主"受命于天"管理天下人民。玉津园是一座景致疏阔的皇家园林，规模极大，这里除了"百亭千榭"之外，还有一个著名的养象所。玉津园还有一半土地为种麦之用，供应皇室。皇帝每年要到这里来观刈［yì］麦。

宜春苑又名东御园，这里南去汴河不远，池沼秀丽，花卉齐全，宋初多在此设宴招待科举中第的进士们。

瑞圣园一开始叫做北园，后来因为泰山天书放在这里的缘故，在宋太平兴国三年（978）改为瑞圣园。瑞圣园景色别致，令人神怡气爽，达官显贵经常驻足于此。

琼林苑则是宋朝皇家园林中最华丽的园子，这里最富有南国特色。因为这个园子与金明池相连，所以每年金明池开池的日子，园子里人山人海。皇帝有时也来这里。琼林苑里最激动人心的就是"闻喜宴"琼林宴。所谓"闻喜宴"就像唐代的曲江宴，每当进士放榜之后，就要设宴会于水边，到了宋太宗的时候，在殿试后由皇帝宣布登科进士的名次，并赐宴庆贺，皇帝以及大臣以示宠异。

## 闻声愿寄辽天月——佛寺

北宋开国后，对后周的宗教政策进行了彻底的改革。周世宗灭佛政策导致大量佛教寺庙被拆除或改作他用，众多伴侣被迫还俗，佛教在后周的势力因此大为衰减。宋太宗即位后，观察到国家初定，认为缺乏宗教支撑的社会基础是不稳固的，于是颁布严令禁止进一步拆毁佛寺。几十年过去，东京城内佛寺林立，各地高僧云集。京城诸多佛寺中，以大相国寺、开宝寺、天清寺以及太平兴国寺最为著名。

北山法师可旻［mín］写过一组《渔家傲·数珠》，追忆在大相国寺接受师傅教诲的盛况，赞扬大相国寺这一净土，其中一首如是说：

> 净土故乡嗟乍别，天涯流浪经时节。
> 老去染沾眉鬓雪。思归切，闻声愿寄辽天月。
> 念念时时修净业，临终佛定来迎接。
> 有誓表为诚实说。广长舌，三千遍覆红莲叶。

净土故乡，唏嘘别离之痛。漂泊天涯，历经岁月流转。年老之际，白发如雪染上了眉鬓。思念归乡之情切切。听闻声音，愿将思念寄托于辽阔天空下的明月。

大相国寺的游乐活动，以一年一度的上元赏灯最为壮观。《东京梦华录》有一段

◎ 诗词地理学

专记正月十六日开封官民夜游相国寺的盛况:"寺之大殿前设乐棚,诸军作乐。两廊有诗牌灯云:'天碧银河欲下来,月华如水照楼台',并'火树银花合,星桥铁锁开'之诗……竞陈灯烛,光彩争华,直至达旦。"

## 霜月夜凉,雪霰朝飞——平康巷陌

从唐代开始,都城里就有平康坊,又叫平康里。最出名的地段叫"北里"。"京都侠少""新科进士"最常活动于此,属于极风流的地方。在宋代,这种现象一直存在,只是改叫歌馆。

在交通不发达的年代里,重要的交通汇聚之地,多是水陆的交叉口,依山傍水的地方。东京这个码头汇聚的地方就是如此,也是群花聚集之地。

### 玉楼春
#### 晏几道

红绡[xiāo]学舞腰肢软,旋织舞衣宫样染。
织成云外雁行斜,染作江南春水浅。
露桃宫里随歌管,一曲霓裳红日晚。
归来双袖酒成痕,小字香笺无意展。

一个娇俏的歌舞女学舞,学得腰肢酸软;随后又织纺舞衣,按照皇宫里的样式来漂染。舞衣上的图案织成云外飞翔的一行斜雁,染出的颜色如同江南春水一般碧浅。在歌舞殿里,她伴随着歌声和音乐翩翩起舞;一场《霓裳羽衣曲》歌舞结束,早已是红日西沉。归来后,溅落在双袖上的酒都凝成了污渍。疲惫中,已没有心思再去展开写在香笺上的蜜语情言。

读这首词的时候,我们从另一角度领略到一个幼小歌舞女的无奈与辛酸。封建社会的歌舞女,不过是上等阶层人物的玩偶而已。但为了迎合王侯及公子哥们的欢心,她们往往被迫从幼小年龄便开始习练各种技艺,词中提到"红绡学舞腰肢软,旋织舞衣宫样染",这不过是一个片段而已。此外,于"归来双袖酒成痕"句中又不难看出,这些歌舞女们既要饱受习舞、织染以及出场演出的辛苦,还要在侍宴中遭遇种种猥亵与挑逗,这又何尝不是一种人格上被轻蔑的暗喻?

## 凤归云
### 柳 永

恋帝里，金谷园林，平康巷陌，触处繁华，连日疏狂，未尝轻负，寸心双眼。况佳人、尽天外行云，掌上飞燕。向玳筵、一一皆妙选。长是因酒沈迷，被花萦绊。

更可惜、淑景亭台，暑天枕簟。霜月夜凉，雪霰 [xiàn] 朝飞，一岁风光，尽堪随分，俊游清宴。算浮生事，瞬息光阴，锱铢名宦。正欢笑，试恁暂时分散。却是恨雨愁云，地遥天远。

歌姬会文词，善谈吐，品评人物也有自己的一套标准。她们有自己的心仪之人，柳永就是其中最受青睐的人。"奉旨填词柳三变"说的是柳永的"忍把浮名，换了浅斟低唱"传到了宫里，皇帝宋仁宗一听很恼火，临到皇帝圈点放榜时，宋仁宗看到柳永的名字，想起了他那首《鹤冲天》，批道："且去浅斟低吟，何要浮名？"把他的名字勾掉了。柳永只好自我解嘲说："我是奉旨填词。"

## 燔柴烟断星河曙——都市里的节日

作为北宋都城的汴京，是全国民众向往的地方，这里商业发达，寺院林立。在朝廷举行节日庆典的时候，排场非常隆重。就拿冬至来说，庆贺冬至的车马都焕然一新，各式的打击乐器在街上陈列，妇人和小孩着新衣，穿梭于街上。有些店铺里的店主还会为这个节日罢市三天。

## 御街行
### 柳 永

燔 [fán] 柴烟断星河曙。宝辇回天步。端门羽卫簇雕阑，六乐舜韶先举。鹤书飞下，鸡竿高耸，恩霈 [pèi] 均寰宇。

赤霜袍烂飘香雾。喜色成春煦 [xù]。九仪三事仰天颜，八彩旋生眉宇。椿 [chūn] 龄无尽，萝图有庆，常作乾坤主。

燔柴：将牺牲玉帛放在柴上点燃祭天。

祭天的烟气直冲银河，渐渐地，朝日欲现，破晓之时临近。天子的车驾准备起驾回宫。端门处，仪仗队整装列队，簇拥在雕花的栏杆旁，开始奏响舜帝创制的韶乐乐曲。皇帝发布了招揽贤才的诏书，大赦天下，恩泽遍布天下。

在喜气洋洋、春光和煦的日子里，皇帝身披绛纱袍，庄严地进行着祭天仪式，芳香的烟气在周围缭绕弥漫。大臣们仰望天子的容颜，只见眉宇间即刻显出八种色彩。

三年一次的祭告天地仪式。在古代中国人的心目中，上天是至高无上的。宋代的祀典中，昊天上帝被列入上祀。昊天上帝也称"昊天"或"上帝"，被认为主宰着天地宇宙，古籍中往往将其等同于"天"。根据"天人合一""君权神授"的观念，皇帝是"天之子"。天子要表现对上天的尊崇，莫过于举行隆重的祭天之礼。祭天是皇权及政权合法化的标志，且是皇帝作为"天之子"的专利。《宋史·礼志》记载，"宋之祀天者凡四：孟春祈谷，孟夏大雩，皆于圜丘或别立坛；季秋大飨明堂；惟冬至之郊，则三岁一举，合祭天地焉。"最为隆重的就是三年一次由皇帝亲自主持的、在南郊或明堂举行的祭天典礼。周密的《武林旧事》详尽地记载了南宋时祭天典礼的繁复和盛况。祭典前十日，所有的执事及陪祀官员和宗室成员要分别到尚书省和太庙"受誓戒"，以免举行大礼时出错。宋太宗至道末年（997），朝廷"三岁一亲祀郊丘，计缗钱常五百余万"，花费约占全年收入的百分之二十二，隆重、奢华的祭天大典足以显现朝廷对天的崇敬。

平日里不同阶层的宋人又是如何表达对上天的敬意的呢？宋代有挂天灯、烧天香的习俗。南宋咸淳年间，黄震在知抚州的时候，就经常见到这一景象。他在《咸淳八年正旦晓谕敬天说》一文中说："每五鼓行轿，率见街市挂天灯、供天香，辄为欣喜。"黄震之所以对百姓的这一举动感到欣喜，是因为他认为："盖人知敬天，何事不善？此本州风俗好处。"可见，"敬天"是黄震关注的民风之一。第二年，黄震撰《咸淳九年正旦再谕敬天说》，再一次表示对这一习俗的"不胜赞喜"，并且认为："近来风俗尤好，词讼顿稀，年谷丰登，疾病不作，此皆吾民敬天之效，可贺可贺。"他指出："天灯荧煌，天香纷郁，神明在上，此心肃然，邪念尽消，耳目聪明，四肢百骸亦皆轻爽，此时此心直与天一，岂不乐哉？"所以，他希望百姓"而今而后自正月初一日至一年三百六十日，自天灯、天香，至事父母、友兄弟、处宗族、接邻里、应干交财买卖诸事，百为此心，常新此心，常正此心，常敬天明明。上天随处照临，则吾民自作多福，长享太平，其乐亦无穷矣。"黄震认为，人是靠"天之清气"得以生存的，就像鱼离不开水一样，因而人之所以能"非我自能之也，皆天也"。而人心又是人身之主宰，所以，"我举一念，人虽未知，此心先知，即是天知。人必先使此心端正，方为敬天。若起念害物，或欺心瞒人，皆非敬天"。

叶梦得《石林燕语》记载了赵抃的故事：赵清献公（赵抃）每夜常烧天香，必擎炉默告，若有所秘祝者然。客有疑而问公，公曰："无他，吾自少昼日所为，夜必衷敛，奏知上帝。"已而复曰："苍苍渺冥，吾一夫区区之诚，安知必能尽达？姑亦自防检，使不可奏者如有所畏，不敢为耳。"赵抃白天处理完公务，每到晚上，必要焚香拜天，口中念念有词。有人好奇地问他在向上苍密告什么，赵抃笑笑说："哪是什么密告呀！无非是将自己白天做过的事，一件件一桩桩地向上苍说上一遍，也借以检点反思。倘若一个人连在那种场合都还不好意思启口，那就必定做了什么不该做的事，自己就需要警醒了！"

赵抃（1008—1084）是宋景祐年间进士，宋神宗时官至参知政事。元丰二年（1079），以太子少保致仕。其为政猛宽相济，为世所称道。曾任殿中侍御史，弹劾不避权势，时称"铁面御史"。其为人长厚清修，淳朴善良，乐善好施，平生不治家产，不养歌妓。入蜀为官时，仅以一琴一鹤自随，是为官清廉的典范，被誉为"世人标表"。他以身作则，法治与德治相结合，使蜀中奢靡之风为之一变，政绩斐然，深受蜀民称道。任崇安知县时，他主持兴修了一条二十余里长的河渠，引城西河水入城，解决了城内的生活、运输、消防等用水，后人称此河渠为"清献河"，清献河的设计科学，进水口的拦水坝历千年不坏，现如今仍在发挥作用。越州（今浙江绍兴）灾情严重时，赵抃巧用市场规律救灾振荒，使"生者得食，病者得药，死者得葬"，把灾荒影响降到最低程度。赵抃还善诗文，著有《清献集》十卷。赵抃身居高位却能自律如此，与其内心的敬畏之心有关。他认为，凡是不敢告诉"天帝"的事情，就决不能做。所谓"人在做，天在看"，敬畏之心是赵抃为官立身的重要精神支柱。

清代朱轼评价说："抃之每夜告天，而清修不迩声色，则其中有以自得者，非独其外之云尔。"朱祐橖评：

琴声寒日月，永留清白在人间。
鹤唳彻遥天，常使丹心通帝座。

在四川崇州（古蜀州），后人为纪念赵抃与陆游，在罨画池旁修一庙宇称"赵陆公祠"，后改称"二贤祠"。其后人为纪念赵抃，命名其堂号曰琴鹤堂。《宋史》中，"铁面"赵抃与"黑面"包拯两人同传；后世戏曲舞台上"包青天"的形象就是以包拯和赵抃为原型塑造而成的。大型历史话剧《大宋御史·赵抃》通过再现北宋铁面御史赵抃奏弹漕运三司使、弹劾宰相陈执中、整治蜀地吃喝宴请馈赠的不正之风等故事，生动刻画出赵抃不畏强权、清正廉洁、为民务实的艺术形象和治国安邦、惩治腐败、举贤荐能、为民造福的政治家形象。赵抃后代亦有为。赵抃的儿子赵屼，被授为提举两浙常平仓。后裔赵炽，湖南邵东人，保定讲武堂毕业，抗战将军，曾任国民革命军第二十八军副军长，参加过淞沪会战。

下面列举赵抃诗词七首。

## 折新荷引

### 赵 抃

雨过回廊，圆荷嫩绿新抽。越女轻盈，画桡稳泛兰舟。芳容艳粉，红香透、脉脉娇羞。菱歌隐隐渐遥,依约回眸。

　　堤上郎心,波间妆影迟留。不觉归时,淡天碧衬蟾钩。风蝉噪晚,馀霞际、几点沙鸥。渔笛、不道有人,独倚危楼。

"铁面御史"也有似水柔情。越女轻盈,脉脉娇羞。菱歌渐遥,依约回眸。堤上郎心,波间妆影。一幅优美的画卷,几寸怅惘的柔肠。

## 喜　雨
### 赵　抃

火官施酷令,曦驭肆炎威。
魃虐诗尝刺,巫焚礼旧讥。
神将明德应,人用至诚祈。
有幸真天与,先期不汝违。
四郊云瑗瑗,三日雨霏霏。
色动田园喜,声无里巷欷。
终图实仓廪,已足贱珠玑。
报彼民咨者,恩斯帝力归。

　　本诗创作于山东省潍坊市。历史上常常因旱灾而祈雨;诗人认为,"神将明德应"是因为"人用至诚祈",也就是用心灵和诚实来向上帝祈祷。此后,"四郊云瑗瑗,三日雨霏霏",终于"色动田园喜""终图实仓廪",这都归因于"恩斯帝力归"。

　　祈雨,在全世界范围内都有悠久的历史。中国早在西汉时期就有历史记载。《晋书·礼志上》:"武帝咸宁二年春分,久旱……五月庚午,始祈雨……六月戊子,获澍雨。"宋代《太平广记》卷三四二引唐薛永弱《集异记·赵叔牙》:"通状祈雨,期三日雨足。"

## 顺风呈前人
### 赵　抃

濠州抵泗里数百,长淮波平晓如席。
鸣橹解缆杨柳堤,画船中有东吴客。
君恩得请许归去,聊治里间去咫尺。
岁穷天远心欲飞,念之汲汲事行役。

豁如天意适我愿，号令西北起风伯。
初时渐渐以鼓动，布帆尚留十幅窄。
孤樯得势安以平，中流激箭巨浪劈。
篙横橹阁力不用，疾若挚隼增羽翮。
瞥然两岸瞬霎过，木叶驰黄山走碧。
拿舟月馀今日快，一樽自歌两手拍。
樽中酒空不自歌，顺风好景如之何。
毗陵太守同此乐，为言无惜新诗多。

"岁穷天远心欲飞"，表明诗人希望旅程顺利，快些抵达目的地。"豁如天意适我愿，号令西北起风伯"，诗人走水路，帆船往东南方向行驶，于是祈祷天意起西北风，这样可以顺风而行，缩短行期。诗人"常使丹心通帝座"，想来一贯遵循"人用至诚祈"的心态，天上果然吹起了西北风。"初时渐渐以鼓动"，后来"篙横橹阁力不用，疾若挚隼增羽翮。瞥然两岸瞬霎过，木叶驰黄山走碧。"诗人心怀喜悦与感恩，"一樽自歌两手拍"，真是"八音克谐，无相夺伦，神人以和"。

## 春日雪雷并作
### 赵 抃

东君新用少阳时，正月群阴老未归。
千里雪花铺夜景，数声雷鼓作春威。
欲开桃李嗟寒勒，尚蛰龙蛇恨力微。
一挫芳菲一惊物，惘然无处问天机。

## 次韵郁李花
### 赵 抃

花县逢春对晓晖，朱朱白白缀繁枝。
梅先菊后何须较，好似人生各有时。

"梅先菊后何须较，好似人生各有时"，这不啻是内卷时代的甘霖和提醒。人各有所长，各有时候，怎能用一根尺子衡量所有的人？"我劝天公重抖擞，不拘一格降人才"。

◎ 诗词地理学

## 赏春亭
### 赵　抃

滂葩浩艳满亭隈，当度芳樽醉看来。
始信春恩不私物，乱山穷处亦花开。

"始信春恩不私物，乱山穷处亦花开"也是内卷时代的甘霖和提醒。怀着盼望、信心与安静，寻找适合自己的就好。

## 惊　涛
### 赵　抃

路半狂飙起，江心巨浪横。
苍茫舟子叫，匍匐稚儿惊。
古岸移时入，新醪薄暮倾。
此宜无足道，大抵似人生。

人生会有风浪，"路半狂飙起，江心巨浪横"难以避免。想来此刻会有"至诚祈"，然后诗人豁达："此宜无足道，大抵似人生。"一杯压惊的新醪（新酿的酒），足以畅怀了，风浪何足道哉！

除夕，民间非常热闹，民众在这一天晚上是不睡觉的，他们一直围在炉子旁到天亮，称为守岁。新年到来，朝廷要举行大的朝会，太子、亲王以及各国使臣都要来庆贺。

## 瑞鹤仙
### 史　浩

霁光春未晓。拥绛蜡攒［cuán］星，霜蹄轻袅。皇居耸云杪［miǎo］。霭祥烟瑞气，青葱缭绕。金门羽葆。听胪［lú］唱、千官并到。庆三朝、雉［zhì］扇开时，拜舞仰瞻天表。

荣耀。万方图籍，四裔明王，贶琛珍宝。椒盘颂好。称寿斝［jiǎ］，祝难老。更传宣锡坐，钧天妙乐，声遏［è］行云缥缈。逗归来、酒晕生霞，此恩怎报。

斝通常用青铜铸造，是古代中国先民用于温酒的酒器，也被用作礼器。祝：祈祷、祈求。难老，犹长寿。多用作祝寿之辞。《诗·鲁颂·泮水》："既饮旨酒，永锡难老。"

元宵节是宋人的狂欢节，元宵灯展已经是老百姓习以为常的传统习俗了。元宵的灯市一开始出现在十五、十六、十七三个晚上，全国各大城市"金吾不禁"，城门大开，彻夜不闭，街上也没有宵禁，农民可以自由进城，市民可以彻夜不归，大家开开心心观看灯展。宋徽宗时，为展现太平盛世的繁华与安乐，元宵放灯提前至腊月，"自十二月十五日便放灯直至上元，谓之预赏"，美其名曰"与民同乐"。

## 上林春慢
### 晁冲之

帽落宫花，衣惹御香，凤辇晚来初过。鹤降诏飞，龙擎烛戏，端门万枝灯火。满城车马，对明月、有谁闲坐。任狂游，更许傍禁街，不扃 [jiōng] 金锁。

玉楼人、暗中掷果。珍帘下、笑着春衫褭 [niǎo] 娜。素蛾绕钗，轻蝉扑鬓，垂垂柳丝梅朵。夜阑饮散，但赢得、翠翘双軃 [duǒ]。醉归来，又重向、晓窗梳裹。

本诗描绘了元宵节的盛况。灯光璀璨，满城车马赏月游玩。玉楼丽人，抛下果子，不知砸中了谁。丽人们妆扮一新，也参与节日饮宴。归来后，重新梳妆打扮。

## 减字木兰花·竞渡
### 黄 裳

红旗高举，飞出深深杨柳渚。
鼓击春雷，直破烟波远远回。
欢声震地，惊退万人争战气。
金碧楼西，衔得锦标第一归。

端午时节，北宋词人黄裳看到了划船健儿竞渡夺标的热烈场面，触发了诗兴，于是写下这首词来赞扬划船健儿们勇往直前的英雄气概。

## 似雪杨花满路——金明池

金明池周长九里三十步，中有仙桥，桥面三虹，朱漆阑楯，下排雁柱，中央隆兴，谓之骆驼峰，若飞虹之状。园林中建筑全为水上建筑，池中可通大船，战时为水军演练场。张择端的《金明池争标图》描绘了金明池中水军演练的场景。宋徽宗于池内建殿宇,为皇帝春游和观看水戏的地方。桥上有五殿相连的宝津楼,位于水中央,重殿玉宇,雄楼杰阁,奇花异石,珍禽怪兽,船坞码头,战船龙舟,样样齐全。每年三月,金明池春意盎然,桃红似锦,柳绿如烟,花间粉蝶,树上黄鹂,京城居民倾城而出,到金明池郊游。金明池内还遍植莲藕,每逢阴雨绵绵之夜,人们多爱到此地听雨打荷叶的声音;雨过天晴,万物清新,更有一番新气象,故有"金池夜雨"之称。

《东京梦华录》卷七记载了北宋皇帝于临水殿看金明池内龙舟竞渡之俗。其中,彩船、乐船、小船、画船、小龙船、虎头船等供观赏、奏乐,还有长达四十丈的大龙船。除大龙船外,其他船队列布阵,争标竞渡,作为娱乐。靖康年间,随着东京被金人攻陷,金明池亦"毁于金兵",池内建筑被破坏殆尽。北宋亡后,池已无人经营,加之金代常常"汴水断流"而失去水源,金明池逐渐干涸;金元时代,黄河泥沙多次淤积;到明代后期,池已淤平。

## 金明池·琼苑金池
### 冯延巳(一说秦观)

琼苑金池,青门紫陌,似雪杨花满路。云日淡、天低昼永,过三点两点细雨。好花枝、半出墙头,似怅望、芳草王孙何处。更水绕人家,桥当门巷,燕燕莺莺飞舞。

怎得东君长为主,把绿鬓朱颜,一时留住?佳人唱、《金衣》莫惜,才子倒、玉山休诉。况春来、倍觉伤心,念故国情多,新年愁苦。纵宝马嘶风,红尘拂面,也则寻芳归去。

整个上阕好像展开一幅画卷,从汴京的顺天门一直铺向金明池,有似雪杨花,洒向京城的大道。到了近郊,又只见水绕人家,桥当门巷。对对黄莺、双双紫燕,在花丛间飞来飞去。

下半阕转入抒情。以问句形式,紧扣上半阕所写之春景,转折之中,承上启下。"怎得东君长为主,把绿鬓朱颜,一时留住?"一方面是表示对大好春光的留恋之情,另一方面是抒发人生无常、青春难久的感慨。

## 蓦山溪
### 陈济翁

去年今日,从驾游西苑。彩仗压金波,看水戏、鱼龙曼衍。宝津南殿,宴坐近天颜,金杯酒,君王劝。头上宫花颤。

六军锦绣，万骑穿杨箭。日暮翟华归，拥钧天、笙歌一片。如今关外，千里未归人，前山雨，西楼晚。望断思君眼。

作者回忆陪皇上游西苑、看水戏的情景。皇上给作者劝酒。如今，作者怀念过去美好的时光，思念远方的亲人。

## 心有灵犀一点通——繁［pó］台

繁塔位于古城开封东南古繁台，建于北宋开宝七年（974），是开封现存最古老的建筑之一。今天的繁塔矗立在被众多民房包围的一个小院中，毫不起眼。但它在宋代时的规模并非如此，当时塔身高大，声名远播，在宋代那些文人的笔下也是相当辉煌的。

### 鹧鸪天
#### 宋　祁

画毂［gǔ］雕鞍狭路逢，一声肠断绣帘中。
身无彩凤双飞翼，心有灵犀一点通。
金作屋，玉为笼，车如流水马游龙。
刘郎已恨蓬山远，更隔蓬山几万重。

据南宋黄昇《唐宋诸贤绝妙词选》卷三记载，词人宋祁在朝廷做翰林学士的时候，有一天走在京城的大道繁台街上，适逢皇家后宫的车仗回宫，其中有一辆车上坐着的宫女掀开车帘，惊喜地叫了一声："小宋也。"所谓"小宋"，即指词人宋祁。宋祁有兄名宋庠，故当时有"大宋""小宋"之称。宋祁听到宫女的叫声，可未及答话，车仗已走远。宋祁回到家中，心中有所思念，便写下了这首词。

不久，这首词连同宋祁街头偶遇的故事，流传进了皇宫，仁宗皇帝也听说了，他或许很是好奇，心生一计，命人查出了这位宫女。《花庵词选》更是添油加醋地记载道：仁宗皇帝知道这事后，问内人第几车子，何人呼小宋？有内人自陈："顷侍御宴，见宣翰林学士，左右内臣曰，小宋也。时在车子偶见之，呼一声尔。"

原来，仁宗皇帝召宋祁入宫，设宴喝酒。宴会上，皇帝不露声色地安排人演唱了这首《鹧鸪天》。当宋祁如临深渊、下跪请罪时，皇帝却用词中句子调侃："蓬山确实很远，但今天离你很近啊。"下旨将那位宫女赐给了宋祁。

随着北宋王朝的覆灭，繁台的昔日繁华不再。沿着繁塔狭窄而陡峭的台阶拾级而

◎ 诗词地理学

上,昏弱的灯光在黑暗中忽明忽灭,犹如穿过一条通往历史的时间隧道。登上塔顶,远远眺望整个开封,千年的古城,也曾富贵繁华、绚烂一时,最终归于平淡,转身离去,只留下一个华丽而又苍凉的剪影。

# 江湖览胜

## 雪鹭银鸥左右来——南昌

### 满江红·豫章滕王阁
#### 吴　潜

万里西风，吹我上、滕王高阁。正槛[jiàn]外、楚山云涨，楚江涛作。何处征帆木末去，有时野鸟沙边落。近帘钩、暮雨掩空来，今犹昨。

秋渐紧，添离索。天正远，伤飘泊。叹十年心事，休休莫莫。岁月无多人易老，乾坤虽大愁难着[zhuó]。向黄昏、断送客魂消，城头角。

词人登上滕王阁，眺望楚江波涛惊起，云层翻腾。船只好像从树梢上驶过去，有时水鸟在沙边飞落。晚上阴雨遮天，像唐诗一样。秋天来临，气衰悲伤，是容易引起愁思的季节，词人自叹十年官场浮沉，多次落职乡居。唉，算了算了，不去说它了。词人感叹天地之大，却没有落脚之地。

### 蓦山溪·百花洲席上次韵司录董庠
#### 叶梦得

一年春事，常恨风和雨。趁取未残时，醉花前、春应相许。山公倒载，日暮习池回，问东风，春知否，莫道空归去。

满城歌吹，也似春和豫。争笑使君狂，占风光、不教飞絮。明朝酒醒，满地落残红，唱新词，追好景，犹有君收聚。

由于我国大部分地区是季风气候，春季时节，来自夏威夷高压的海洋暖湿气流吹进东亚陆地，也就是夏季风带来水汽和降雨，所以常常为风雨所困扰。山中的公鸟倒飞，太阳下山时回到池塘，词人问东风（即夏季风），春天是否知道，不要说空空归去。满城的歌声吹奏，也像豫州一样欢乐。

◎ 诗词地理学

自唐代以来，名人学士吟诵东湖百花洲的作品甚多，如李绅、杜牧、黄庭坚、辛弃疾、欧阳修、文天祥等，都留下赞颂百花洲的诗文。南北朝的雷次宗在《豫章记》中记述："东湖，郡城东，周回十里，与江通。"唐代观察使韦丹曾组织人力在南昌东湖中筑堤栽柳，时称韦公堤，又名万柳堤。那时的百花洲，即南昌东湖畔之洲，是因为洲上遍长奇花异草而得名的。洲上百花争妍，东湖水光潋滟、荷花满湖，堤上万柳成行，美不胜收。唐代诗人李绅曾写诗称赞东湖。唐宋八大家之一的欧阳修曾写过五绝诗《和圣俞百花洲》。宋代词人向子諲在其《蝶恋花》词中，也有"百花洲老桂盛开"之句。

## 忆东湖
〔唐〕李　绅

菱歌罢唱鹢［yì］舟回，雪鹭银鸥左右来。
霞散浦边云锦截，月升湖面镜波开。
鱼惊翠羽金鳞跃［yuè］，莲脱红衣紫蔕［dì］摧。
淮口值春偏怅望，数株临水是寒梅。

"雪鹭银鸥左右来"、"鱼惊翠羽金鳞跃，莲脱红衣紫蔕摧"描绘了优美的生态景观，这是生态环境未被破坏时的自然美景。

## 和圣俞百花洲（二首之其一）
欧阳修

野岸溪几曲，松蹊穿翠阴。
不知芳渚远，但爱绿荷深。

"但爱绿荷深"，让人想起《爱莲说》。

## 八声甘州（对潇潇暮雨洒江天）
柳　永

对潇潇暮雨洒江天，一番洗清秋。渐霜风凄紧，关河冷落，残照当楼。是处红衰翠减，苒［rǎn］苒物华休。唯有长江水，无语东流。
不忍登高临远，望故乡渺邈［miǎo］，归思难收。叹年来踪迹，何事苦淹留？想佳人，妆楼颙［yóng］望，误几回、天际识归舟。争知我，倚栏杆处，正恁［nèn］

凝愁。

又是因秋而起的愁情。词人感时伤物，伫立江边面对着潇潇暮雨，暮雨仿佛在洗涤清冷的残秋。渐渐地雨散云收秋风渐紧，山河冷落，落日余晖映照江楼。满目凄凉，到处是花残叶凋，那些繁茂的花叶都已经凋残。只有长江水默默地向东流淌。词人坦诚：我不忍心登高眺望，想到故乡遥不可及，一颗归乡的心迫切难以自抑。由季节景观的慨叹升华到思乡的情怀，词人叹息这几年来四处奔波流浪，究竟为什么到处滞留？佳人一定天天登上江边画楼，眺望我的归舟，误认一舟又一舟。你可知道我正在倚高楼眺望，心中充满了思念家乡的忧愁？真是"十五的月亮，照在家乡也照在边关"。

## 雨霖铃
### 柳 永

寒蝉凄切，对长亭晚，骤雨初歇。都门帐饮无绪，留恋处，兰舟催发。执手相看泪眼，竟无语凝噎。念去去，千里烟波，暮霭沉沉楚天阔。

多情自古伤离别，更那堪，冷落清秋节！今宵酒醒何处？杨柳岸，晓风残月。此去经年，应是良辰好景虚设。便纵有千种风情，更与何人说？

在寒螀凄切的鸣叫中，一阵急雨已停歇。设见帐饯别，却没有畅饮的心绪。正在依依不舍的时候，船上的已催着出发。握着手互相睢看，满眼泪花，千言万语都噎在喉间说不出来。这一去，千里迢迢，一片烟波，那夜雾沉沉的楚地天空竟是一望无边。

自古以来多情的人最伤心的是离别，更何况又逢这萧瑟冷落的秋季，这离愁词人哪能经受得了！"执手相看泪眼，竟无语凝噎"更是点睛之笔，把恋人间依依不舍的离情别恨描写得惟妙惟肖。今夜酒醒时身在何处？怕是只有杨柳岸边，面对冷凉的晨风和黎明的残月了。这一去长年相别，相爱的人不在一起，词人料想即使遇到好天气、好风景，也形同虚设。即使有满腹的情意，又能向谁说呢？

## 凤栖梧
### 柳 永

伫[zhù]倚危楼风细细。望极春愁，黯黯生天际。草色烟光残照里，无言谁会凭阑意。

拟把疏狂图一醉。对酒当歌，强乐还无味。衣带渐宽终不悔，为伊消得人憔悴。

◎ 诗词地理学

词人伫立在高楼上,细细的春风迎面吹来,极目远望,不尽的愁思,黯黯然弥漫天际。春愁,伤春悲秋的一种,和人们的情感世界联系紧密。夕阳斜照,草色蒙蒙,谁能理解词人默默凭倚栏杆的心意?本想尽情放纵喝个一醉方休。当在歌声中举起酒杯时,才感到勉强求乐反而毫无兴味。词人日渐消瘦也不觉得懊悔,为了她情愿一身憔悴。"衣带渐宽终不悔,为伊消得人憔悴"引用很广。

## 西城杨柳弄春柔——滕王阁

### 江城子
#### 秦 观

西城杨柳弄春柔。动离忧,泪难收。犹记多情,曾为系归舟。碧野朱桥当日事,人不见,水空流。

韶[sháo]华不为少年留。恨悠悠,几时休。飞絮落花时候、一登楼。便作春江都是泪,流不尽,许多愁。

西城春季的杨柳枝条分外柔美。我想起离别的时忧伤,眼泪很难回收。还记得你当年为我拴着归来的小舟。绿野红桥,是当时离别的情景。而如今你不在,只有水孤独地流着。美好青春不为少年时停留,离别的苦恨,何时才到头?飘飞的柳絮。落花满地的时候我登上楼台。即使江水都化作泪水,也流不尽,依然有愁苦在心头。

## 西北望长安,可怜无数山——赣州

### 满江红·赣州席上呈陈季陵太守
#### 辛弃疾

落日苍茫,风才定、片帆无力。还记得、眉来眼去,水光山色。倦客不知身近远,佳人已卜归消息。便归来、只是赋行云,襄王客。

些个事,如何得。知有恨,休重忆。但楚天特地,暮云凝碧。过眼不如人意事,十常八九今头白。笑江州、司马太多情,青衫湿。

对水光山色的描写,以"眉来眼去"四字状之,把无生命的山水写成有生命有感情的人物,真是奇妙之至。倦客,当指陈季陵,称之为倦客,是对罢职者的委婉说法。因其遭到沉重打击,神志颓丧,已"不知身近远"了;"佳人已卜归消息"也是一种婉转的说法,其实是恰在此时,佳人离陈季陵而去,使陈季陵痛苦不堪。

不要为那些小事而烦恼。既然事已如此,恨也没用,想也没用,让它过去算了。"但楚天特地",展现眼前的也只是飘荡碧空的暮云朵朵。"过眼不如人意事,十常八九今头白",人生在世,得意时少,失意时多,自古如此,不要愁得头发都苍白了。笑你象江州司马白居易一样多情,连青衫都湿透了。"笑江州"二句出处:白居易贬官江州司马,因送客湓浦,闻长安商女夜弹琵琶,始觉有迁谪意,因作《琵琶行》,结句为"座中泣下谁最多?江州司马青衫湿"。

### 过虔 [qián] 州登郁孤台
#### 苏 轼

八境见图画,郁孤如旧游。山为翠浪涌,水作玉虹流。
日丽崆峒晓,风酣章贡秋。丹青未变叶,鳞甲欲生洲。
岚气昏城树,滩声入市楼。烟云侵岭路,草木半炎州。
故国千峰外,高台十日留。他年三宿处,准拟系归舟。

和苏东坡的其他作品一样,这首诗读起来朗朗上口。"山为翠浪涌,水作玉虹流""烟云侵岭路,草木半炎州",诗人功力深厚,信手拈来,诗句脍炙人口。

### 菩萨蛮·书江西造口壁
#### 辛弃疾

郁孤台下清江水,中间多少行人泪?
西北望长安,可怜无数山。
青山遮不住,毕竟东流去。
江晚正愁余,山深闻鹧鸪。

"西北望长安,可怜无数山"是点睛之笔。词人举头眺望西北的长安,可惜只看到无数青山。词人痛心落入敌人手中的大片国土,怜悯沦陷区的百姓。面对山河残破的时局,词人明知道回天无力,却还积极奔走,不断呼吁,这也是词人放不下的悲悯之情吧。

郁孤台建在赣州市区北部的贺兰山顶，始建于唐代，因树木葱郁、山势突兀而得名。李渤、苏东坡、辛弃疾、岳飞、文天祥、王阳明、郭沫若等历代名人都曾在这里留下过诗词。其中，与郁孤台渊源最深的，要数南宋著名词人辛弃疾，他在赣州任职时，留下名词《菩萨蛮·书江西造口壁》，郁孤台从此名扬天下。郁孤台是赣州老城区的制高点，台上建有3层高的仿木结构楼阁，为省级重点风景名胜区。登上郁孤台，可远眺秀丽的山光水色和赣州全景。郁孤台的始建年代已经无法考证了，唐代时虔州刺史李勉曾登台北望，将台更名为"望阙"。宋绍兴十七年（1147）赣州知州曾慥增创二台，南边的叫"郁孤台"，北边的叫做"望阙台"，后几经兴废，仍名"郁孤台"。1983年，按清代同治年间式样重建。台有3层，高17米，占地面积300平方米。游人登上郁孤台，可远眺赣州市区全景。

## 重重似画，曲曲如屏——富春江

### 满江红
#### 方有开

跳出红尘，都不愿、是非荣辱。垂钓处、月明风细，水清山绿。七里滩头帆落尽，长山泷口潮回速。问有谁、特为上钓来，刘文叔。

貂蝉贵，无人续。金带重，难拘束。这白麻黄纸，岂曾经目。昨夜客星侵帝座，且容伸脚加君腹。问高风、今古有谁同，先生独。

"长山泷口潮回速"，海上的潮水可以通过钱塘江上溯到这里。"垂钓处"指严子陵钓台位于浙江省桐庐县城南15公里的富春山麓，是富春江上的主要风景区，因东汉严子陵隐居于此得名。严子陵，名光，字子陵，会稽余姚人，东汉初年隐士。少时曾与刘秀同游学。刘秀即位后，不愿出仕，遂更名隐居，"披羊裘钓泽中"。刘秀再三盛礼相邀，授谏议大夫，仍"不屈，乃耕于富春山"。后老死于家，年八十。严子陵钓台由东台、西台、严先生祠、石坊、碑园、钓鱼岛、富春江小三峡等景点组成。

### 行香子·过七里濑 [lài]
#### 苏 轼

一叶舟轻，双桨鸿惊。水天清、影湛波平。鱼翻藻鉴，鹭点烟汀。过沙溪急，霜溪冷，月溪明。

重重似画，曲曲如屏。算当年、虚老严陵。君臣一梦，今古空名。但远山长，云山乱，晓山青。

东坡妙笔生花："鱼翻藻鉴，鹭点烟汀。过沙溪急，霜溪冷，月溪明"；"重重似画，曲曲如屏"；"但远山长，云山乱，晓山青"，好一幅山青水秀的江南山水画！

## 洞庭波冷，望冰轮初转——洞庭湖

### 念奴娇·中秋宴客，有怀壬午岁吴江长桥
叶梦得

洞庭波冷，望冰轮初转，沧海沈沈。万顷孤光云阵卷，长笛吹破层阴。汹涌三江，银涛无际，遥带五湖深。酒阑歌罢，至今鼍［tuó］怒龙吟。

回首江海平生，漂流容易散，佳期难寻。缥缈高城风露爽，独倚危槛重临。醉倒清尊，姮［héng］娥应笑，犹有向来心。广寒宫殿，为予聊借琼林。

"洞庭波冷"，点出了中秋时节的气候特点：天凉了，水冷了。

### 念奴娇·过洞庭
张孝祥

洞庭青草，近中秋，更无一点风色。玉鉴琼田三万顷，著［zhuó］我扁舟一叶。素月分辉，银河共影，表里俱澄澈。悠然心会，妙处难与君说。

应念岭海经年，孤光自照，肝胆皆冰雪。短发萧骚襟袖冷，稳泛沧浪空阔。尽挹［yì］西江，细斟北斗，万象为宾客。扣舷独啸，不知今夕何夕。

中秋时节的洞庭湖，"玉鉴琼田三万顷"。词人"扣舷独啸，不知今夕何夕"。

◎ 诗词地理学

## 雄三楚，吞七泽，隘九州——岳阳楼

### 临江仙
#### 滕宗谅

湖水连天天连水，秋来分外澄清。君山自是小蓬瀛［yíng］。气蒸云梦泽，波撼岳阳城。

帝子有灵能鼓瑟，凄然依旧伤情。微闻兰芝动芳馨。曲终人不见，江上数峰青。

秋高气爽的季节，连洞庭湖水也变得"秋来分外澄清"，词人抓住了秋季湖水的特点。

### 水调歌头·过岳阳楼作
#### 张孝祥

湖海倦游客，江汉有归舟。西风千里，送我今夜岳阳楼。日落君山云气，春到沅湘草木，远思渺难收。徒倚栏干久，缺月挂帘钩。

雄三楚，吞七泽，隘（ài）九州。人间好处，何处更似此楼头？欲吊沉累无所，但有渔儿樵子，哀此写离忧。回首叫虞舜，杜若满芳洲。

"春到沅湘草木"，沅江、湘江等九条河流汇入洞庭湖。

### 岳阳楼长联
#### 〔清〕窦垿

一楼何奇？杜少陵五言绝唱，范希文两字关情，滕子京百废俱兴，吕纯阳三过必醉。诗耶？儒耶？吏耶？仙耶？前不见古人，使我怆然涕下！

诸君试看，洞庭湖南极潇湘，扬子江北通巫峡，巴陵山西来爽气，岳州城东道岩疆。潴［zhū］者，流者，峙［zhì］者，镇者，此中有真意，问谁领会得来？

长江和洞庭湖是相通的。洞庭湖是长江边上的一个天然湖泊，洞庭湖对长江起了一个缓冲调节的作用。洞庭湖位于中国湖南省北部，长江、荆江河段以南，面积是中国第三大湖,仅次于青海湖和鄱阳湖,也是中国第二大淡水湖,面积2500平方千米以上。湖水由东面的城陵矶附近注入长江,为长江最重要的调蓄湖泊。

## 高楼把酒留君住,去住若为情——黄鹤楼

### 满江红·登黄鹤楼有感
#### 岳 飞

遥望中原,荒烟外、许多城郭。想当年,花遮柳护,凤楼龙阁。万岁山前珠翠绕,蓬壶殿里笙歌作。到而今、铁骑满郊畿[jī],风尘恶。

兵安在?膏锋锷[è]。民安在?填沟壑。叹江山如故,千村寥落。何日请缨提锐旅,一鞭直渡清河洛。却归来、再续汉阳游,骑黄鹤。

岳飞在黄鹤楼上遥望北方失地,引起对故国往昔"繁华"的回忆。"想当年"三字点目。"花遮柳护"四句极其简练地道出北宋汴京宫苑之风月繁荣。"千村寥落"写北方遍布铁蹄的占领区。战士浴血奋战,却伤于锋刃,百姓饥寒交迫,无辜被戮,却死无葬身之地。"何日请缨提锐旅,一鞭直渡清河洛",作者恨不得立即统兵北上解民于水火之中。

## 醉里挑灯看剑,梦回吹角连营——鹅湖

鹅湖以其青山著称,自然风光优美。鹅湖位于江西省上饶市铅山县。鹅湖书院是古代江西四大书院之一,位于鹅湖山麓,是一个著名的文化中心。书院因南宋理学家朱熹与心学家陆九渊陆九龄兄弟的"鹅湖之会"而闻名。

### 浣溪沙·瓢泉偶作
#### 辛弃疾

新葺[qì]茅檐次第成,青山恰对小窗横。去年曾共燕经营。
病怯杯盘甘止酒,老依香火苦翻经。夜来依旧管弦声。

词人新建的茅草房,一步步地完成了。坐在房子里,看见窗子外的青山横卧在那

◎ 诗词地理学

里。鹅湖的青山风光秀美。这座房子是从去年开始建造的,建造过程中,燕已巢堂上。因为有病,酒杯菜盘都甘心情愿地戒了。到了夜里,仍然要用管弦的乐声解除忧愁。

## 破阵子·为陈同甫赋壮词以寄之
### 辛弃疾

醉里挑灯看剑,梦回吹角连营。八百里分麾[huī]下炙,五十弦翻塞外声,沙场秋点兵。

马作的卢飞快,弓如霹雳弦惊。了却君王天下事,赢得生前身后名,可怜白发生!

辛弃疾醉里挑亮油灯观看宝剑,梦里听到军营的号角声响成一片,把牛肉分给部下享用,让乐器奏起雄壮的军乐鼓舞士气。这是梦到了秋天在战场上阅兵的壮景。战马像的卢一样,跑得飞快;弓箭像惊雷一样,震耳离弦。一心想完成替君收复国家失地的大业,取得世代相传的美名,可惜已成了白发人!

# 齐鲁胜地

## 倚门回首,却把青梅嗅——济南

济南是宋代著名词人李清照的故乡。李清照的父亲李格非为当时著名学者,丈夫赵明诚为金石考据家。早期生活优越,李清明与赵明诚共同致力于书画金石的搜集整理。也就是在这样优裕的环境之下,写下了诸多脍炙人口的诗词。

### 如梦令·常记溪亭日暮

常记溪亭日暮,沉醉不知归路。兴尽晚回舟,误入藕花深处。争渡,争渡,惊起一滩鸥鹭。

这首《如梦令·常记溪亭日暮》是李清照的早期之作,此词以特有的方式追忆词人早期生活的情趣和心境,境界优美怡人,以尺幅之短给人以足够的美的享受。此词大致作于她 16 岁(宋哲宗元符二年,1099 年)之时,是时她来到汴京不久;此词亦当是她的处女作。

### 点绛唇
#### 李清照

蹴[cù]罢秋千,起来慵整纤纤手。露浓花瘦,薄汗轻衣透。

见客入来,袜刬金钗溜。和羞走,倚门回首,却把青梅嗅。

荡罢秋千起身,懒得揉搓细嫩的手。在她身旁,瘦瘦的花枝上挂着晶莹的露珠,她身上的香汗渗透着薄薄的罗衣。院里突然进来一位客人,她慌得顾不上穿鞋,只穿着袜子抽身就走,连头上的金钗也滑落下来。她含羞跑开,倚靠门回头看,又闻了一阵青梅的香气。

◎ 诗词地理学

## 浣溪沙
### 李清照

绣面芙蓉一笑开,斜飞宝鸭衬香腮。眼波才动被人猜。
一面风情深有韵,半笺娇恨寄幽怀。月移花影约重来。

此词当是李清照早期作品。写一位风韵女子与心上人幽会,又写信相约再会的情景。人物的肖像描写采用比拟、衬托、侧面描写的方法。语言活泼自然,格调欢快俊朗。

## 减字木兰花
### 李清照

卖花担上,买得一枝春欲放。泪染轻匀,犹带彤霞晓露痕。
怕郎猜道,奴面不如花面好。云鬓斜簪[zān],徒要教郎比并看。

全篇通过买花、赏花、戴花、比花,生动地表现了年轻词人天真、爱美的心情和好胜的脾性,可谓达到了"乐而不淫"的艺术境界。全词语言生动活泼,富有浓郁的生活气息,是一首独特的闺情词。

## 声声慢
### 李清照

寻寻觅觅,冷冷清清,凄凄惨惨戚戚。乍暖还寒时候,最难将息。三杯两盏淡酒,怎敌他、晚来风急?雁过也,正伤心,却是旧时相识。
满地黄花堆积。憔悴损,如今有谁堪摘?守着窗儿,独自怎生得黑?梧桐更兼细雨,到黄昏、点点滴滴。这次第,怎一个愁字了得!

金兵南下之后,安稳幸福的生活被骤然打破,李清照颠沛流离,国破、家亡、夫死,伤于人事,愁苦之情跃然纸上。"乍暖还寒时候,最难将息"写出了季节变化之际温度的波动和人体的不适,映衬出作者此时的心情。

## 蝶恋花
### 李清照

泪湿罗衣脂粉满。四叠阳关,唱到千千遍。人道山长山又断。萧萧微雨闻孤馆。惜别伤离方寸乱。忘了临行,酒盏深和浅。好把音书凭过雁。东莱不似蓬莱远。

与姐妹们分手时,惜别的泪水打湿了衣衫,洇湿了双腮,送别的《阳关曲》唱了一遍又一遍,纵有千言万语,也难尽别情。而今身在异乡,望莱州山长水远。寄宿馆所,秋雨潇潇,不禁感到无限凄清。被离情别绪搅得心乱如麻,竟不知那杯中酒是深是浅。最后嘱咐姐妹,你们要将音讯让过往的大雁捎来,以慰我心;东莱毕竟不像蓬莱那样遥远。

## 如梦令
### 李清照

昨夜雨疏风骤,浓睡不消残酒。
试问卷帘人,却道海棠依旧。
知否,知否?应是绿肥红瘦。

此词借宿酒醒后询问花事的描写,委婉地表达了作者怜花惜花的心情,充分体现出作者对大自然、对春天的热爱,也流露出内心的苦闷。全词篇幅虽短,但含蓄蕴藉,意味深长,以景衬情,委曲精工,轻灵新巧,对人物心理情绪的刻画栩栩如生,以对话推动词意发展,跌宕起伏,极尽传神之妙,显示出作者深厚的艺术功力。后人对此词评价甚高,尤其是"绿肥红瘦"一句,更为历代文人所激赏。

## 武陵春
### 李清照

风住尘香花已尽,日晚倦梳头。物是人非事事休,欲语泪先流。
闻说双溪春尚好,也拟泛轻舟。只恐双溪舴艋[zé měng]舟,载不动,许多愁。

这首词由表及里,从外到内,步步深入,层层开掘,上阕侧重于外形,下阕多偏重于内心。"日晚倦梳头""欲语泪先流"是描摹人物的外部动作和神态。这时她因金人南下,几经丧乱,志同道合的丈夫赵明诚早已逝世,自己只身流落金华,眼前所

◎ 诗词地理学

见的是一年一度的春景，睹物思人，物是人非，不禁悲从中来，感到万事皆休，无穷索寞。因此她"日晚倦梳头"，日高方起，懒于梳理。"欲语泪先流"，写得鲜明而又深刻。

## 一剪梅
### 李清照

红藕香残玉簟秋，轻解罗裳，独上兰舟。云中谁寄锦书来？雁字回时，月满西楼。
花自飘零水自流，一种相思，两处闲愁。此情无计可消除，才下眉头，却上心头。

荷已残，香已消，冷滑如玉的竹席，透出深深的凉秋。轻轻地脱下罗绸外裳，一个人独自躺上眠床。仰头凝望远天，那白云舒卷处，谁会将锦书寄来？正是雁群排成"人"字，一行行南归时候。月光皎洁浸人，洒满这西边独倚的亭楼。花，自顾地飘零，水，自顾地漂流。一种离别的相思，牵动起两处的闲愁。啊，无法排除，这相思，这离愁，刚从微蹙的眉间消失，又隐隐缠绕上了心头。

## 点绛唇
### 李清照

寂寞深闺，柔肠一寸愁千缕。惜春春去。几点催花雨。
倚遍阑干，只是无情绪。人何处。连天衰草，望断归来路。

闺房深深，寂寞人儿独居，柔肠一寸，便有愁思千缕。怜惜春天，春天又转眼逝去，催落它的，是那几滴冷雨。倚遍栏杆有何益？总是没有情绪。心上的人儿，你究竟在何处？望眼欲穿，只见那连天芳草，无尽头的归来路。

# 但愿人长久，千里共婵娟——密州

密州坐落于今天的山东省诸城市，是个人杰地灵的地方。据说在上古的时候，舜帝出生在诸城北的舜王街道诸冯村，也正因为如此，才有了"诸城"的名字。此后，历次沿革变迁，直到隋朝的时候，才改称为"密州"。

作为诸城历史上著名八大胜景之一的超然台，始建于元魏（即北魏）时期。后北宋苏轼任密州太守时，重修此台，由其弟苏辙为其取名为"超然台"。苏轼在此台上作了《水调歌头》《超然台记》等许多脍炙人口的名篇佳作，使诸城因此台而负盛名。

苏轼（1037年生）字子瞻，号东坡居士。在宋熙宁四年（1071）因对王安石变法持不同政见而自请外任。朝廷派他去当杭州通判，三年任满转任密州太守。在宋熙宁八年（1075）苏东坡出任密州太守时，曾因旱去常山祈雨，归途中与同官梅户曹会猎于铁沟，写了下面这首出猎词。

## 江城子·密州出猎
### 苏 轼

老夫聊发少年狂，左牵黄，右擎苍，锦帽貂裘，千骑卷平冈。为报倾城随太守，亲射虎，看孙郎。

酒酣胸胆尚开张，鬓微霜，又何妨？持节云中，何日遣冯唐？会挽雕弓如满月，西北望，射天狼。

说起祈雨，据记载东坡也曾在陕西祈雨，高声祷告："府主舍人，存心为国，俯念舆民，燃香霭以祷祈，对龙湫而恳望，优愿明灵敷感。"一个"恳"字，反映了恳切的祷告态度。

苏轼长期在外做官，与弟弟苏辙分离。每逢佳节倍思亲，就在中秋之夜，写下了千古绝唱《水调歌头》。"但愿人长久，千里共婵娟"，只希望自己思念的人平安长久，不管相隔千山万水，都可以一起看到明月皎洁美好的样子。这句话常用于表达对远方亲人的思念之情以及美好祝愿。

## 水调歌头
### 苏 轼

序：丙辰中秋，欢饮达旦，大醉，作此篇，兼怀子由。

明月几时有？把酒问青天。不知天上宫阙，今夕是何年？我欲乘风归去，又恐琼楼玉宇，高处不胜寒。起舞弄清影，何似在人间？

转朱阁，低绮［qǐ］户，照无眠。不应有恨，何事长向别时圆？人有悲欢离合，月有阴晴圆缺，此事古难全。但愿人长久，千里共婵娟。

## 江城子
### 苏 轼

前瞻马耳九仙山。碧连天。晚云闲。城上高台、真个是超然。莫使匆匆云雨散，

### 诗词地理学

今夜里，月婵娟。

小溪鸥鹭静联拳。去翩翩。点轻烟。人事凄凉、回首便他年。莫忘使君歌笑处，垂柳下，矮槐前。

垂柳和矮槐，都是黄河流域常见的优美景观树种。

九仙山在日照市五莲县，奇峰异石与洞窟泉瀑之多，与五莲山并称双绝。苏轼有诗赞曰："二华行看雄陕右，九仙今已压京东。"

## 九万里风鹏正举——蓬莱

因"蓬莱仙境"而充满了仙气，蓬莱是道家向往的胜地。道教在秦汉后才日渐形成，故蓬莱在秦汉以后才名声渐长。战国的战乱使人们渴望一个安静隐秘的地方，加之方士、巫士为了迎合统治者的心理推波助澜，蓬莱这座仙山声名鹊起。

### 渔家傲
#### 李清照

天接云涛连晓雾，星河欲转千帆舞。仿佛梦魂归帝所。闻天语，殷勤问我归何处。
我报路长嗟日暮，学诗谩有惊人句。九万里风鹏正举。风休住，蓬舟吹取三山去！

方士们说大海中有蓬莱、方丈、瀛洲，战国时候的齐威王、齐宣王以及燕昭王，乃至秦始皇、汉武帝等都劳民伤财地派人去寻找蓬莱的仙境，未果。

# 江南景致

## 浪摇晴练欲飞空——上海

### 满江红·淀山湖
#### 吴文英

云气楼台，分一派、沧浪翠蓬。开小景、玉盆寒浸，巧石盘松。风送流花时过岸，浪摇晴练欲飞空。算鲛宫、祇［zhī］隔一红尘，无路通。

神女驾，凌晓风。明月佩，响丁东。对两蛾犹锁，怨绿烟中。秋色未教飞尽雁，夕阳长是坠疏钟。又一声、欸［ěi］乃过前岩，移钓篷。

淀山湖位于上海市青浦区，是青浦新城的核心景观带，邻接江苏省昆山市，是上海最大的天然淡水湖泊，上海的母亲河——黄浦江的源头。环湖散落着享誉盛名的朱家角古镇、上海大观园、东方绿舟、上海太阳岛、陈云纪念馆等5个国家4A级景区。早在宋代，淀山湖上就有淀山，正好处于湖的中央，宛若湖上的一颗明珠，瑶台楼阁，落星浮玉，宛若仙境。作者描述湖上水气缭绕，淀山雾气氤氲［yīn yūn］，秋色中大雁南飞，迷恋湖光山色，在这里徘徊的景象。夕阳中寺钟缓缓回荡，意蕴悠长。

吴文英，字君特（约1200—1260），四明（今浙江宁波）人。一生未第。于苏、杭、越（绍兴）三地居留最久。并以苏州为中心，北上到过淮安、镇江、上海，苏杭道中又历过吴江垂虹亭、无锡惠山及茹霅［zhá］二溪。游踪所至，每有题咏。晚年一度客居越州。有《梦窗词集》一部，存词三百四十余首。风格雅致，多酬答、伤时与忆悼之作，号"词中李商隐"。

### 浣溪沙
#### 〔南唐〕李 璟

手卷真珠上玉钩，依前春恨锁重楼。风里落花谁是主？思悠悠！
青鸟不传云外信，丁香空结雨中愁。回首绿波三楚暮，接天流。

◎ 诗词地理学

作者用丁香结,即丁香的花蕾来象征人们的愁心,把丁香结和雨中惆怅联系在一起了。

## 波心荡、冷月无声——扬州

### 望海潮·广陵怀古
秦 观

星分牛斗,疆连淮海,扬州万井提封。花发路香,莺啼人起,珠帘十里东风。豪俊气如虹,曳照春金紫,飞盖相从。巷入垂杨,画桥南北翠烟中。

追思故国繁雄。有迷楼挂斗,月观横空。纹锦制帆,明珠溅雨,宁论爵马鱼龙。往事逐孤鸿,但乱云流水,萦带离宫。最好挥毫万字,一饮拼[pīn]千钟。

扬州"疆连淮海",淮海之名最早见于《尚书·禹贡》,主要是指包括淮阴与海州地区(江苏连云港)在内的苏鲁豫皖四省交界地区,它东濒黄海,西连中原,南邻江淮,北接齐鲁。淮海地区是历史自然形成的经济区域,山水相连、习俗相似、道路相接、商旅相通,自古以来区域之间就保持和延续着密切的人际交往、经济贸易、文化往来和社会联系。

### 扬州慢
姜 夔

淳[chún]熙丙申至日,予过维扬。夜雪初霁[jì],荠[jì]麦弥望。入其城,则四顾萧条,寒水自碧,暮色渐起,戍[shù]角悲吟。予怀怆然,感慨今昔,因自度此曲。千岩老人以为有"黍离"之悲也。

淮左名都,竹西佳处,解鞍少驻初程。过春风十里,尽荠[jì]麦青青。自胡马窥江去后,废池乔木,犹厌言兵。渐黄昏,清角吹寒,都在空城。

杜郎俊赏,算而今重到须惊。纵豆蔻[kòu]词工,青楼梦好,难赋深情。二十四桥仍在,波心荡、冷月无声。念桥边红药,年年知为谁生?

《扬州慢》这首词是宋代词人姜夔的代表作。此词开头三句点明扬州昔日名满华夏的繁华景象,以及自己对传闻中扬州的深情向往;接着,写映入眼帘的只是无边的荞麦，与传闻的昔日盛况截然不同；"自胡马"三句，言明眼前的残败荒凉完全是金兵南侵造成的，在人们心灵上留下不可磨灭的创伤；"渐黄昏"三句，以回荡于整座空城之上的凄凉呜咽的号角声，进一步烘托今日扬州的荒凉落寞。下片化用杜牧系列诗意，抒写自己哀时伤乱、怀昔感今的情怀。"杜郎"成为词人的化身，词的表面是咏史、写古人，更深一层是写己与叹今。全词洗尽铅华，用雅洁洗练的语言，描绘出凄淡空蒙的画面，笔法空灵，寄寓深长，声调低婉，具有清刚峭拔之气势，冷僻幽独之情怀。它既控诉了金朝统治者发动掠夺战争所造成的灾难，又对南宋王朝的偏安政策有所谴责，有一定的积极意义。

扬州，古称广陵、江都、维扬，建城史可上溯至公元前486年。扬州地处江苏省中部，长江与京杭大运河交汇处，是首批国家历史文化名城，江苏长江经济带的重要组成部分，南京都市圈城市和长三角城市群城市，国家重点工程南水北调东线水源地。

隋朝的扬州，杨广在此经营十年，奠定基业，最后也丧命于此，那时的扬州有"帝王气"。

唐代的扬州，号称"扬一益二"，是全国的经济重镇，文人荟萃，那时的扬州有财气。

宋代的扬州，韩琦、欧阳修、苏轼流连不断，那时的扬州有灵气。

宋末的扬州，是抗元的堡垒，文天祥在此被捕又逃脱，扬州的守军坚持到赵宋朝廷覆灭，那时的扬州有义气。

元代的扬州，在马可·波罗笔下繁华似锦，西域波斯客商云集，那时的扬州有豪气。

明代的扬州，大学士史可法殉国取义、与城共生，那时的扬州有正气。

清代的扬州，漕盐商帮日进斗金，"扬州八怪"推陈出新，是名副其实的经济文化中心，那时的扬州有名气。

瘦西湖是扬州城外一条较宽的河道，原名保扬湖，"瘦西湖"之名直到清乾隆年间才广为流传。清代，康熙和乾隆两位皇帝均六次南巡来此，对这里的景色赞赏有加。《扬州画舫录》中记载"乾隆二十二年……两岸皆建名园"，此时的"瘦西湖"便从一条河道成为串联各园景观的名湖。再加上乾隆年间钱塘（今杭州）诗人汪沆赋诗《咏保障河》："垂杨不断接残芜，雁齿虹桥俨画图。也是销金一锅子，故应唤作瘦西湖"，从而使得"瘦西湖"名扬天下。

## 千古兴亡多少事——镇江

三国时，刘备来甘露寺招亲，当他看到北固山雄峙江滨，水天开阔，风景壮美，

> 诗词地理学

不禁赞叹道:"此乃天下第一江山也。"甘露寺雄踞在北固山后峰的顶上,所以北固山有"夺冠山"之说。《三国演义》第 54 回"吴国太佛寺看新郎,刘皇叔洞房续佳偶"的故事就发生在这里。甘露寺招亲,弄假成真,刘备得了便宜卖乖,孙权哑巴吃黄连,二人心照不宣。某天二人同游,刘备见水池中有一块巨石,便拔出配剑,仰天默祷:"我若能返回荆州,成王霸之业,剑下石裂,若死于此地,剁石不开。"手起剑落,石头应声开裂。孙权在旁明知故问:"玄德为何剑劈此石?"刘备自然口是心非。孙权也拔出宝剑,向另一块石头劈去,剑落石开。两人相视,仰天长笑,留下这两块裂开的石头,被称作"试剑石"。

## 南乡子·登京口北固亭有怀
### 辛弃疾

何处望神州?满眼风光北固楼。千古兴亡多少事?悠悠,不尽长江滚滚流。

年少万兜鍪[dōu móu],坐断东南战未休。天下英雄谁敌手?曹刘,生子当如孙仲谋。

北固楼位于镇江,在此楼上眺望北方,词人心疼落入敌手的大片国土地。词人曾带兵争战,并盼望有孙权这样不畏强解的人出现,对抗北方入侵的军兵。

"何处望神州",这里的"神州"是词人心中不忘的中原地区,是他一生都想收复的地方。

## 永遇乐·京口北固亭怀古
### 辛弃疾

千古江山,英雄无觅,孙仲谋处。舞榭歌台,风流总被,雨打风吹去。斜阳草树,寻常巷陌,人道寄奴曾住。想当年,金戈铁马,气吞万里如虎。

元嘉草草,封狼居胥,赢得仓皇北顾。四十三年,望中犹记,烽火扬州路。可堪回首,佛(bì)狸祠下,一片神鸦社鼓。凭谁问,廉颇老矣,尚能饭否?

站在镇江北固亭上,作者借怀古抒发胸臆。想当年,气尽万里如虎。我虽年纪不轻了,却壮志犹存,像年老的廉颇大将那样,饭量很好,还想打仗。

辛弃疾是山东济南人。他的祖父辛赞在靖康之变、宋室南渡后"累于族众",无法南下,遂仕于金国。尽管如此,辛赞却一直希望有机会能够拿起武器和金人决一死战,他常带着辛弃疾"登高望远,指画山河",使辛弃疾养成了燕赵奇士的侠义之气。他曾力排众议,创制飞虎军,以稳定湖湘地区。由于他与朝廷的主和派政见不合,故而屡遭劾奏,数次起落,最终退隐山居。辛弃疾一生以恢复为志,却壮志难酬。他始终没有放弃收复中原的信念,把满腔激情和对民族命运的关切、忧虑,全部寄寓于词作之中。其词艺术风格多样,以豪放为主,风格沉雄豪迈,也不乏细腻柔媚之处;题材广阔,又善化用典故入词,抒写力图恢复国家领土的爱国热情,倾诉壮志难酬的悲愤,也有不少吟咏祖国河山的作品。现存词六百多首,有《稼轩长短句》等。

## 千古夕阳红——铁瓮城

铁瓮城,又名京(京口)城、子城。最早南朝顾野王在《舆地志》中记载:"(京城)吴大帝孙权所筑,周回六百三十步,开南、西二门,内外皆固以砖甓。"东汉建安十三年(208),孙权将政权中心从吴(今苏州)迁至京城(今镇江),是年发生赤壁之战。虽然其时孙权尚未称王,但铁瓮城实际上已具备了王城的地位和格局。清康熙诗中就曾以"半面烟岚雄北固,一方形势控东吴"来形容铁瓮城的雄险。镇江"铁瓮城"是保存至今的三座三国时期的东吴古都之一,独具建造年代最早、保存的遗迹最完整、建有砌筑护城砖墙的特色。

### 定风波·铁瓮城
#### 仲 殊

南徐好,鼓角乱云中。金地浮山星两点,铁城横锁瓮三重。开国旧夸雄。
春过后,佳气荡晴空。渌[氵]水画桥沽酒市,清江晚渡落花风。千古夕阳红。

### 定风波·多景楼
#### 仲 殊

南徐好,多景在楼前。京口万家寒食日,淮南千里夕阳天。天际几重山。
莺啼处,人倚画阑干。西塞烟深晴后色,东风春减夜来寒。花满过江船。

在宋代文人仲殊的眼里,铁瓮城既有着军事重地的森严气象,又不乏江南碧水画桥、落花流水的秀丽明媚。

◎ 诗词地理学

# 独立小桥风满袖——绍兴

## 点绛唇
### 王禹偁 [chēng]

雨恨云愁，江南依旧称佳丽。水村渔市，一缕孤烟细。天际征鸿，遥认行如缀。平生事，此时凝睇 [dì]，谁会凭阑意。

绍兴是一座地方色彩浓郁的水城，悠悠古道，绿水莹莹，石桥飞架河流，轻舟穿梭其中，好一副江南水乡景色。这里洞桥相映，水碧盈天，溪泉成瀑，折流而下。奇特的石景更是鬼斧神工。

## 鹊踏枝
### 〔五代〕冯延巳 [sì]

谁道闲情抛掷久。每到春来，惆怅还依旧。日日花前常病酒，敢辞镜里朱颜瘦。河畔青芜堤上柳。为问新愁，何事年年有？独立小桥风满袖，平林新月人归后。

绍兴是桥的"故乡"，桥上也流传着诸多美妙动人的传说。陆游的春波桥是无奈，五代词人冯延巳的桥却是佳人盼归，遥遥无期的惆怅。

## 沈园孤鹤轩对联

宫墙柳　一片柔情　付与东风飞白絮
六曲栏　几多绮思　频抛细雨送黄昏

该对联在第一章"千古绝唱"部分已对沈园有所介绍。

## 乱红飞尽绿成阴——兰亭

### 太平时
#### 陆 游

竹里房栊一径深，静悄悄。乱红飞尽绿成阴，有鸣禽。
临罢兰亭无一事，自修琴。铜炉袅袅海南沉，洗尘襟。

竹林里有一间小屋和一条深深的小路，十分安静。红花落尽后，绿树成荫。禽声鸣叫开来。临摹完兰亭序后，自己弹琴打发时光。铜炉里海南沉香袅袅升起，洗尽衣襟无数尘埃。

王羲之所说的兰亭，早在他写《兰亭集序》之前就有，只不过因为王羲之，兰亭才闻名于世。那么兰亭究竟在哪里？根据《嘉泰会稽志》记载："兰亭在县西南二十七里。"虽然《兰亭集序》说："会于会［kuai］稽山阴之兰亭"，那兰亭究竟在会稽山山脉的什么地方呢？郦道元在《水经注·浙江水注》中考证说："浙江东与兰溪合，湖南有天柱山，湖口有亭，号曰兰亭，亦曰兰上里。太守王羲之、谢安兄弟，数往造焉。吴郡太守谢勋封兰亭侯，盖取此亭以为封号也。太守王羲之移亭在水中。晋司空何无忌之临也，起亭于山椒，极高尽眺矣，亭宇虽坏，基陛尚存。"这里讲的湖当指鉴湖；兰溪，即指兰亭溪。当时鉴湖的范围很大。从这则记载可知，兰亭在晋朝已数次迁移。

## 斜晖脉脉水悠悠——湖州

### 望江南
#### ［唐］温庭筠［yún］

梳洗罢，独倚望江楼。过尽千帆皆不是，斜晖脉脉水悠悠。肠断白蘋［píng］洲。

湖州是一座具有2300多年历史的江南古城，建制始于战国。提到湖州，从名字就很自然地联想到湖光水色，联想到江南水乡，进而联想到温婉细腻的江南女子。那些古代女子倚望江楼，思绪千般，惆怅难遣。温庭筠的《望江南·梳洗罢》就以空灵疏荡之笔塑造了一个望夫盼归、凝愁含恨的思妇形象。千帆远去，斜晖脉脉，流水无情、情真意切，语言精练含蓄而余意不尽。

## 江山如画，一时多少豪杰——黄州

北宋元丰三年（1080）春，苏轼因乌台诗案遭贬，被发配到黄州。他在此逸兴吟哦，与文人一同唱和，写下了诸多流传千古的名篇佳作。黄州因此与苏东坡结下了不解之缘，有了名气。

### 念奴娇·赤壁怀古
#### 苏 轼

大江东去，浪淘尽，千古风流人物。故垒西边，人道是，三国周郎赤壁。乱石穿空，惊涛拍岸，卷起千堆雪。江山如画，一时多少豪杰。

遥想公瑾当年，小乔初嫁了，雄姿英发。羽扇纶巾，谈笑间，樯橹灰飞烟灭。故国神游，多情应笑我，早生华发。人生如梦，一尊还酹江月。

本词怀古抒情地，写自己消磨壮心殆尽，转而以旷达之心关注历史和人生。上阕以描写赤壁风起，浪涌的自然风景为主，意境开阔博大，感慨隐约深沉。将浩荡长江与千古人物并收笔下。苏轼此处有心得：既然千古风流人物也难免如此，那么一己之荣辱穷达何足悲叹！

### 鹧鸪天
#### 苏 轼

林断山明竹隐墙，乱蝉衰草小池塘。翻空白鸟时时见，照水红蕖［qú］细细香。村舍外，古城旁，杖藜［lí］徐步转斜阳。殷勤昨夜三更雨，又得浮生一日凉。

上片写景，下片写人。远处有葱郁的树林、高山近处有翠竹。描写出林、山、竹、墙、蝉、草、池塘七种景色。白鸟上下翻飞，荷花映绿水，散发出柔和的芳香。诗人在外下沿村边小道散步，感恩今日天气凉爽，是于昨夜天公下了一场雨。

东坡来到这里虽说是被贬谪，但是诗词中的景象异常闲适，充满生活情趣。可见诗人那豪放豁达、超然物外的胸襟。

## 苦笋鲥鱼乡味美——苏州

江苏苏州是中国首批 24 座国家历史文化名城之一，是吴文化的发祥地。苏州方言被称为吴侬软语，苏州绘画吴门画派历史源远流长，苏州还是昆曲和苏剧的故乡。

苏州常常被人称作"人间天堂"，这里悠悠古迹中透着丝丝悠闲。人们品清茶，听昆曲，真如置身人间天堂。词人贺铸即使是到了汴京，也会对江南的春色意犹未尽：宝马雕车，春风丽日，漫天的柳絮，好一派江南三月阳春明媚的风光。

### 梦江南
#### 贺　铸

九曲池头三月三。柳毵［sān］毵。香尘扑马喷金衔。浣［wǎn］春衫。苦笋鲥［shí］鱼乡味美，梦江南。阊［chāng］门烟水晚风恬。落归帆。

此词并非一般地记述冶游、描摹春景，而是有很浓厚的乡思渗透其中，抒写了词人的性情，可谓"格见于全篇浑然不可镌，气出于言外浩然不可屈"。但作品中情思又表现得非常蕴藉，如写汴京春景，初读只见繁盛，而浑不觉有其他用意。细读发现，作者的感情，虽更倾向于"苦笋鲥鱼"的江南，但前面写汴京春游，又不是简单地用来对比或反衬，而是递进关系，让人感到后者由前者引发，感情是自一种更深的体验中升华而出的。

### 醉落魄
#### 苏　轼

苍颜华发，故山归计何时决！旧交新贵音书绝，惟有佳人，犹作殷勤别。
离亭欲去歌声咽，潇潇细雨凉吹颊。泪珠不用罗巾浥［yì］，弹在罗衫，图得见时说。

本词作于苏州。词中表达了苏轼的思乡之情和未有归计的感慨。表达了与旧交新贵音断书绝的孤独感。此外，还提到佳人对作者的一往情深。

容颜苍老，白发满头，回家的计划不知何时能实现。老友新朋都已断了联系，只

◎ 诗词地理学

有你殷勤为我设宴践行。就要告别而去,开口未歌先凄咽,细雨和凉风吹打着面颊。不要用手帕擦眼泪,就任由它洒满衣衫吧,再次相会时,便把这作为相知、想念的凭证。

## 永遇乐
### 柳 永

天阁英游,内朝密侍,当世荣遇。汉守分麾,尧庭请瑞,方面凭心膂[lǔ]。风驰千骑,云拥双旌,向晓洞开严署。拥朱幡(fān)、喜色欢声,处处竞歌来暮。

吴王旧国,今古江山秀异,人烟繁富。甘雨车行,仁风扇动,雅称安黎庶。棠郊成政,槐府登贤,非久定须归去。且乘闲、孙阁长开,融尊盛举。

宋庆历六年(1046),一生"久困选调",慨叹"游宦成羁旅"的柳永再度游苏州,并作词《永遇乐·天阁英游》赠苏州知州滕宗谅。

# 况逢佳处辄销凝——姑苏台

## 水调歌头·姑苏台
### 张镃[zī]

孤棹[zhào]溯霜月,还过阖闾[hé lú]城。系船杨柳桥畔,吹袖晚寒轻。百尺层层重上,万事红尘一梦,回首几周星。风调信衰减,亲旧总凋零。

认群峰,寻四塔,尘烟横。平生感慨,况逢佳处辄销凝。休说当时雕辇[niǎn],不见后来游鹿,斜照水空明。猛把画阑拍,飞雁两三声。

本词表达对往昔时光和故土的怀念之情。全词迈过细腻的景物描写和深沉的情感抒发,尽现了作者在姑苏台上的所见所感。

苏州城外有姑苏台,也就是今天的灵岩山。姑苏台又名姑胥台,台高三百丈,宽八十四丈,九曲路拾级而上。登上巍巍高台,可饱览方圆二百里范围内湖光山色和田园风光,其景闻名天下。高台四周栽上四季之花、八节之果,横亘五里,还建灵馆、挖天池、开河、造龙舟、围猎物,供吴王逍遥享乐。

## 双声子·晚天萧索
柳　永

晚天萧索，断篷踪迹，乘兴兰棹东游。三吴风景，姑苏台榭，牢落暮霭初收。夫差旧国，香径没、徒有荒丘。繁华处，悄无睹，惟闻麋鹿呦呦。

想当年、空运筹决战，图王取霸无休。江山如画，云涛烟浪，翻输范蠡扁[piān]舟。验前经旧史，嗟漫哉、当日风流。斜阳暮草茫茫，尽成万古遗愁。

春秋战国时期，吴越争霸，吴王夫差战胜越王之后，就在吴中称霸。吴王从此不可一世，得意忘形，骄奢淫逸，大兴土木。为了修建姑苏台，光材料就准备了3年，历时9年才建成。夫差不理政事，终日花天酒地；而越王勾践卧薪尝胆，伺机待发。最终吴国在越国的攻打下一败涂地，夫差狼狈地逃上姑苏山，在越国军队的包围之下，走投无路，刎颈自杀，徒然为后世文人骚客遗留话柄。

## 树密藏溪，草深迷市 ——无锡

江苏无锡简称"锡"，古称梁溪、金匮，被誉为"太湖明珠"。无锡市位于长江三角洲平原腹地，江苏南部，是太湖流域的交通中枢，京杭大运河从中穿过。无锡北倚长江，南濒太湖，东接苏州，西连常州，与苏州、常州构成苏锡常都市圈。

无锡的由来：有人说周、秦时期锡山产锡，至汉朝锡尽，故名"无锡"。无锡自古就是鱼米之乡，素有"布码头""钱码头""窑码头""丝都""米市"之称，是国家历史文化名城，苏南模式的发祥地。无锡文化属吴越文化。

惠山是无锡著名的景点，属于浙江天目山由东向西绵延的支脉，最高峰为三茅峰，海拔328.98米，占地面积约20平方公里。清代乾隆皇帝游览惠山后不禁感叹道："入江南境，扬州但繁华，无真山水；金山佳矣，而有戒心；惟惠山幽雅娴静。"

江南遍布丘陵地貌，江边多山地。惠山泉在唐代就闻名遐迩。曾经写下《茶经》的"茶圣"陆羽就两次来到无锡，他认为惠山泉水宜茶，后人就称惠山泉为"陆子泉"。它的另一个称号是"天下第二泉"。苏轼在宋熙宁七年（1074）初夏，不惜石路萦回，来到惠山品茶试泉，并作诗。

◎ 诗词地理学

## 惠山烹小龙团
### 苏　轼

踏遍江南南岸山，逢山未免更留连。
独携天上小团月，来试人间第二泉。
石路萦回九龙脊，水光翻动五湖天。
孙登无语空归去，半岭轻风万壑传。

## 水龙吟·惠山酌泉
### 吴文英

艳阳不到青山，古阴冷翠成秋苑。吴娃点黛，江妃拥髻，空蒙遮断。树密藏溪，草深迷市，峭［qiào］云一片。二十年旧梦，轻鸥素约，霜丝乱、朱颜变。

龙吻春霏玉溅。煮银瓶、羊肠车转。临泉照影，清寒沁骨，客尘都浣［huàn］。鸿渐重来，夜深华表，露零鹤怨。把闲愁换与，楼前晚色，棹沧波远。

"古阴冷翠成秋苑"，山北面的特点。"树密藏溪，草深迷市"描绘了优美的自然生态。

宋代掀起了茶与泉的文化，苏轼、秦观、蔡襄、黄庭坚等人都在惠山泉留下了脍炙人口的诗篇。吴文英的词记述作者重游惠山泉的经历，描写了惠山的美景和泉水的清香，并抒发了作者的羁旅情怀。

## 燕子楼中思悄然——徐州

江苏徐州在古代被称为彭城，已经有5000年的历史了。原始社会末期，帝尧时彭祖建大彭氏国，是江苏境内最早出现的城邑。彭祖是精通导引、擅长烹饪的长寿长者。春秋战国时期，彭城先后为宋邑、徐国国都、楚国国都。秦汉之际，西楚霸王项羽建都彭城。彭城还是西汉、东汉、三国时曹魏和西晋等的国都；汉高祖刘邦就是从这里出去，建立了西汉王朝。

徐州现有云龙湖、云龙山、彭祖园、龟山汉墓、楚王陵、戏马台、沛县汉城、徐州潘安湖湿地公园等旅游景点，有"彭祖故国、刘邦故里"之称，拥有大量文化遗产、名胜古迹和深厚的历史底蕴，被称作"东方雅典"。

燕子楼是徐州五大名楼之一，因飞檐挑角形如飞燕而得名，现位于徐州市云龙公园知春岛上。燕子楼原为唐朝贞元年间武宁节度使张愔［yīn］为其爱妾、著名女诗人关盼盼所建的一座小楼。张逝世后，关矢志不嫁。张仲素和白居易为之题咏，遂使此楼名垂千古。后历代诗人咏诵不绝。

唐景福二年（893），徐州行营兵马都统时溥兵败于朱温，携家眷登燕子楼自焚而死。此后该楼屡废屡建，抗日战争时期再次被占领军拆为平房。1985年方重建于现址。

## 燕子楼（三首之二）
〔唐〕关盼盼

北邙［máng］松柏锁愁烟，燕子楼中思悄然。
自埋剑履歌尘散，红袖香销一十年。

关盼盼是徐州人，她因能歌善舞、多才多艺而闻名于当时。她轻盈的舞姿，婀娜动人；歌喉圆润，声音清丽，诗人们就曾称赞她为"歌尘"。关盼盼姿色俏丽，品貌出众。苏轼任徐州知州时，夜宿燕子楼，感梦抒怀作了《永遇乐·彭城夜宿燕子楼》。

## 永遇乐·彭城夜宿燕子楼
苏 轼

明月如霜，好风如水，清景无限。曲港跳鱼，圆荷泻露，寂寞无人见。紞如三鼓，铿然一叶，黯黯梦云惊断。夜茫茫，重寻无处，觉来小园行遍。

天涯倦客，山中归路，望断故园心眼。燕子楼空，佳人何在，空锁楼中燕。古今如梦，何曾梦觉，但有旧欢新怨。异时对，黄楼夜景，为余浩叹！

月光皎洁像给大地铺上轻霜，秋风送爽犹如流水一般清凉，这清秋的夜色令人如此沉醉。弯曲的港湾，鱼儿跳出了水面；圆圆的荷叶，露珠儿晶莹流转，如此寂寞却是无人见。夜色茫茫无处重寻梦里悲欢，醒来后走遍小园，心中多惆怅。我是客居天涯的游子，已经感到十分困倦；一心想归隐到山林之中去，但是故园遥遥，令人望眼欲穿。燕子楼空，佳人今日又在何处？楼中空自关着双飞的紫燕。古往今来如梦，何人曾梦中醒，只因为有旧欢新怨缠绵不断。将来有一天，会有人对着徐州的黄楼夜景，为我发出人事变迁的长叹。

◎ 诗词地理学

## 江城子·别徐州
苏轼

天涯流落思无穷。既相逢,却匆匆。携手佳人,和泪折残红。为问东风余几许?春纵在,与谁同?

隋堤三月水溶溶。背归鸿,去吴中。回首彭城,清泗与淮通。欲寄相思千点泪,流不到,楚江东。

宋元丰二年(1079)三月,苏轼由徐州调任湖州,途中,对徐州充满了留恋,又作了这首《江城子·别徐州》,将积郁的愁思注入即事即地的景物之中,抒发了作者对徐州风物人情无限留恋之情,并在离愁别绪中融入了深沉的身世之感。"别恨"是全词主旨,上片写别时情景,下片想象别后境况。

## 燕何归,鸿欲断,蝶休忙——襄阳

襄阳位于湖北省西北部,汉江中游平原腹地,因地处襄水之阳而得名,汉水穿城而过,分出南北两岸的襄阳、樊城,隔江相望。两城历史上都是军事与商业重镇。

钟灵毓[yù]秀的襄阳,孕育了孟浩然、皮日休和杜审言等人。民间文化以三国文化和荆楚文化为主要特色,著名景点有隆中风景名胜区、襄阳城等;刘备"三顾茅庐""隆中对"等故事就发生在这里。

岘[xiàn]山:襄阳岘山俗称"三岘",包括岘首山(下岘)、紫盖山(中岘)、万山(上岘)。它背靠巍巍大荆山,环抱"铁打的襄阳",遥控"纸糊的樊城",峰岩直插滔滔汉水,雄据一方。岘山到处是名胜,遍身皆古迹。刘备马跃檀溪处、风林关射杀孙坚处、羊祜[hù]的堕泪碑与杜预的沉潭碑、刘表墓与杜甫墓、张公祠和高阳池、王粲井、蛮王洞等都在这里,蜿蜒数公里。

## 与诸子登岘山
〔唐〕孟浩然

人事有代谢,往来成古今。
江山留胜迹,我辈复登临。
水落鱼梁浅,天寒梦泽深。
羊公碑尚在,读罢泪沾襟。

这是一首吊古伤今的作品,由怀念羊公而感叹自己的身世。人间的事情都有更替变化,来来往往的时日形成古今。羊公碑依然矗立,读罢碑文泪湿衣。

羊祜(221—278 年),字叔子,泰山南城人。著名战略家、政治家和文学家。博学能文,清廉正直。司马炎有吞吴之心,上命羊祜坐镇襄阳,都督荆州诸军事。在之后的 10 年里,羊祜屯田兴学,以德怀柔,深得军民之心。他死后,襄阳的老百姓就在他曾经游历过的地方树碑立庙,人们哀悼羊祜时,不禁潸然落泪,因此就将这块碑称作"堕泪碑"。宋代文人对羊祜仰慕至极,写了不少词作来歌咏他。

## 水调歌头(游燕赏潭洞)
### 曹 冠

游燕赏潭洞,舒啸对云峰。瀑泉飞下银汉,一水净涵空。前度刘郎诗句,只咏丹青摹写,佳境未亲逢。争似我吟赏,携酒屡从容。

濯尘缨,挥羽扇,快薰风。因思往古游者,清兴与今同。泉石因人轻重,岘首名传千古,登览赖羊公。陵谷有迁变,勋烈耀无穷。

本词以观景为引,表达了对山水的赞叹。诗中突出了人的角色,认为泉水石头之美因人而异,同时向羊公致谢。最后,诗人认山陵谷地的变迁来反衬英勇事迹的永世传颂。

## 水调歌头(不饮强须饮)
### 刘辰翁

不饮强须饮,今日是重阳。向来健者安在,世事两茫茫。叔子去人远矣,正复何关人事,堕泪忽成行。叔子泪自堕,湮[yān]没使人伤。

燕何归,鸿欲断,蝶休忙。渊明自无可奈,冷眼菊花黄。看取龙山落日,又见骑台荒草,谁弱复谁强。酒亦有何好,暂醉得相忘。

怀念羊公,忽然调成行。燕蝶飞舞,重阳菊黄。酒有何好处?暂时一醉忘却烦恼。

◎ 诗词地理学

## 点绛唇（岘首亭空）
### 王安中

岘首亭空，劝君休堕羊碑泪。宦游如寄。且伴山翁醉。说与鲛人，莫解江皋[gāo]佩。将归思。晕红萦翠。细织回文字。

本词是送人归襄阳之作。作者是北京末年人，外患频仍，亡国之祸迫眉睫，作者晚年仕途不顺，屡遭贬谪。神女解佩处，是汉江中的一个沙洲将思念织入锦字回文诗，聊解思念之苦。

# 书乡茶香

## 悬崖峭壁，瀑布争流——黄山

### 沁园春·忆黄山
#### 汪莘

三十六峰，三十六溪，长锁清秋。对孤峰绝顶，云烟竞秀，悬崖峭壁，瀑布争流。洞里桃花，仙家芝草，雪后春正取次游。亲曾见，是龙潭白昼，海涌潮头。

当年黄帝浮丘。有玉枕玉床还在不。向天都月夜，遥闻凤管，翠微霜晓，仰盼龙楼。砂穴长红，丹炉已冷，安得灵方闻早修。谁知此，问原头白鹿，水畔青牛。

延绵数百里的黄山，千峰万壑，比比皆松。黄山松，千姿百态，针叶粗短，苍翠浓密；或倚岸挺拔，或独立峰巅，或倒悬绝壁，或冠平如盖，或尖削似剑。有的循崖度壑，绕石而过；有的穿罅〔xià〕穴缝，破石而出。你可尽情领略自然的奇松盛景。著名的迎客松就是黄山的标志。

这里还是雾的天下，站在山巅，但见飞雾缭绕，宛若大海中的波浪，风涌波起。漫天的云雾和层积云随风飘逸，时而上升，时而下坠，时而回旋，时而舒展，构成一幅奇特的千变万化的云海大观。飘动的云随风而动，诸多山峰赫然显露，层峦叠嶂，忽隐忽现，一幅流动的山水画呈现在眼前。

徐霞客从小时候起就对大好河山颇感兴趣。年轻时的徐霞客饱读诗书，满腹经纶，他早已看清了官场的昏暗，因而选择了一条别人从未走过的道路，那就是考察山川地貌。"生平只负云小梦，一步能登天下山。"二十多岁的时候就开始了他的旅行之路。每到一个地方，他都认真地做好笔记，包括地貌、地质、水文、气候等。他的努力没有白费，终于写成了我国最早最完善的一部地理地质文学作品——《徐霞客游记》。这部游记对我国地理地质的研究有着里程碑的作用，被誉为17世纪最伟大的地理学著作。李白与徐霞客，可以说是诗词地理学的先驱人物。

图4-1 黄山夕照

图4-2 秀美峰峦

图4-3 松生岩隙

图4-4 黄山潭碧水

◎ 诗词地理学

## 桃花红，李花白，菜花黄——婺［wù］源

婺源县，古徽州一府六县之一，今属江西省上饶市下辖县。位于江西省东北部，赣、浙、皖三省交界处。代表文化是徽文化，素有"书乡""茶乡"之称，是全国著名的文化与生态旅游县，被外界誉为"中国最美的乡村"。

篁［huáng］岭十万亩梯田油菜花在4月中旬进入观赏佳期。

### 行香子
#### 秦 观

树绕村庄，水满陂［bēi］塘。倚东风、豪兴徜徉。小园几许，收尽春光。有桃花红，李花白，菜花黄。

远远围墙，隐隐茅堂。飏［yáng］青旗、流水桥旁。偶然乘兴、步过东冈。正莺儿啼，燕儿舞，蝶儿忙。

绿树绕着村庄，春水溢满池塘；沐浴着东风，带着豪兴我信步而行。小园很小，却收尽春光。桃花正红，李花雪白，菜花金黄。远远一带围墙，隐约有几间茅草屋。青色的旗帜在风中飞扬，小桥矗立在溪水旁。偶然乘着游兴，走过东面的山冈。莺儿鸣啼，燕儿飞舞，蝶儿匆忙，一派大好春光。

### 对月思故乡
#### 朱 熹

沉沉新秋夜，凉月满荆扉。
露泫凝余彩，川明澄素晖。
中林竹树映，疏星河汉稀。
此夕情无限，故园何日归。

初秋夜色深沉，冰凉的月光浸满旧木门窗。露珠泫然欲滴凝结着月色的余光，远处的河流被明亮清澈的月光笼罩。林中的青竹与月亮相映衬，天上银河只有数点疏星。这一夜啊我愁思无限——何时我才能回归故乡亲人的怀抱呀！

## 江水侵云影，鸿雁欲南飞——黟［yī］县

黟县是因为黟山而得名的，黟山就是黄山。黟县建于公元前221年，早就在中国历史上闻名遐迩。现隶属于安徽省黄山市。这里四季分明，气候温和，田园风光迷人。有一种说法，陶渊明曾游历于此，写下不朽名篇《桃花源记》；李白题诗赞誉："黟县小桃源，烟霞百里间。地多灵草木，人尚古衣冠。"因此，黟县又被称为"中国画里水乡""桃花源里人家"。这里是徽商与徽文化的发源地。在这个人文气息浓郁的地方，徽商也受到很大影响，很多人粗通文墨，受宋代理学的熏陶，他们不仅鼓励读书，还鼓励经商，最后还让人懂得创业以及守成的困难。

位于黟县东南的西递，建于北宋皇佑年间。唐朝时，唐昭宗李晔的儿子遭遇变乱，逃匿民间，改为胡姓，繁衍生息，形成居民村落。西递村呈船形，村中鳞次栉比的古居民建筑群，就像一间间船舱，组成大船的船体；昔日村头高大的乔木和13座牌楼，好比船上的桅杆和风帆；村周围连绵起伏的山峦，宛如大海的波涛；村前的月湖和上百亩良田簇拥着村子，恰似一艘远航的巨轮停泊在宁静的港湾里。

宏村是这里的一座牛形的古村庄，始建于南宋绍兴年间。整个村落占地30公顷，枕雷岗，面南湖，山明水秀。古宏村人为灌田，独具匠心，开仿生学之先河，建造出堪称"中国一绝"的人工水系，围绕牛形做活了一篇"水文章"。九曲十弯的水圳是"牛肠"，傍泉眼挖掘的月沼是"牛胃"，南湖是"牛肚"，"牛肠"两旁居民为"牛身"。湖光山色与层楼叠院相映成趣，自然景观与人文内涵交相辉映。

### 水调歌头·隐括杜牧之齐山诗
#### 朱　熹

江水侵云影，鸿雁欲南飞。
携壶结客，何处空翠渺烟霏。
尘世难逢一笑，况有紫萸黄菊，堪插满头归。
风景今朝是，身世昔人非。
酬佳节，须酩酊［mǐng dǐng］，莫相违。
人生如寄，何事辛苦怨斜晖。
无尽今来古往，多少春花秋月，那更有危机。
与问牛山客，何必独沾衣。

本诗描绘一江秋水，天光云影，鸿雁南飞。山色空翠，烟雨霏霏。茱萸紫、菊花

黄,尽兴而归。美好的自然风景是永恒的人生有限,应该珍惜,何苦对斜阳而然迟暮呢。无尽今来古往,多少春花秋月,充满着生机,哪些有什么危机呢!诗中洋溢着乐观精神。

本诗中,寄是寓居、暂住的意思。人生如寄,指人的生命短促,就象暂时寄居在人间一样。

朱熹提出"遏人欲而存天理"的主张。在现代,应承认正当的物质生活欲望,反对超过延续生存条件的那些奢迷的物质生活欲望。因为"需要"应该被满足,但欲望却不是。由于欲壑难填,所以欲不可纵。为更好地适应现代社会,可将来朱熹的主张改为:"限人欲而省天理",望、思、遵、守天理与公义,对天理与公义存敬畏之心。

白鹿洞书院:坐落于江西九江庐山五老峰南约10公里处的后屏山南麓,西有左翼山,南有卓尔山,三山环台,书院一水中流,无市井之喧,有泉石之胜。

寄,寓居,暂住。人生如寄,指人的生命短促,就像暂时寄居在人世间一样。

**图4-6 安徽宏村**

南宋淳熙六年(1179),理学宗师朱熹知南康军(今江西省九江市星子县),率百官造访白鹿洞书院。当时书院残垣断壁,杂草丛生。朱熹非常惋惜,责令官员修复白鹿洞书院,并自任洞主,制定教规,延聘教师,招收生徒,划拨田产,苦心经营。朱熹制定的《白鹿洞书院揭示》又称《白鹿洞书院教规》,影响后世几百年,其办学模式为后世效仿,传至海外的日本、朝鲜及东南亚一带,白鹿洞书院享誉海外。

白鹿洞书院学规:父子有亲,君臣有义,夫妇有别,长幼有序,朋友有信。为学之序，亦有五焉，具列如左：博学之，审问之，慎思之，明辨之，笃行之。若夫笃行之事，则自修身以至于处事接物，亦各有要，具列如左：言忠信，行笃敬；惩忿窒欲，迁善改过。修身之要：正其义不谋其利，明其道不计其功。处事之要：己所不欲，勿施于人；行有不得，反求诸己（做事没有达到自己预期的效果就要从自身找原因，自我反省。换句话说，你愿意别人怎样对待你，你也要怎样对待人）。

◎ 诗词地理学

# 边关雄姿

## 珠泪纷纷湿绮罗——敦煌

### 菩萨蛮

枕前发尽千般愿，要休且待青山烂。

水面上秤锤浮，直待黄河彻底枯。

白日参辰现，北斗回南面。

休即未能休，且待三更见日头。

敦煌是宗教的世界，也是人间生活的写照。1900 年，敦煌的王道士无意中发现了这座尘封的宝库，埋藏千年的珍贵文献从此重见天日，其中就有著名的敦煌曲子词。流行于盛唐、五代以及宋初的民间歌词、游子行吟、女性悲歌都在这里呈现，向我们打开了一幅三教九流生活的五彩画面。

### 风格衍变

莫高窟始建于十六国的前秦时期（351—394），历经十六国、北朝、隋、唐、五代、西夏、元等朝代的兴建，时光在壁画、塑像上流淌，一尊尊彩塑透露出时代的特色，一幅幅壁画也彰显出时代的精髓。由唐代的雍容文雅到宋代的清丽，宗教的题材在壁画中渐趋减少，现实生活逐渐增多；曾经最动人的"飞天"，变成了一群人间少女，她们欢声笑语，载歌载舞，使壁画充满了生活气息。

### 文化艺术

莫高窟各窟均是洞窟建筑、彩塑、绘画三位一体的综合性艺术。石窟营建的一千年历程，时值中国历中上由两汉以后长期分裂割据，走向民族融合、南北统一，臻于大唐之鼎盛，又由颠峰而走向式微的重要发展时期。在此期间，正是中国艺术、流派、门类、理论的形成与发展时期，也是佛教与佛教艺术传入后，建立和发展的时期。

《敦煌曲子词集》是在敦煌发现的民间词曲总集。上卷为长短句，中卷为唐人写本《云谣集杂曲子》，下卷为乐府。自敦煌石室被发现后传世，但多有散佚，其中大部分先后被伯希和、斯坦因运走，分别收藏于巴黎国家图书馆和伦敦大英博物馆。

## 抛球乐

佚 名

珠泪纷纷湿绮罗，少年公子负恩多。
当初姊姊分明道，莫把真心过与他。
子细思量着，淡薄知闻解好么？

这首词采用了白描写法，口气神情非常婉转，不像一般的七言诗句，别具一种风格。这首词不仅写出少年公子的负恩给姊妹们带来的痛苦，写出这些共同处在受害地位的姊妹们的互相同情和支持，还写出她们在痛定思痛时提高的认识。这是此前乐府民歌里所少见的。

## 望江南（天上月）

佚 名

天上月，遥望似一团银。
夜久更阑风渐紧。
与奴吹散月边云，
照见负心人。

这是一首弃妇的怨词，词不仅蕴含着深深的怨意，还隐含着浓浓的痴情。前两句"天上月，遥望似一团银"，以月起兴，写女主人公辗转难寐的情景。"天上月"是女主人公隔窗所见，表明月已升高，夜已深了。夜深还在望月，表明女主人公心中之烦忧，进一步暗示人被相思所折磨。这三个字，只写月亮，却融入了时间（深夜）、人物（思妇）以及人物的精神状态（相思），内容十分丰富。女主人公所见的月亮像是色调灰白的银团，这是明月通过窗纸透映出来的形象，这句词准确地把握住隔窗月之特色，表现女主人公对月亮观察之细致。同时，这一句不仅写月，还通过"望"字，巧妙地带出望月的人物。"望"前加一"遥"字，一则承接前面"月"之远挂高天，一则照应后面"负心人"之远离自己。

王道士发现敦煌宝藏后，没有太多心思去欣赏这些美妙词句，他更加在意那些佛经文献，他曾经游说当地官员重视这些东西，但是无人理睬。失落寂寞的他就把这些珍贵文献低价卖给前来寻宝的人。当一车车文物古迹被运走的时候，那些当权者也似是一群"负心人"。

### 西夏足迹

1074年,西夏人来到莫高窟,佛像的慈祥与安宁对粗犷的西夏人有很大的冲击,他们对佛祖敬若神明,对这些古迹加以修缮保护。由于空间所限,又开了九十几座石窟。莫高窟的壁画上已显示出西夏人的独有特色。整个石窟笼罩在少数民族的风格情调中,壁画上的游龙惊凤,给人以神秘与肃穆的感受。

## 万里征人音信稀——玉门关

提起玉门关,人们首先想到的不是玉石,而是唐代诗人王之涣的《凉州词》:"黄河远上白云间,一片孤城万仞山。羌笛何须怨杨柳,春风不度玉门关。"玉门关始置于汉武帝开通西域道路、设置河西四郡之时,因西域输入玉石时取道于此而得名。汉时为通往西域各地的门户,故址在今甘肃敦煌西北小方盘城。

玉门关又称小方盘城,耸立在敦煌城西北90公里处的一个沙石岗上。关城呈方形,四周城垣保存完好,为黄胶土夯筑,开西北两门。城墙高达10米,上宽3米,下宽5米,上有女墙,下有马道,人马可直达顶部。登上古关,举目远眺,长城蜿蜒,烽燧兀立,胡杨挺拔。历史上,玉门关外有沼泽,芦苇摇曳,与古关雄姿交相辉映,使人怀古之情,油然而生。

### 梅花引
#### 王 炎

裁征衣,寄征衣,万里征人音信稀。
朝相思,暮相思,滴尽真珠,如今无泪垂。
闺中幼妇红颜少。应是玉关人更老。
几时归。几时归。开尽牡丹,看看到荼蘼。

西夏开国后占据丝绸之路,控制了这里的交通,不允许西域各国与宋朝自由贸易往来,对过往的商人也课以重税。丝绸之路的繁华渐渐消失之后,在宋人的词中成了戍守边关的地方。这里羌管悠悠,寒霜满地;这里征夫头发都白了,孤城万里,是满载征人、思妇怨恨的边关战争之地。

## 引三弄，不觉魂飞——上京

女真族兴起于今天的黑龙江、松花江以及长白山等地。在先秦时期被称为肃慎，魏晋南北朝的时候被称为勿吉。女真族过得并不安稳，因为契丹族建立的辽国经常压榨他们，逼迫他们缴纳珍珠以及珍禽异兽，最终导致了他们的反抗。公元1115年，女真族的首领完颜阿骨打称帝建立了金国，但在建国之初，上京并没有城郭，直至后来才建立了都城会宁，也就是后来的上京。

### 靖康之变

金国展开了向辽国的进攻。经过连年征战，终于在1125年把辽国灭了。随后，就把目标指向了北宋。一味委屈求全的北宋幻想与金求和，但是遭到了拒绝。靖康元年（1126），金兵仅出兵4万人南下，一路锋芒地连破北宋27座州，直指都城汴京。靖康二年（1127），金军攻破汴京（今河南开封），烧杀抢掠，更俘虏了宋徽宗、宋钦宗父子，以及大量赵氏皇族、后宫妃嫔与贵卿、朝臣等共三千余人北上金国，东京城中公私积蓄为之一空。靖康之耻导致北宋的灭亡，深深刺痛了汉人的内心，南宋大将岳飞在《满江红》中提到："靖康耻，犹未雪，臣子恨，何时灭！"

1142年，南宋与金议和，宋高宗赵构最后放弃了淮河以北的土地，还向金朝纳贡称臣。洪皓出使金国，却被金国看中，打算让他仕金。富有正气感的洪皓拒绝了，他被强留在了这里，目睹了宋朝贵族的遭遇，体味了这辛酸的一切，想起江南的繁华，心中感慨万千，便写下了这首《忆江梅》。

### 忆江梅
#### 洪　皓

天涯除馆忆江梅。几枝开？使南来，还带余杭春信到燕台？准拟寒英聊慰远，隔山水，应销落，赴诉谁？空恁遐想笑摘蕊，断回肠，思故里。

漫弹绿绮[qǐ]，引三弄，不觉魂飞。更听胡笳[jiā]，哀怨泪沾衣。乱插繁花须异日，待孤讽，怕东风，一夜吹。

这是一阕不同于一般的咏梅词。作者并不着眼于梅花傲霜斗寒的品性、芬芳高洁的气节，在他笔下，梅花是故国家乡的象征物。作为出使金国被羁押的宋臣，他坚贞不屈，但心中的痛苦又向谁去倾诉？闻说南宋使者将来，词人听到歌手唱《江梅引》"念此情，家万里"之句，不禁思绪万千，他想问使者江南梅花开几枝？京城临安有何佳音？他想得到故国梅花，但千里捎梅，花朵想必零落，他只能想像自己已回到故乡摘梅花，弹一段《梅花三弄》悠然销魂，听一曲胡笳黯然落泪。他希望头插梅花，梦想成真，他又怕风吹花谢，一切成空。这层层思绪，词人写来就如抽丝剥茧般真切动人，无怪当时人们"争传写焉"（洪皓作了四首"江梅引"，后来洪皓嫌其一律，故辄略之本书只收录一首。《容斋五笔》说它："每首有一'笑'字，北人谓之《四笑江梅引》。"在当时起到了传播爱国思想的作用）。而在词中，"笑"和"吹"堪称句眼。"笑"写出家中佳人的美丽纯情，更表现了他的思念；"吹"字的意思，当沉迷在想象中时，现实又吹破了自己的一切幻想，故土难回，真是肝肠寸断啊！

## 八千里路云和月——贺兰山

### 满江红
#### 岳 飞

怒发冲冠，凭栏处，潇潇雨歇。抬望眼，仰天长啸，壮怀激烈。
三十功名尘与土，八千里路云和月。莫等闲，白了少年头，空悲切！
靖康耻，犹未雪；臣子恨，何时灭？驾长车，踏破贺兰山缺！
壮志饥餐胡虏肉，笑谈渴饮匈奴血。待从头，收拾旧山河，朝天阙！

宋绍兴六年（1136），岳飞率军从襄阳出发北上，陆续收复了洛阳附近的一些州县，前锋进逼北宋故都汴京，大有一举收复中原之势。但此时的宋高宗一心议和，命岳飞立即班师，岳飞不得已率军回到鄂州。他痛感坐失良机，收复失地、雪洗靖康之耻的志向难以实现，在百感交集中写下了这首气壮山河的《满江红》。岳飞满腔悲愤，虽然最终也没能踏破贺兰山缺，但是贺兰山却因此而千古闻名。

贺兰山脉位于宁夏回族自治区与内蒙古自治区交界处，北起巴彦敖包，南至毛土坑敖包及青铜峡。其山势雄伟，若群马奔腾。蒙古语称骏马为"贺兰"。贺兰山洋溢着一派浓郁的边塞气息，冬天的寒风卷着白雪。

**气候特点**

贺兰山日照充足，山势高峻，以垂直带气候为主，是中国一条重要的自然地理分界线，对银川平原发展为"塞上江南"有着显赫功劳。它不但是中国河流外流区与内流区的分水岭，也是季风气候和非季风气候的分界线，还是中国200毫米等降水量线。山势的阻挡，既削弱了西北高寒气流的东袭，阻止了潮湿的东南季风西进，又遏制了腾格里沙漠的东移，东西两侧的气候差异颇大。贺兰山还是中国草原与荒漠的分界线，其东部为半农半牧区，西部为纯牧区。

### 水文情况

贺兰山地表水资源有限，在区内的分配不均匀，7120 万立方米的地表径流中，常流水占 40.5%，其平均径流深度 10.8 毫米。在乱石堆积、植被郁闭的沟谷中，常流水处于地表以下 0.5～1.0 米，呈潜流状态，往往在地形突然变化时出露地表。

## 弱水茫茫三万里——黑城

### 蝶恋花
#### 张抡

弱水茫茫三万里。遥望蓬莱，浮动烟霄外。若问蓬莱何处是，珠楼玉殿金鳌[áo]背。

惟是飞仙能驭气。霞袖飘摇，来往如平地。除却飞仙谁得至，只缘山在波涛底。

古人喜欢用弱水形容浅而湍急的河流，这些水太浅，不能用舟船而只能用皮筏过渡，这样的水古人认为太羸弱了，不能载舟，所以就把这样的河流称为弱水。诗词中的弱水似乎总是象征着娇柔的女子，正如《红楼梦》里贾宝玉对林黛玉说的："任凭弱水三千，我只取一瓢饮"。

"弱水"始见于《尚书·禹贡》："导弱水至于合黎。"孙星衍《尚书今古文注疏》："郑康成曰：'弱水出张掖。'"通过查阅古地图发现，弱水指一条具体的河流，那就是黑河。它发源于甘肃省西北部，由张掖、酒泉间的南山和祁连山流出的各河汇集而成，全长约 800 公里，流经沙漠盐沼凹地，甘肃省金塔县天仓村到内蒙古额济纳旗湖西新村称弱水。

黑河孕育了美丽的额济纳古绿洲，最后汇聚成大漠戈壁的奇观——居延海。西夏的党项族就是依据这个地方建立了自己的城市——黑城。他们在这里繁衍生息，创造了历史上的辉煌。但是城池后来被流沙吞没。现今黑城的城墙仍高耸地表达 10 多米。城墙西北角建有覆钵式喇嘛塔。城内原有街道及主要建筑布局尚依稀可辨，木构建筑柱头排列有序，出露在沙丘之上。城外西南方保存有外形较完整的伊斯兰古教堂。

◎ 诗词地理学

# 临安画卷

## 有三秋桂子，十里荷花——临安

### 望海潮
#### 柳　永

东南形胜，三吴都会，钱塘自古繁华。烟柳画桥，风帘翠幕，参差十万人家。云树绕堤沙，怒涛卷霜雪，天堑无涯。市列珠玑，户盈罗绮［qǐ］，竞豪奢。

重湖叠巘［yǎn］清嘉。有三秋桂子，十里荷花。羌管弄晴，菱歌泛夜，嬉嬉钓叟莲娃。千骑拥高牙，乘醉听箫鼓，吟赏烟霞。异日图将好景，归去凤池夸。

杭州地处我国的东南方，地理位置优越。钱塘自古以来十分繁华。如烟的柳树、彩绘的桥梁、挡风的帘子、翠绿的帏幕，阁楼有高有低，约有十万人家。高耸入云的大树环绕着沙堤，浪涛汹涌像卷起来的白色霜雪，天然壕沟钱塘江绵延无边。市场上陈列着各种珠玉珍宝，家家户户都存满了绫罗绸缎，争相比奢华。白堤两侧的里湖、外湖与重重叠叠的山峰非常清秀美丽，有秋天的桂子、十里的荷花。悠扬的羌笛声在晴空中飘扬，夜晚划船采菱唱歌，钓鱼的老翁、采莲的姑娘都嬉笑颜开。孙何外出时仪仗很威风，随从人员很多。高牙，古代行军有牙旗在前引导，旗很高。乘醉听吹箫击鼓，吟诗作词，赞赏着美丽的烟霞。他日把杭州美景画出来，回朝廷升官时向人们夸耀。

柳永在杭州生活过一个时期，对杭州的山水名胜、风土人情有着亲身的体验和深厚的感情，所以，在这首词里，他能以生动的笔墨，把杭州描绘得富丽非凡。西湖的美景，钱江潮的壮观，杭州市区的繁华富庶，当地上层人物的享乐，下层人民的劳动生活，都一一注于词人的笔下，涂写出一幅幅优美壮丽、生动活泼的画面。这画面的价值，不仅在于它描画出杭州的锦山秀水，而且道出了当时当地的风土人情。

图 4-6 《瑶台步月图》

《瑶台步月图》写中秋仕女赏月的情景。画面中天空高远,祥云绕月,月下景色空朦。人物衣饰为典型的南宋风格,用笔轻润,敷色雅致。以高台色深厚重的栏杆,衬出人物纤秀婉约的形象,风格清新动人。

## 思入水云寒——西湖

### 念奴娇·长忆西湖

#### 黄 谈

午风清暑,过西湖隐约,曾游堤路。云径烟扉人境绝,真是珠宫玄圃。倦倚阑干,笑呼艇子,同入荷花去。一杯相属[zhǔ],恍然身在何许。

休怪梦入巫云,凌波罗袜,我在迷湘浦。缥缈惊鸿飞燕举,却怨严城钟鼓。百斛[hú]明珠,千金骏马,豪气今犹故。归来清晓,幅巾犹带香露。

属,劝酒。

◎ 诗词地理学

## 酒泉子（长忆西湖）
### 潘　阆

长忆西湖。尽日凭阑楼上望。三三两两钓鱼舟，岛屿正清秋。
笛声依约芦花里，白鸟成行忽惊起。别来闲整钓鱼竿，思入水云寒。

　　这首词写西湖秋景，画面清丽。"长忆"二字引起全篇，点明是回忆。西湖风光那般美好，令词人十分留恋，整日凭栏观望。词人并未着眼于西湖的笙歌画船、游人往来如织的繁华热闹场面，他看到的是"三三两两钓鱼舟，岛屿正清秋"。那时正值西湖清秋，湖面上三三两两泊着钓舟，意境十分闲淡，有一种悠然自得、闲适恬淡的情趣。
　　"笛声依约芦花里，白鸟成行忽惊起"两句继续写西湖秋景。笛声、芦花、白鸟共同构成了一幅有声有色的图景，淡远闲适。"依约"二字将笛声渺茫幽远、若有若无的韵致描摹了下来；"忽惊起"则写出了白鸟忽然惊起、翩然而去的形态。这两句色彩明丽，颇具情味。"别来闲整钓鱼竿，思入水云寒"，词人由回忆转入现实，心却还留在西湖上，闲暇时他总爱收拾钓竿，欲赴西湖垂钓，任神思遨游于水云之间。末二句将词人忆西湖忆得不能忍耐、亟想归隐湖上的念头表现得淋漓尽致。

## 冷泉亭上旧曾游——灵隐寺

## 酒泉子（长忆西山）
### 潘　阆

长忆西山，灵隐寺前三竺后。冷泉亭上旧曾游，三伏似清秋。
白猿时见攀高树，长啸一声何处去？别来几向画阑看，终是欠峰峦。

　　词人常常回忆灵隐山的风光，那里的灵隐寺、天竺山、冷泉亭我都曾经游览过。山里气候宜人，就算是三伏天也如清秋般凉爽。
　　时常看见白猿攀上高树，长啸一声便不见了踪影。告别西山之后，我曾多次将所见美景画下来，但始终觉得画中峰峦不如实景美丽。

## 来疑沧海尽成空——钱塘观潮

### 酒泉子（长忆观潮）
#### 潘阆

长忆观潮，满郭人争江上望。来疑沧海尽成空，万面鼓声中。
弄潮儿向涛头立，手把红旗旗不湿。别来几向梦中看，梦觉尚心寒。

词人常常想起钱塘江观潮的情景。满城的人争着向江上望去。潮水涌来时，仿佛大海都空了，潮声像一万面鼓齐发，声势震人。

踏潮献技的人站在波涛上表演，他们手里拿着的红旗丝毫没被水打湿。此后几次梦到观潮的情景，梦醒时依然感觉心惊胆战。

### 钱塘观潮
#### 刘黻［fú］

此是东南形胜地，子胥［xū］祠下步周遭。不知几点英雄泪，翻作千年愤怒涛。
雷鼓远惊江怪蛰［zhé］，雪车横驾海门高。吴儿视命轻犹叶，争舞潮头意气豪。

描绘了钱塘江潮的雄伟景象和对英雄事迹的怀念。赞赏当地人在大自然面前奋勇拼搏的精神。

### 观浙江涛
#### 苏轼

八月十八潮，壮观天下无。
鲲鹏水击三千里，组练长驱十万夫。
红旗青盖互明末，黑沙白浪相吞屠。
人生会合古难必，此情此景那两得。

八月十八的钱塘江潮壮观无比。似那大鹏的翅膀拍击水面，激起了三千里波涛，也像十万人不停向前奔驰，组成一条巨大的白练。可惜，我们难得聚在一起，这般的

◎ 诗词地理学

美景，这般的旅行，却不能两者兼得。

## 观 潮
### 周 密

浙江之潮，天下之伟观也。自既望以至十八日为盛。方其远出海门，仅如银线；既而渐近，则玉城雪岭际天而来，大声如雷霆，震撼激射，吞天沃日，势极雄豪。杨诚斋诗云"海涌银为郭，江横玉系腰"者是也。

每岁京尹出浙江亭教阅水军，艨艟［méng chōng］数百，分列两岸；既而尽奔腾分合五阵之势，并有乘骑弄旗标枪舞刀于水面者，如履平地。倏尔黄烟四起，人物略不相睹，水爆轰震，声如崩山。烟消波静，则一舸无迹，仅有"敌船"为火所焚，随波而逝。

吴儿善泅者数百，皆披发文身，手持十幅大彩旗，争先鼓勇，溯迎而上，出没于鲸波万仞中，腾身百变，而旗尾略不沾湿，以此夸能。

江干上下十余里间，珠翠罗绮溢目，车马塞途，饮食百物皆倍穹常时，而僦赁看幕，虽席地不容间也。

几百个善于游泳的吴中健儿，都披头散发，浑身画着花纹，手里拿着用丝绸缝制的十面大彩旗，争相奋力迎潮而上，他们的身影在万仞高的惊涛骇浪中沉浮，他们翻腾着身子变换着各种姿态，而旗尾却一点也不被水沾湿。他们凭借这种表演来显示高超的技能。

在江岸南北上下十余里之间，满眼都是穿戴着华丽的首饰与衣裳的观众，车马太多，路途为之阻塞。

## 望海潮·八月十五日钱塘观潮
### 赵 鼎

双峰遥促，回波奔注，茫茫溅雨飞沙。霜凉剑戈，风生阵马，如闻万鼓齐挝［zhuā］。儿戏笑夫差。谩水犀强弩，一战鱼虾。依旧群龙，怒卷银汉下天涯。

雷驱电炽雄夸。似云垂鹏背，雪喷鲸牙。须臾变灭，天容水色，琼田万顷无瑕。俗眼但惊嗟。试望中仿佛，三岛烟霞。旧隐依然，几时归去泛灵槎。

"霜凉剑戈，风生阵马，如闻万鼓齐挝"，从钱塘潮带来的冷凉空气和恢弘响声描写了大潮的蓬勃气势。

仿佛浓云垂落在大鹏背上；天容水色，象万项琼因。钱塘大潮引人惊叹。

# 关山重镇

## 古殿吴时花草,奚琴塞外风沙——北京

这里曾是燕赵悲歌演绎的地方。战国时期,荆轲在易水与太子丹离别,"风萧萧兮易水寒,壮士一去兮不复还"。最终这句话也成为荆轲刺杀秦王失败的谶[chèn]言,荆轲所献上的地图,标的地方就是今天北京的大兴到河北涿州市一带。

唐宋时期,这里就是汉族与少数民族政权对峙的前沿阵地。就在北宋灭亡、金人南下后,这里成了金人统治的地方。1149 年,金国大臣完颜亮发动政变,杀死金熙帝,自立为王。登位后的完颜亮地位很不稳固,一心想着迁都,迁都的地点就是北京。

建都的工程非常大,完颜亮派官员梁汉臣、张浩、蔡松年等征调军队 40 万人、工匠民夫 80 万人,去燕京营建宫殿城池。还派画工去北宋故都开封,测量描绘北宋宫殿,依样翻建。史载,当时自涿[zhuō]州至燕京运土,是用大批民夫排成人墙,"人置一筐,左右手排立定,自涿州至燕京传递,空筐出,实筐入。人止土一畚[běn],不日成之"。最终这座都城就建成了。四年后完颜亮迁都于此,当时的名字为中都。

就在金朝统治的时期,北京著名的卢沟桥就建成了。该桥建于金大定二十九年(1189),坐落于永定河上,永定河旧称卢沟河,因此桥以河名。

### 朝中措
〔金末元初〕元好问

卢沟河上度旃[zhān]车,行路看宫娃。
古殿吴时花草,奚琴塞外风沙。
天荒地老,池台何处,罗绮谁家?
梦里数行灯火,皇州依旧繁华。

卢沟桥两侧石雕护栏各有 140 条望柱,柱头上均雕有石狮,形态各异,据记载原有 670 个,现存 501 个。石狮多为明清之物,也有少量的金元遗存。"卢沟晓月"从

> 诗词地理学

金章宗年间就被列为"燕京八景"之一。至今,卢沟桥还有清乾隆皇帝的御碑。但是中都并没有因为修建得富丽堂皇而永世长存,仅仅63年之后,强大起来的蒙古就把它攻陷。昔日的旧都化为一片灰烬,卢沟桥上布满了风沙与蒙古的毛毡。所幸的是,北京作为元明清时期的皇都,延续修建,气势恢宏。来到这里,你看到的是故宫、长城、颐和园那些具有标志性的建筑物,以及走在元代才发明的词——"胡同"里,品味着这里的民俗,走过路过各式各样的地名,总会时不时找出一段耐人寻味的故事。

## 岁晚可堪归梦远——大同

大同一直是中国古代重要的战略要地,处在长城的边缘,也是农耕文化与游牧文化的交界地带。历史上诸多著名的战役都在这里发生,一曲曲血染的战歌经常在这里回响。这个地方的开发也经历了漫长的过程。早在春秋时期,这里是少数民族聚居的地方,游牧民族过着逐水草而居的生活。直到战国时期,赵武灵王"胡服骑射"锐意革新,他统领下的赵国才在这里发展壮大,北破林胡、楼烦,筑长城,设置了云中、雁门、代郡等区域,大同隶属代郡。

### 浣溪沙·书大同驿壁
#### 张元干

榕叶桄[guāng]榔驿枕溪,海风吹断瘴云低,薄寒初觉到征衣。
岁晚可堪归梦远,愁深偏恨得书稀,荒庭日脚又垂西。

上片是词人对环境的交代。从第二句开始,词人的主观情绪便进入了一个复杂愁苦的世界,并渐渐趋向明晰、深沉,到了"薄寒初觉到征衣",这种愁绪便有了一个定性,词人所哀叹、所不堪忍受的乃是绵延千古的忧郁——羁旅之愁。这一句承上启下,把读者引向了一个更加沉重的纯情感领域。

下片转入抒情。被寂寞的羁旅之愁所主宰的词人,思起了自己的故乡,不由得叹道:"岁晚可堪归梦远。""岁晚"一语在这里尤具有典型意义,它似乎吐露了这样的潜台词:一年的时光将尽,转眼又到了岁暮,我本应和亲朋好友一起享受天伦之乐,而现在却孤身漂泊,独自忍受逆旅的凄凉。

## 壮似钱塘八月——壶口瀑布

　　作为中国的母亲河，黄河就像一头雄狮蓄势待发，气势磅礴，汹涌澎湃，从巍巍青藏高原穿越峰峦叠嶂，跨过丛林，最终汇成滔滔巨流，在高原平地间唱出一曲美丽的赞歌。黄河在内蒙古河口急转而下，宛若一把利剑，将黄土高原一分为二。当它以排山倒海之势来到山西壶口时，顿时形成了壮观的壶口瀑布。壶口瀑布的名称取自《尚书·禹贡》"盖河漩涡，如一壶然"的说法，现实中的瀑布出口确实像壶口一般。

　　李白描绘了"飞流直下三千尺"的庐山瀑布，但是他对壶口瀑布更是极尽渲染之能。黄河之水从天上奔来，这是何等的气势！滔滔河水，匆匆奔流到海，一去不回。往事如梦，逝者如斯，可谓是一种心境。

　　很多人用华丽的辞藻来描绘壶口瀑布，都会觉得词不达意。为此众人绞尽脑汁，终于得到了一个合适的名号——山飞海立。浩浩黄河穿越长峡直逼壶口，霎时间形成壮观的飞瀑，天地间顿时形成了一片水幕，仰观黄河水从天际倾泻而下，恰似万马奔腾。从水底冒出的滚滚水雾，数十里外可望。水雾升腾空中，在阳光折射下形成美丽的彩虹。明朝陈维藩《壶口秋风》形容"秋风卷起千层浪，晚日迎来万丈红"，可谓真实写照。

### 水调歌头
〔金末元初〕元好问

　　黄河九天上，人鬼瞰〔kàn〕重关。
　　长风怒卷高浪，飞洒日光寒。
　　峻似吕梁千仞，壮似钱塘八月，直下洗尘寰。
　　万象入横溃，依旧一峰闲。
　　仰危巢，双鹄过，杳难攀。人间此险何用，万古祕〔bì〕神奸。
　　不用燃犀下照，未必飮〔cì〕飞强射，有力障狂澜。
　　唤取骑鲸客，挝鼓过银山。

　　黄河之水似乎是从天上而来，黄河之险让人鬼都俯瞰而欲过不敢。大风起时，波涛汹涌，怒浪滔天，飘飞的浪花在阳光下闪闪发亮。黄河水所掀起的水浪高过那吕梁山，水浪声势之状可比那八月的钱塘潮，横空之下，一洗尘寰。黄河水浪冲斥万象，但是中流的砥柱山面对滔天巨浪，却依旧气定神闲。

　　砥柱山之高峻，如那危巢，难以攀缘。人间有这样的险处有何用呢？原来是为了测辨忠奸。无须"燃犀下照"看水下美景，也不必用力拉弓，便可力挽狂澜。呼唤那个骑鲸客，击着鼓飞过银山。

## 浊酒一杯家万里——延安

在宋代，延安是战争的前沿阵地，边关戍守之人总会思乡。

延安城东南的嘉岭山一直是重要的风景区，这里是范仲淹经常驻足眺望的地方，当年范仲淹来到这里考察地势，构筑城防，还重修了山上的宝塔。其实嘉岭山在范仲淹来之前叫宝塔山，就是因为山上有塔的缘故。范仲淹看见如此形胜，便挥毫泼墨写下了"嘉岭山"三个大字，自此以后，嘉岭山的名字也就不胫而走。

### 渔家傲
#### 范仲淹

塞下秋来风景异，衡阳雁去无留意。
四面边声连角起。
千嶂里，长烟落日孤城闭。
浊酒一杯家万里，燕然未勒归无计。
羌管悠悠霜满地。
人不寐，将军白发征夫泪。

上片描绘边地的荒凉景象。首句指出"塞下"这一地域性的特点，并以"异"字领起全篇，为下片怀乡思归之情埋下了伏线。"衡阳雁去"是"塞下秋来"的客观现实，"无留意"虽然是北雁南飞的具体表现，但更重要的是这三个字来自戍边将士的内心，它衬托出雁去而人却不得去的情感。后面十七字通过"边声""角起""千嶂""孤城"等具有特征性的事物，把边地的荒凉景象描绘得维妙维肖。首句中的"异"字通过这十七个字得到具体的体现。

下片写戍边战士厌战思归的心情。前一句含有三层意思："浊酒一杯"扑不灭思乡情切，长期戍边而破敌无功，产生"归无计"的慨叹。接下去，"羌管悠悠霜满地"一句，再次用声色加以点染并略加顿挫，此时心情较黄昏落日之时更加令人难受。"人不寐"三字绾上结下，其中既有白发"将军"，又有落泪"征夫"。"不寐"又紧密地把上景下情联系在一起，"羌管悠悠"是"不寐"时之所闻，"霜满地"是"不寐"时之所见，内情外景达到了水乳交融的艺术境界。

# 天涯羁旅

## 醉挥珠玉落南州——广州

广州，别称羊城花城，广东省会，国家中心城市，接近珠江下游入海口。亚热带季风气候，对外贸易重要港口，"千年商都"。是海上丝绸之路起点之一有中国"南大门"之称。

### 水调歌头·题斗南楼和刘朔斋韵
#### 刘朔斋

万顷黄湾口，千仞白云头。一亭收拾，便觉炎海豁清秋。
潮候朝昏来去，山色雨晴浓淡，天末送双眸。绝域远烟外，高浪舞连艘。
风景别，胜滕阁，压黄楼。胡床老子，醉挥珠玉落南州。
稳驾大鹏八极，叱起仙羊五石，飞佩过丹丘。一笑人间世，机动早惊鸥。

黄湾：黄木湾，位于今天广州东郊黄埔，是珠江口一个呈漏斗状的深水港湾。唐宋时期，这一带已成为广州的外港，中外商船往来贸易均在此处停泊。白云：指广州城北的白云山。一亭收拾：一楼览尽之意。机：机心，指欲念。

站在斗南楼上，万顷海涛，千仞云山，尽收词人眼底，使人视界大开，胸襟舒畅。潮水早晚涨落，山色随着雨晴或浓或淡。万顷烟波之外的遥远地方，在那波浪中起伏的无数船只，是往来穿梭的商船。

图4-7 草地阳光(中大南校园)

图4-8 中山大学南校区康乐园

图4-9　广州珠江、广州塔

图4-10　广州塔夜景

图4-11　猎德大桥

图 4-12　广州珠江新城

图 4-13　中山大学珠海校园隐湖

图 4-14　隐湖

图 4-15　隐湖

◎ 诗词地理学

图4-16 中山大学珠海校园海景（2024年摄于海琴一号楼）

## 峡口青门束碧流——肇庆

肇庆是两广咽喉、粤西重镇。它不仅为粤地最早的首府所在、岭南文化的故里、两广得名的起源，而且还是粤语的滥觞地。

今天的肇庆，保留的宋代文化遗址就有二十多处：梅庵、悦城龙母祖庙、崇禧塔、宋城墙、阅江楼、丽谯楼、文明塔、黄岩洞、泰新桥、高要学宫、德庆学宫、文塔、七星岩摩崖石刻群，涉及宋代的政治、军事、经济、社会、宗教等诸多方面。

肇庆特产——端砚：以石质坚实、润滑、细腻、娇嫩而驰名于世，用端砚研墨不滞，发墨快，研出之墨汁细滑，书写流畅不损毫，字迹颜色经久不变。端砚若佳，无论是酷暑还是严冬，用手按其砚心，砚心呈墨绿色，水汽久久不干，故古人有"呵气研墨"之说。

### 贺新郎·肇庆府送谈金华、张月窗
#### 葛长庚

谓是无情者。又如何、临歧欲别，泪珠如洒。此去兰舟双桨急，两岸秋山似画。况已是、芙蓉开也。小立西风杨柳岸，觉衣单、略说些些话。重把我，袖儿把。

小词做了和愁写。送将归、要相思处，月明今夜。客里不堪仍送客，平昔交游亦寡。况惨惨、苍梧之野。未可凄凉休哽咽，更明朝、后日才方罢。却默默，斜阳下。

"两岸秋山似画"生动地描摹了江山秋景的壮美。江水悠悠,船只穿行,红叶黄叶点缀着两岸山景。

## 初至肇庆府砚岩
### 葛长庚

峡口青门束碧流,天生双剑割清秋。
可怜柳叶黄如此,曾见芦花白也不。
本意买舟归楚国,此行为砚访端州。
渴来欲吸三江水,洗出胸中万斛[hú]愁。

"渴来欲吸三江水,诜出胸中万斛愁"很有气势,也衬出愁烦之多。

"峡口青门束碧流,天生双剑割清秋"描绘了肇庆西江羚羊峡景观。羚羊峡两山南北对峙,现时的高要区就是因羚羊峡山高险要而得名。因羚羊峡口较窄,西江到此水流湍急。

## 雨中星湖

烟云侵北岭,青山胜眉黛。
细雨点星湖,云烟绕峰来。
明湖水澹澹,玉屏翠峰秀。
星湖水悠悠,人心何所愁。
雨住天明湖水阔,鹭点烟汀向湖歌。
二三小岛镶湖心,一脉长堤卧横波。
绿水柔波映葱茏,碧波荡漾起烟岚。
平行波纹作琴弦,弹奏弦歌丽水间。
天际明灭云澹雨,湖波破镜映云开。
天阔湖淼长堤柳,碧叶荷花渐次来。

肇庆北岭雾气笼罩,一脉青山胜过美眉。雨洒在星湖,云雾绕着喀斯特山峰。明净的湖水,衬着翠绿的山峰。星湖水悠然自得,人心还有什么愁烦呢?

雨停了,白鹭掠过湖面,鸣叫声似乎向湖而歌。几个小岛镶在湖心一条长堤卧在湖面上。绿水柔波里,有葱郁山峰倒影。碧波荡漾,烟岚升起。平行的波纹,似那琴弦,在丽水上弹曲。

天边明明暗暗,低云压来雨滴似要落下。一会云开雾散,湖波破镜漾开。天开阔，湖水淼，长堤柳依依，碧叶映红荷，渐次映入眼底。

## 西　江

西江浩荡出羚峡，百船竞发朝洋海。
天公造物多奇秀，学子增识宽心怀。
——张清涛　2022年7月水文地质课肇庆实习

西江浩浩涌过羚羊峡，无数船只竞相行驶，朝向大海。天公造物真奇秀。学子们实习增见识，为师心怀宽慰。

图4-17　一脉长堤卧横波

图4-18　平行波纹作琴弦

第四章 宋词地理篇

图 4-19　广东肇庆七星湖

## 百叠青山江一缕——福州

### 蝶恋花·福州横山阁
#### 李弥逊

百叠青山江一缕。十里人家，路绕南台去。榕叶满川飞白鹭，疏帘半卷黄昏雨。楼阁峥嵘天尺五。荷芰风清，习习消袢暑。老子人间无着处，一尊来作横山主。

如今，榕树是福州的市树，那叶茂如盖、四季常青、枝干壮实、不畏寒暑、傲然挺立的榕树，不正象征着福州人自强不息的精神么？

## 唯拟桂林佳处、过春残——桂林

桂林一直是百越人居住的地方，早在夏商周时期，百越人就在这里繁衍生息。在秦始皇统治的时代，这里被纳入秦帝国的版图。桂林、南海、象郡是南方著名的郡县。

历经汉代、魏晋南北朝，这里的名称始终在变化，唯一不变的是这个地方，山还是那山，水还是那水。

◎ 诗词地理学

唐宋时期，岭南一直作为谪戍之地，烟瘴弥漫，北人寸步难行。

## 水龙吟
### 刘褒

东风初縠［hú］池波，轻阴未放游丝堕。新春歌管，丰年笑语，六街灯火。绣毂［gǔ］雕鞍，飞尘卷雾，水流云过。恍扬州十里，三生梦觉，卷珠箔、映青琐。金猊［ní］戏掣［chè］星桥锁，博山香、烟浓百和。使君行乐，绛纱万炬，雪梅千朵。羯［jié］鼓喧空，鹍［kūn］弦沸晓，樱梢微破。想明年更好，传柑宴罢，醉扶猱［róng］座。

东风指的是初春的夏季风，吹皱了池水。
新春歌声响起，丰年笑语传来。桂林城恍若扬州。鼓声响彻天空，弦乐彻夜奏响。明年应更加美好。

## 南歌子·过严关
### 张孝祥

路尽湘江水，人行瘴雾间。昏昏西北度严关。天外一簪初见、岭南山。
北雁连书断，秋霜点鬓斑。此行休问几时还。唯拟桂林佳处、过春残。

桂林山水是桂林旅游资源的总称，是世界自然遗产。典型的喀斯特地貌构成了别具一格的桂林山水。桂林山水山青、水秀、洞奇、石美，包括山、水、喀斯特岩洞、石刻等。

# 染得桃红似肉红——海南

海南省位于中国最南端，北以琼州海峡与广东省划界，西临与广西、越南相对，东濒南海与台湾省相望。海南省的管辖范围包括海南岛和西沙群岛、南沙群岛、中沙群岛的岛礁及其海域。海南省位于北回归线以南的低纬度区域，属热带季风海洋性气候，冬季吹偏北风，夏季吹偏南风，这种大致半年交替的季风气候和大陆是一致的，和非洲、南美洲的热带气候不同；季风使海南夏秋季雨量特别多。

## 减字木兰花·己卯儋耳春词
### 苏　轼

春牛春杖，无限春风来海上。便丐［gài］春工，染得桃红似肉红。
　春幡春胜，一阵春风吹酒醒。不似天涯，卷起杨花似雪花。

　　从大声到寂静，苏轼的心灵回归当然是从黄州开始。但是在海南，苏轼的平淡、自然、超脱的思想与诗风达到极致。苏轼谪海南，生与死的思想折磨着他，沉重的灾难使他对死生有了更透彻的认识与体会，对生命有了更深的体验和更热烈的爱，并拥有了一颗超脱的心。

　　宋绍圣四年（1097），年已 62 岁的苏轼被一叶孤舟送到了边陲荒凉之地海南岛儋州（今海南省儋州市）。他把儋州当成自己的第二故乡，"我本儋［dān］耳氏，寄生西蜀州"。他在这里办学堂，介学风，以致许多人不远千里，追至儋州，从苏轼学。

　　人们一直把苏轼看作儋州文化的开拓者、播种人，对他怀有深深的崇敬。在儋州流传至今的东坡村、东坡井、东坡田、东坡路、东坡桥、东坡帽等，表达了人们的缅怀之情，连语言都有一种"东坡话"。

　　东坡书院古时候是儋州府所在地，弯弯曲曲的村街，全部用青石板铺成，古庙古寺石碑随处可见。古老的东坡书院就在一片椰林之下，是为纪念北宋大文豪、谪臣苏东坡而建于 1098 年，后经重修，1549 年更名为现名。书院大门轩昂宏阔，院里古林幽茂，群芳竞秀，载酒亭、载酒堂、奥堂龛等建筑古色古香。

◎ 诗词地理学

# 西南山水

## 万里云间戍,立马剑门关——蜀道

**括意难忘**
林正大

蜀道登天。望峨眉横绝,石栈相连。西来当鸟道,逆浪俯回川。猿与鹤,莫攀缘。九折笔岩峦。算咫尺、扪参历井,回首长叹。

西游何日当还。听子规啼月,愁减朱颜。连峰天一握,飞瀑壑争喧。排剑阁,越天关。豺虎乱朝昏。问锦城,虽云乐土,何似家山。

古蜀道,从广义上来说,它南起成都,过广汉、德阳、梓潼,越大小剑山,经广元而出川,在陕西褒城附近向左拐,之后沿褒河过石门,穿越秦岭,出斜谷,直通八百里秦川,全长约 1000 余公里。

从狭义上说,古蜀道仅包括四川境内的路段,其南起成都,北止于广元七盘关,全长约 450 公里。

蜀道文化线路是现今中国乃至世界保存最为完好的文化线路之一,创造了中国古代交通史上的奇迹。

在海上交通不发达的周、秦、汉、南北朝的漫长历史时期里,蜀道是历代王朝政治中心——京都通往西南乃至通往与西南临近国的要道,它与连接东西的丝绸古道具有同样重要的意义。蜀国位于四川盆地,被崇山峻岭所包围,自古以来交通就十分艰难。不然,也不会有这么多作品的诞生,更不会有陆游"细雨骑驴入剑门"的场景了。

**水调歌头·题剑阁**
崔与之

万里云间戍,立马剑门关。乱山极目无际,直北是长安。人苦百年涂炭,鬼哭三边锋镝，天道久应还。手写留屯奏，炯炯寸心丹。

对青灯，搔白发，漏声残。老来勋业未就，妨却一身闲。梅岭绿阴青子，蒲涧清泉白石，怪我旧盟寒。烽火平安夜，归梦到家山。

在离朝廷很远的地方戍守边疆，骑马立于剑门关上，在群山中极目远眺看不到边，正北的方向是长安城。百年来，生灵涂炭，百姓受苦，边境的战事依旧严峻，无数军民在战火中罹难。金人统治时间长了，干的坏事多了，必定会遭到上天的惩罚。我亲手写好要求常驻此地的奏表，一寸丹心。面对着昏黄的青灯，双手挠着苍苍的白发，夜晚的沙漏即将流尽，英雄年迈却功业未成，无法享受清闲的生活。蒲涧的景色优美，白云山间，泉清水甜，梅岭绿阴青梅，都怪我负却旧约。在没有战事的平安之夜，戍守边关的战士会在梦中回到家乡。

## 浣花溪畔景如画——成都

成都，位于中国西南部，是四川的省会。作为中国历史文化名城之一，成都拥有悠久的历史和丰富的人文底蕴。它以其独特的美食文化、古老的建筑和繁华的商业区而闻名于世。成都被誉为"天府之国"，它的温暖气候、富饶的土地和友善的人民使其成为一个富有吸引力的城市。成都市地处四川盆地西部边缘，地势由西北向东南倾斜，西部以深丘和山地为主，东部主要由平原、台地和部分低山丘陵组成，是成都平原的腹心地带。属亚热带季风气候区，热量充足，雨量丰富，四季分明，雨热同期。成都市有着世界罕见的 3000 年城址不迁、2500 年城名不改的历史特征。

### 一寸金
#### 柳　永

井络天开，剑岭云横控西夏。地胜异、锦里风流，蚕市繁华，簇簇歌台舞榭。雅俗多游赏，轻裘俊、靓妆艳冶。当春昼，摸石江边，浣花溪畔景如画。

梦应三刀，桥名万里，中和政多暇。仗汉节、揽辔澄清，高掩武侯勋业，文翁风化。台鼎须贤久，方镇静、又思命驾。空遗爱，两蜀三川，异日成嘉话。

这首词记录了词人游历成都时的见闻和感怀。词的上片描写了北宋时蜀地形势的险要和成都的繁盛景象，下片从名臣贤相的历史事迹，写到当时如张咏等官员的开明州郡之治，从中反映出柳永内心包蕴已久的一股政治热情。全词辞采明丽，有煌煌大气；不过，"高掩武侯勋业"，未免有过誉之嫌。

◎ 诗词地理学

## 江城子·乙卯正月二十日夜记梦
苏 轼

十年生死两茫茫，不思量，自难忘。千里孤坟，无处话凄凉。纵使相逢应不识，尘满面，鬓如霜。夜来幽梦忽还乡，小轩窗，正梳妆。相顾无言，惟有泪千行。料得年年肠断处，明月夜，短松冈。

你我一生一死，隔绝已10年。不想让自己去思念，却难以忘怀。你的孤坟远在千里之外，没有地方跟你诉说心中的凄凉悲伤。即使相逢你也该认不出我了，因为四处奔波，我早已灰尘满面，鬓发如霜。晚上忽然在梦境中又回到了家乡，只见你正在小窗前对镜梳妆。你我默默相望，千言万语不知从何说起，只有无言的泪水落下千行。料想那明月照耀着的长着小松树的坟山，是你年复一年地思念我而痛欲断肠的地方。

安顺廊桥位于成都府河与南河交汇处的合江亭旁，横跨南河。安顺桥有着悠久的历史，最初的建筑踪迹可以追溯到元代。在马可·波罗的游记中，安顺廊桥是他印象中较为深刻的四座大桥之一。它高度浓缩了中华民族建筑风格之精华。

## 千古峨眉月，照我别离杯——峨眉山

### 水调歌头
魏了翁

千古峨眉月，照我别离杯。故人中岁聚散，脉脉若为怀。醉帽三更风雨，别袂[mèi]一帘山色，为放笑眉开。握手道旧故，抵掌论人才。

山中人，灶间婢，亦惊猜。江头新涨催发，欲去重裴回。世事丝丝满鬓，岁月匆匆上面，渴梦肺生埃。酒罢听客去，公亦赋归来。

那美丽的千古峨眉月，照着我的别离杯怀。友人惺惺惜别。江水涨了，船只催发。我左右徘徊。今已白发丛生，时光匆匆流逝。

峨眉山位于四川省乐山市境内，在四川盆地西南部。峨眉山位于北纬30°附近，有"峨眉者，山之领袖"之称。峨眉山自然遗产极其丰富，素有"天然植物王国"

"动物乐园""地质博物馆"之美誉。其文化遗产极其丰富,有"峨眉天下秀"之称。

峨眉山的神秘来自它所经历的漫长时间和似乎难以穷尽的空间,一些惊人的数据可以让人解读其中的种种细节。峨眉山拥有多达 1600 种药用植物,令人想到神话中的仙草,以及超过 3000 种高等植物、2300 余种动物;此外,从平缓的谷地中突兀而起的山峰,海拔高度达 3000 多米。

## 雁阵高飞,入碧云际——长江三峡

### 两同心
#### 杜安世

巍巍剑外,寒霜覆林枝。望衰柳、尚色依依。暮天静,雁阵高飞,入碧云际。江山秋色,遣客心悲。

蜀道岹崄行迟。瞻京都迢递。听巴峡、数声猿啼。惟独个、未有归计。谩空怅望,每每无言,独对斜晖。

上片用"寒霜""衰柳""暮天""雁阵"一组景象,极写"江山秋色"的苍凉色调,而这种色调不独是自然景物本身具有的"属性",而且是诗人情绪、心境的外射和投影,因而自然也表现了"遣客"的"心悲"。

巫山小三峡与长江大三峡毗邻,林木翠竹 20000 多亩。小三峡由龙门峡、巴雾峡和滴翠峡组成。

雄之龙门峡:长约 3 公里,两岸峰峦叠翠,江中水流湍急,是小三峡的"门户",游客在这里大多是步行观赏景致。龙门峡雄壮巍峨,两山对峙,峭壁如削,天开一线,形若一门,素有"雄哉,龙门峡"之誉。峡中有古栈道、龙门桥、龙门泉、青狮卫门、九龙柱、灵芝峰等胜景。出峡口便是急流惊险的银窝滩,船行其间,有着"巴水急如箭,巴船去如飞"之感。

奇之巴雾峡:峡内奇峰突起,怪石鳞峋,碧流静淌,似人、似物、似兽的钟乳石造型生动,是峡中天然雕塑珍品。峡内峰回路转,石出疑无路,拐弯别有天。有悬棺等景观。

幽之滴翠峡:滴翠峡是小三峡中最长、最幽深、最秀丽的一段峡谷,从双龙至涂家坝长约 20 公里。群峰竞秀,林木葱葱,翠竹碧绿,瀑布凌空,两岸滴翠,一江碧流,鸳鸯戏水,群猴攀援,猿声阵阵,饶有野趣。"赤壁摩天"是一片高达数百米的峭壁,如刀削一般,直插云天,在阳光的照射下,金光闪闪,真是名副其实的赤壁。

◎ 诗词地理学

## 尘暗珠帘卷,香销翠幄垂——巫峡

### 巫山一段云
〔五代〕李 珣

有客经巫峡,停桡[ráo]向水湄。楚王曾此梦瑶姬,一梦杳无期。
尘暗珠帘卷,香销翠幄[wò]垂。西风回首不胜悲,暮雨洒空祠。
古庙依青嶂,行宫枕碧流。水声山色锁妆楼,往事思悠悠。
云雨朝还暮,烟花春复秋。啼猿何必近孤舟,行客自多愁。

### 南乡子·山果熟
〔五代〕李 珣

山果熟,水花香,家家风景有池塘。
木兰舟上珠帘卷,歌声远,椰子酒倾鹦鹉盏。

上片交待离别的时间等要素,以及送别时的离恨之情;下片写临别一瞬,道出了佳人送行时呆立遥望的场景。以声传情,声情并茂,含思落句,冥茫无穷,令人百读不厌。

图 4-20　四川九寨沟 水下树干布满钙华

图 4-21　四川九寨沟 初春景色

图 4-22　四川九寨沟

# 参考文献

[1] 曹寅,彭定求,沈三管,等.全唐诗[Z].扬州诗局刻本,清康熙四十五年(1706年).

[2] 唐圭璋.全宋词[M].北京:中华书局,2009.

[3] 伍光和,王乃昂,胡双熙,等.自然地理学[M].4版.北京:高等教育出版社,2008.

[4] 周尚意,孔翔,朱竑.文化地理学[M].北京:高等教育出版社,2004.

[5] 韩欣.唐诗地图[M].北京:华文出版社,2009.

[6] 韩欣.宋词地图[M].北京:华文出版社,2009.

[7] 姚颖,彭程.唐诗地图[M].北京:中国时代经济出版社,2003.

[8] 吴真.唐诗地图[M].广州:南方日报出版社,2003.

[9] 郭蕾.宋词地图[M].广州:南方日报出版社,2004.

[10] 蔡东藩.唐史演义[M].北京:古籍出版社,1996.

[11] 张相学,张萌.基于整全教育观的新型学校建设路径探索[J].教学与管理,2023(12):50-53.

[12] 蒋雨涵.中学古诗词地理意象教学研究[D].广州:广州大学,2020.

[13] 汪树东.论大学通识课"文学与人生"的课程建构[J].中国大学教学,2022(7):45-50.

[14] 沈文钦.回归心智训练传统:通识课在精不在多[N].中国科学报,2021-12-7(5).

[15] 洪铭水.大学通识课程的设计与实践[J].中国大学教学,2002(9):11-13.

[16] 田传锋.浅谈借鉴诗词、谚语、歌词学习中国气候[J].时代教育,2014(22):153.

[17] 孙丽,李志文.龙虎山丹霞地貌与中国传统文化关系浅析[J].东华理工大学学报:社会科学版,2013,32(3):272-275.

[18] 欧阳田军.将经典诗词融入水文化的路径思考[J].水文化,2022(8):22-24.

[19] 任杰.战争语境与旧体诗革新:大文学视野下的怀安诗社及其创作[J].新疆大学学报:哲学社会科学版,2022,50(4):114-120.

[20] 王静爱,余瀚.大学地理通识课程的理念与建设:以北京师范大学"遥感区域"通识课程为例[J].中国大学教学,2012(8):6-9.

[21] 张晓琳,尹文珺,张清涛(通讯作者).巴蜀地理特征对李杜诗歌情感的影响[J].长江丛刊,2020(19)7,69-72.

# 后　　记

2015年春天，笔者刚调任中大，还没欣赏够中大校园的美景，就收到了通识教育课程的申请通知。笔者认为自己有能力教授通识课，可是，如何把自身专业和"通识"结合起来，做出一道基本适合全校各专业口味的"菜肴"呢？如何能开出一门既能胜任、又受学生欢迎的通识课呢？

本课程设计思路的灵感来源于一篇报纸上报道，有位地理老师在课堂上用诗词解释地理现象，教学效果挺好。这种生动的教学方法给了笔者启发。可是诗词与地理结合的课应该怎么教呢？网上有一些诗词与地理相关的资料，但不够系统，也支撑不起一门课程。笔者继续找，终于发现了相关参考书籍《唐诗地图》和《宋词地图》，有编者为姚颖、彭程、吴真、韩欣等的版本。结合授课教师对诗词的热爱、平时创作的诗词和地理专业背景，笔者认为构建一门生动的课程已够用了。笔者怀着激动的心情，申请开设中大两个校区的"诗词地理学"核心通识课，顺利获批。

笔者悉心备课，常沉醉在诗词美感中，心怀感恩之情。备课过程中发现了古诗词的魅力之一，在于它能揭示数百上千年前的地理现象、人文习俗和历史事件，赋予地理事物以丰富的内涵和蓬勃的文化生命力。诗词与气候、地质地貌、水文、遥感、交通以及人类活动都有着广泛的联系。老师结合自己的人生经历进行课堂教学，展示老师与诗词创作相关的地理环境的照片和视频，让同学们认识到诗词地理是真实地存在于我们现实生活中的，而不仅是书本上的文字，从而增加了真实感、现场感与参与感，给同学们留下了深刻的印象。有同学反馈：课程角度新颖，别出心裁，巧妙地将诗词文学与地理学融合，追随古人的足迹，展现了祖国大好河山之壮美；课堂内容精彩纷呈，是一门很棒的公选课。

本课程的学生评教结果在全校课程中排名前列，教学质量优良。督导老师反馈："诗词地理学"核心通识课程很有创意，课堂很美；授课教师讲课声音洪亮，内容饱满，对所讲内容有热情。授课教师勤奋教学，工作量也超出学校规定。

感谢中山大学土木工程学院的各位领导对本书编写工作的重视、鼓励和支持。本书的出版获得中山大学本科教学质量与教学改革工程项目"通识课教学创新与实践"（教务〔2021〕93号）资助。感谢中山大学研究生吴昕宇、王恒、张景焜、关艺佳和王永衡等助教同学们提供的帮助。引言与后记的部分内容已被《高教学刊》收录，拟刊发于 2025 年第 6 期。

我喜欢读书，从很多好书中得到了温暖和光明。若本书中星星点点的亮光，也能慰藉读者的某个时辰，则本书幸甚。